谁道人间秋已尽·人间词·人间词话

郑小军 ◎ 编注

人民文学出版社

图书在版编目(CIP)数据

谁道人间秋已尽:人间词·人间词话/郑小军编注.
—2版.—北京:人民文学出版社,2016
(恋上古诗词:版画插图版)
ISBN 978-7-02-012249-3

Ⅰ.①谁… Ⅱ.①郑… Ⅲ.①词(文学)-诗词研究-中国-古代 Ⅳ.①I207.23

中国版本图书馆CIP数据核字(2016)第319572号

责任编辑:胡文骏
特约策划:尚　飞
装帧设计:高静芳

出版发行　人民文学出版社
社　　址　北京市朝内大街166号
邮政编码　100705
网　　址　http://www.rw-cn.com

印　　刷　山东德州新华印务有限责任公司
经　　销　全国新华书店等

开　　本　890毫米×1240毫米　1/32
印　　张　12
插　　页　2
字　　数　200千字
版　　次　2010年1月北京第1版　2017年4月北京第2版
印　　次　2017年4月第1次印刷

书　　号　978-7-02-012249-3
定　　价　42.00元

如有印装质量问题,请与本社图书销售中心调换。电话:010-65233595

目录

前言　　　　　　　　　　　　　　　　1

人间词

人间词甲稿序　　　　　　　　　　　3
人间词乙稿序　　　　　　　　　　　7

人间词甲稿

如梦令（点滴空阶疏雨）　　　　　　11
浣溪沙（路转峰回出画塘）　　　　　12
临江仙（过眼韶华何处也）　　　　　13
浣溪沙（草偃云低渐合围）　　　　　15
浣溪沙（霜落千林木叶丹）　　　　　16
好事近（夜起倚危楼）　　　　　　　18
好事近（愁展翠罗衾）　　　　　　　19
采桑子（高城鼓动兰釭灺）　　　　　20
西河（垂柳里）　　　　　　　　　　21
摸鱼儿（问断肠江南江北）　　　　　23
蝶恋花（谁道人间秋已尽）　　　　　25
鹧鸪天（列炬归来酒未醒）　　　　　27

点绛唇（万顷蓬壶） 28

点绛唇（高峡流云） 30

踏莎行（绝顶无云） 31

清平乐（樱桃花底） 33

浣溪沙（月底栖雅当叶看） 34

青玉案（姑苏台上乌啼曙） 35

少年游（垂杨门外） 37

满庭芳（水抱孤城） 38

蝶恋花（阅尽天涯离别苦） 40

玉楼春（今年花事垂垂过） 41

阮郎归（女贞花白草迷离） 42

阮郎归（美人消息隔重关） 43

浣溪沙（天末同云黯四垂） 45

浣溪沙（山寺微茫背夕曛） 46

青玉案（江南秋色垂垂暮） 47

浣溪沙（昨夜新看北固山） 49

鹊桥仙（沉沉戍鼓） 50

鹊桥仙（绣衾初展） 52

减字木兰花（皋兰被径） 53

鹧鸪天（阁道风飘五丈旗） 55

浣溪沙（夜永衾寒梦不成）	57
浣溪沙（画舫离筵乐未停）	58
浣溪沙（才过苕溪又霅溪）	59
贺新郎（月落飞乌鹊）	60
人月圆（天公应自嫌寥落）	62
卜算子（罗袜悄无尘）	64
八声甘州（直青山缺处倚东南）	65
浣溪沙（曾识卢家玳瑁梁）	68
踏莎行（绰约衣裳）	70
蝶恋花（急景流年真一箭）	71
蝶恋花（窣地重帘围画省）	73
蝶恋花（昨夜梦中多少恨）	74
蝶恋花（独向沧浪亭外路）	76
浣溪沙（舟逐清溪弯复弯）	77
临江仙（闻说金微郎戍处）	78
南歌子（又是乌西匿）	80
荷叶杯（手把金尊酒满）	81
荷叶杯（矮纸数行草草）	82
荷叶杯（无赖灯花又结）	83
荷叶杯（谁道闲愁如海）	84

3

荷叶杯（昨夜绣衾孤拥）	85
荷叶杯（隐隐轻雷何处）	85
蝶恋花（窈窕燕姬年十五）	86
玉楼春（西园花落深堪扫）	88
蝶恋花（辛苦钱塘江上水）	89
蝶恋花（谁道江南春事了）	92
水龙吟（开时不与人看）	93
点绛唇（暗里追凉）	96
蝶恋花（莫斗婵娟弓样月）	97

人间词乙稿

浣溪沙（七月西风动地吹）	101
浣溪沙（六郡良家最少年）	102
浣溪沙（城郭秋生一夜凉）	104
点绛唇（厚地高天）	105
扫花游（疏林挂日）	106
蝶恋花（满地霜华浓似雪）	108
蝶恋花（斗觉宵来情绪恶）	109
祝英台近（月初残）	111
浣溪沙（乍向西邻斗草过）	112

虞美人（犀比六博消长昼） 113

减字木兰花（乱山四倚） 115

蝶恋花（连岭去天知几尺） 117

蝶恋花（帘幕深深香雾重） 119

蝶恋花（手剔银灯惊炷短） 120

蝶恋花（黯淡灯花开又落） 121

虞美人（碧苔深锁长门路） 123

蝶恋花（百尺朱楼临大道） 125

浣溪沙（掩卷平生有百端） 126

浣溪沙（似水轻纱不隔香） 128

蝶恋花（落日千山啼杜宇） 129

菩萨蛮（高楼直挽银河住） 131

应天长（紫骝却照春波绿） 132

菩萨蛮（红楼遥隔廉纤雨） 134

菩萨蛮（玉盘寸断葱芽嫩） 135

鹧鸪天（楼外秋千索尚悬） 136

清平乐（垂杨深院） 137

浣溪沙（花影闲窗压几重） 139

浣溪沙（爱棹扁舟傍岸行） 141

浣溪沙（漫作年时别泪看） 142

蝶恋花(忆挂孤帆东海畔) 143

谒金门(孤棻侧) 145

喜迁莺(秋雨霁) 146

蝶恋花(翠幕轻寒无著处) 148

苏幕遮(倦凭阑) 150

浣溪沙(本事新词定有无) 151

虞美人(金鞭珠弹嬉春日) 153

齐天乐(天涯已自悲秋极) 154

点绛唇(波逐流云) 156

蝶恋花(春到临春花正妩) 158

蝶恋花(袅袅鞭丝冲落絮) 159

蝶恋花(窗外绿阴添几许) 160

点绛唇(屏却相思) 162

清平乐(斜行淡墨) 163

人间词补编

浣溪沙(已落芙蓉并叶凋) 165

蝶恋花(月到东南秋正半) 166

菩萨蛮(回廊小立秋将半) 167

菩萨蛮(西风水上摇征梦) 169

蝶恋花（落落盘根真得地）	170
醉落魄（柳烟淡薄）	171
虞美人（杜鹃千里啼春晚）	173
鹧鸪天（绛蜡红梅竞作花）	175
百字令（楚灵均后）	177
霜花腴（海滑倦客）	181
清平乐（蕙兰同畹）	185

人间词话

人间词话	191
人间词话删稿	261
人间词话附录	327
后记	351

前　言

一

如果按照南宋黄昇《唐宋诸贤绝妙词选》所说,李白"《菩萨蛮》、《忆秦娥》二词为百代词曲之祖",李白堪称中国第一位词人,那么,王国维的《人间词》很容易使人联想到他是中国词史上最后一位词人。

李白所处的时代,是中国历史上最为强盛的时代之一。即使经历过社会的动荡,虽然是写离情别绪,李白的词仍有阔大的意境,磅礴的气象,有开拓万世、凌驾天下之势。王国维评李白《忆秦娥》曰:"太白纯以气象胜。'西风残照,汉家陵阙。'寥寥八字,遂关千古登临之口。"(《人间词话》一〇)王国维企慕虽高,但他所处的时代,与李白的时代截然不同。清王朝在蒙受一系列的劫难和耻辱后,处于历史上最衰颓朽败的年代,正走向它的终结。不过,从另一方面说,王国维早年所处的时代又是历史上前所未见的"大发现"的时代——西方近现代思想文化的"大发现",西方近现代科学技术、物质文明的"大发现",中华大地上诸多文物的"大发现"(敦煌莫高窟文物、流沙坠简、甲骨文等)。与其说,数千年衰颓朽败的历史重负对王国维纤弱而敏感的神经有着决定性的刺激作用,毋宁说,世纪之交的"大发现"对王国维有着更多的刺激作用。王国维的诗词创作,连同他的哲学、教育、文学研究,在20世纪之初、新旧时代交替更迭之际,留下了错综复杂而又独特奇妙的印迹。

值得指出的是,王国维是中国近代史上最先介绍叔本华、尼采哲学的第一流学者,最先译介歌德、托尔斯泰等文豪作品的第一流学者,最先将西方美学思想引进中国的第一流学者,也是运用西方近代美学思想评论剖析中国传统小说、戏曲、诗词的第一人。他一度激烈批评孔子政治思想"为君主封建专制主义,专尚保守"(《孔子之学说》),抨击"教权专制"和"家长制度之严峻专制"(《奏定经学科大学文学科大学章程书后》),积极介绍西方教育思想与文学经典作品,呼吁兼通世界学术,强调学术研究自由。他早在"五四"之前就为新文化运动埋下了伏笔,无愧为现代新文化运动的先驱者。从另一个角度看,王国维又是中国古代文化道统坚定的维护者和严谨的总结者,数千年历史旧债与人间罪恶的负荷者与殉道者。他评南唐李后主"俨有释迦、基督担荷人类罪恶之意"(《人间词话》一八),可谓夫子自道。他的诗词作品与美学论著卓越不凡,而又富有特定时代的典型意义和象征意义。他在历史学、考古学、文字学上的煊赫成就堪称现代国学研究的开山,为万千后学树立了不朽的典范。诚如郭沫若在《中国古代社会研究·自序》中指出的那样:

> 他遗留给我们的是他知识的产品,那好像一座崔嵬的楼阁,在几千年来的旧学的城垒上,灿然放出了一段异样的光辉。

二

王国维,初名国桢,字静安(庵),一字伯隅,号观堂、永观。清光绪三年丁丑十月二十九日(1877年12月3日)出生于浙江海宁盐官。盐官是观赏钱江潮的胜地,喷涌激射的钱江大潮常令王国维回肠荡气,兴发人生跌宕与历史兴衰的感慨,《人间词》中"潮落潮生,几换人间世"(《蝶恋花》),"人间孤愤最难平,消得几回潮落又潮生"(《虞美人》),即可见一斑。

王国维祖上原籍开封,其远祖王禀在靖康元年(1126)统兵与金人作战时兵败自尽,为国殉节,被朝廷追封为安化郡王。王禀之孙王沆扈从宋高宗南渡至浙江,后定居盐官,世为农商,至王国维父亲王乃誉(1847—1906),为安化郡王32世裔孙。王乃誉早年弃学经商,并任溧阳县令幕僚多年,精通书画、诗文。王国维4岁时,母亲凌氏去世,他自幼失怙,身体羸弱,养成了忧郁寡欢的性格。9岁时,父亲续娶叶氏,不久辞职返家,以课子自娱。王国维自7岁入私塾,至16岁考取秀才,一直接受老式教育。直到18岁(甲午战争爆发那年)考入杭州崇文书院学习,受到西方文化和改良主义思潮影响,开始留意"新学",向往留洋游学。虽在父亲催逼下前后参加过几次科举考试,但因不屑于受八股时文束缚,无心恋考,甚至"不终场而归"(赵万里《王国维年谱》引陈守谦祭文)。

1896年11月,王国维(20岁)娶海宁商人莫寅生孙女莫氏(23岁)为妻。莫氏贤惠能干,夫妻感情甚笃。但两人恩爱厮守的生活并未持续多久。1898年(戊戌年)正月,王国维满怀理想,踏上去上海的征途,此后十年他漂泊在外,与莫氏聚少离多。王国维后来在《人间词》中时常感伤:"人间第一耽离别"(《蝶恋花》),"人间只有相思分"(《蝶恋花》),"思量只有人间,年年征路,纵有恨都无啼处"(《祝英台近》)。

22岁的王国维来到上海后,进入《时务报》馆,任书记员、校对之职。工作之余,他到东文学社学习日文,由此结识了东文学社创办人罗振玉(1866—1940)。罗振玉偶然看到王国维题于同学扇面上的一首诗:"西域纵横尽百城,张陈远略逊甘英。千秋壮观君知否?黑海东头望大秦。"深感此诗吐属非凡,从此对王国维刮目相看,甚为器重。这年夏天,因为学习过于辛劳,王国维患上"鹤膝风"(结核性关节炎),行走困难,被迫返回海宁疗养。是年9月,戊戌变法失败,六君子遇害,在海宁的王国维闻讯后极为不平,"颇有扼腕槌胸、搔首问天之慨"(王乃誉《日记》)。变法失败,也导致《时务报》停刊。亏得罗振玉聘王国维担任东文学社庶务,使他仍可半工半读,继续在东文学社学习日语、英语和数理化,直至1900年庚子事变后学社解散。其间,王国维偶然在日本教师田冈佐代治那里,发现康德、叔本华哲学,引起他对西洋哲学的极大兴趣。

1901年初春,王国维得到罗振玉资助,终于前往日本东京物理学校留学。他昼习英语,夜攻数学,而对于清朝留学生的反清活动则颇不以为然。因为学习非常辛苦,王国维旧病复发,不得已于当年夏天回国。王国维回到上海后,协助罗振玉主编《教育世界》。王国维哲学、文学、教育方面的不少撰述,都由该杂志刊行。

1903年正月,经罗振玉推荐,王国维至南通通州师范学校任教,为期一年(次年春因病返海宁疗养),讲授伦理学、心理学、国文。教学之暇,徜徉山水,吟诗撰文,尤潜心于研读叔本华哲学。为了读懂哲学原著,王国维刻苦自学德文。他读康德的《纯理批评》,苦于难以理解;改读叔本华《意志及表象之世界》,为叔氏精深的思想和锐利的文笔所倾倒。用他自己话说,这两年里"皆与叔本华之书为伴侣"(《三十自序(一)》)。1904年夏,王国维所作《红楼梦评论》,其立论根基亦全在叔本华哲学。之后返读康德之书,窒碍渐少。

1904年秋,王国维随罗振玉赴苏州,在江苏师范学堂任教,主讲伦理学、心理学、社会学,执教一年多。这一时期,王国维研究哲学而困惑益多,兴趣因而有所转移。其《三十自序(二)》称:"余疲于哲学有日矣。哲学上之说,大都可爱者不可信,可信者不可爱。余知真理,而余又爱其谬误。……知其可信而不能爱,觉其可爱而不能信,此近二三年中最大之烦闷也。而近日之嗜好所以渐由哲学而移于文学,而欲于其中求直接之慰藉者也。"此处所谓"移于文学",主要指填词与词学研究。王国维一生填词115首,其中绝大部分作品——《人间词》甲乙稿作于1904年至1907年数年间,而《人间词话》亦作于1908年前。

1905年底,罗振玉因遭江苏教育会会长张謇等人攻击,愤而辞去江苏师范学堂监督职务,王国维亦随之辞职,并作《蝶恋花》(莫斗婵娟)、《虞美人》(纷纷谣诼)二词,为不平之鸣。1906年初春,罗振玉奉清政府学部尚书荣庆奏调,入为学部参事,王国维随行赴京。同年4月,王国维《人间词甲稿》发表于《教育世界》。7月,父亲王乃誉去世,王国维返回海宁奔丧,守孝至次年3月返京。回京后,经罗振玉推荐,王国维任学部总务司行走,充学部图书馆编译局编译。

1907年夏,妻子莫氏病危,王国维闻讯自京返回海宁,居十日,莫氏去世,年仅34岁。王国维极为伤痛,作悼亡词多首。十月,《人间词乙稿》发表于《教育世界》,因"新丧偶,故其词益苍凉激越"(赵万里《王静安先生年谱》)。1908年1月,继母叶氏病逝,王国维返回海宁奔丧。3月,由莫太夫人主媒,王国维续娶潘氏。4月,携家眷返京。同年,《人间词话》开始连载于《国粹学报》;同时,完成《唐五代二十一家词辑》等。

1911年10月,辛亥革命爆发,清王朝覆灭。王国维携家眷随罗振玉逃往日本,寄居京都郊区田中村,从此以"胜朝遗老"处世,在学术上转而致力于甲骨文、金文、汉简与史学研究,著述甚富。1916年,应上海犹太富商哈同之聘,返回上海,任仓圣明智大学教授,讲授经学,并继续从事文字学、考古学、历史学等研究,数年间成就卓著。1922年受聘北京大学国学门通讯导师。1923年,经大学士升允举荐,王国维与杨钟羲、景方昶、温肃等,奉清逊帝溥仪谕旨,"在南书房行走",食五品禄。1924年,冯玉祥率国民军进京,驱逐溥仪出宫。王国维引为奇耻,数度欲投御河自尽,因家人阻拦而未果。1925年,王国维出任清华国学研究院导师,教授《古史新证》《尚书》《说文》《仪礼》等,与梁启超、陈寅恪、赵元任、吴宓等导师共事。

1926年,王国维长子潜明病逝,年仅27岁。随后,亲家罗振玉又与王国维绝交。1927年初,王国维赴天津觐见溥仪,见那里欢乐如常,极为忧愤,回京后竟至咯血。同年6月2日,在国民革命军节节北上之时,王国维留下"五十之年,只欠一死;经此世变,义无再辱"的遗书,投颐和园昆明湖自尽,在中国文化史上写下了极其悲壮的一页,中外学人痛惜不已。关于王国维的死因,或云殉清,或云罗氏所逼,或云病痛折磨,诸说纷纭,而以陈寅恪《海宁王静安先生纪念碑碑铭》所论最为通达:

> 士之读书治学,盖将以脱心志于俗谛之桎梏,真理因得以发扬。思想而不自由,毋宁死耳;斯古今仁圣同殉之精义,夫岂庸鄙之敢望。先生以一死见其独立自由之意志,非所论于一人之恩怨,一姓之兴亡。

三

王国维是在晚清特定的历史条件下从事词创作的,却有极大的雄心和企图。《人间词话删稿》(四六)云:

> 樊抗夫谓余词如《浣溪沙》之"天末同云",《蝶恋花》之"昨夜梦中"、"百尺高楼"、"春到临春"等阕,凿空而道,开词家未有之境。余自谓才不若古人,但于力争第一义处,古人亦不如我用意耳。

王国维《三十自序(二)》又说:

> 余之于词,虽所作尚不及百阕,然自南宋以后,除一二人外,尚未有能及余者,则平日之所自信也。虽比之五代、北宋之大词人,余愧有所不如,然此等词人,亦未始无不及余之处。

赵万里阐发老师这段话时说:"此言也,或以为自视过高。然细读先生之词,有清真之绵密,而去其纤逸;有稼轩、后村之闳丽,而去其率真。其意境之高超,惟万年少、纳兰容若差可比拟,余子碌碌,实不足以当先生一二词也。"(《王静安先生年谱》)

王国维比较通透地把握住了词的特质:"词之为体,要眇宜修,能言诗之所不能言,而不能尽言诗之所能言。诗之境阔,词之言长。"(《人间词话删稿》一三)传统意义上的词,以写幽情逸志为主,以精致描绘擅胜,以韵味悠远见长。苏轼、辛弃疾一派,以诗文入词,突破词的局限,拓展词的疆域,大声镗鞳,豪迈绝伦。然旧时论者多以苏、辛词为词之"旁宗""变体",而非词之"正宗""本色"。后人无苏、辛之胸襟才学而学其词,多流为粗率叫嚣(参《人间词话》四三至四五)。

王国维《人间词》突出的一点,即在于能以"正宗"之体,借"要眇宜修"之笔,"用诗人之眼"(而非政治家之眼),透过丰富的意境,熨帖自然地写出晚清时代之人间世态,真挚地表现阴暗人间的一抹理想亮色,沉痛地展示人间纷浊与理想幻灭。虽然王国维提出"感事、怀古等作,当与寿词同为词家所禁"(《人间词话删稿》四七),他却在《人间词》的创作实践中,写出了一系列"本色"的抚时感事的力作。这与词人早年比较积极的人生态度有关,也与他《人间词》的创作宗旨相吻合。王国维词集与词话之所以用"人间"命名,固然是因为其词中"人间"二字屡见,但其根本原因,正如王国维自己所说:此时"人生之问题,日复往于吾前"(《三十自序(一)》),而"诗歌者,描写人生者也"(《屈子文学之精神》),莎士比(亚)作品"皆描写客观之自然与客观之人间"(《莎士比传》)。试看王国维1906年春创作的《人月圆》(梅):

天公应自嫌寥落,随意著幽花。月中霜里,数枝临水,水底横斜。　　萧然四顾,疏林远渚,寂寞天涯。一声鹤唳,殷勤唤起,大地清华。

当时清政府正施行"新政",包括尝试君主立宪、筹饷练兵、振兴实业、废除科举、兴办新式教育等等,即将随罗振玉赴京至学部任职的王国维,以满腔的热忱和希望写下这首词,词中的梅花一反孤芳自赏、顾影自怜、远离尘嚣的姿态,而以博大的胸怀,殷勤热切地期盼大地春回,水木清华,以打破眼前万木萧条、天地岑寂的景象。词人借传统的梅花形象表现出崭新的理想色彩,透露出改变现实的强烈渴望。类似的黑暗中的亮光,绝望中

的希望,在《人间词》中并不少见。例如《蝶恋花》:

谁道人间秋已尽?衰柳毵毵,尚弄鹅黄影。落日疏林光炯炯,不辞立尽西楼暝。　万点栖鸦浑未定,潋滟金波,又幂青松顶。何处江南无此景,只愁没个闲人领。

即使是凋敝的晚秋时节,日落西山,昏鸦万点,在词人眼中仍可有无限生机:枯柳仿佛春柳的鹅黄,夕阳明亮的色调,月光如金波流转,无不让人沉醉,就连尚未安静下来的群鸦也显示出一种特殊的生气。

当然,王国维对现实的观照是客观的。现实是冷酷的,理想是脆弱的,而理想与现实又是相伴而生的。《鹧鸪天》:"从醉里,忆平生,可怜心事太峥嵘。更堪此夜西楼梦,摘得星辰满袖行。"清楚地反映出词人冲天壮志与冷酷现实的矛盾。又如《蝶恋花》:

窣地重帘围画省,帘外红墙,高与青天并。开尽隔墙桃与杏,人间望眼何由骋?　举首忽惊明月冷,月里依稀,认得山河影。问取嫦娥浑未肯,相携素手闻风顶。

满怀理想的词人来到京城后,目睹官场帘幕重重、红墙高耸的闭塞的环境,与墙外桃杏竞放、春意盎然的景象形成鲜明的反差。失望郁闷之余,词人只能借助想象,请求嫦娥提携飞天,来摆脱这种闭塞的环境,但嫦娥的拒绝打消了词人的幻想。在《浣溪沙》中,词人对京城的污浊和官场的险恶有了更深入的了解,以致一度产生了返乡的念头:

七月西风动地吹,黄埃和叶满城飞,征人一日换缁衣。　金马岂真堪避世?海鸥应是未忘机,故人今有问归期。

身体羸弱、生性忧郁的王国维,对污浊的现实既有真切的观察,浸淫叔本华、尼采哲学又深,因而在作品中对人间忧患有极深入的表现。

王国维词中颇为独特的地方,便是将西方哲学义理融入词中,加强词作的表现力和张力。钱锺书《谈艺录》指出:"老辈惟王静安,少作时时流露西学义谛,庶几水中之盐味,而非眼里之金屑。"又评其七律"比兴以寄天人之玄惑,申悲智之胜义,是治西洋哲学人本色语"。观王国维长短句,亦复如是,惟更幽深而已。例如《浣溪沙》:

山寺微茫背夕曛,鸟飞不到半山昏,上方孤磬定行云。　试上高峰窥皓月,偶开天眼觑红尘,可怜身是眼中人。

词中除了佛教悲天悯人的"天眼"观照之外,那种先行者的孤独,警醒者的痛苦,容易让人想到尼采《查拉图斯特拉如是说》中查拉图斯特拉居高临下所说的话:"我在最伟大与最渺小的人类当中,都未曾发现到一个超人……他们彼此都太相像了。真的,我觉得即使是最伟大的人也太过人性了。"俯视人间的清醒者终不免是纷浊红尘中的凡人。而太过人性化的词人面对残酷的现实,常有触目惊心之感,如《浣溪沙》:

天末同云黯四垂,失行孤雁逆风飞,江湖寥落尔安归?　陌上金丸看落羽,闺中素手试调醯,今宵欢宴胜平时。

词里掉队孤雁惨遭杀戮烹调的命运,反映出弱肉强食的现实,其中有可能影射晚清时期中国惨遭外国列强宰割的实况,也可能揭示吃人的世界里人性中最残忍的一面,正如叔本华指出的那样:"人把那种斗争、那种意志的自我分裂暴露到最可怕的明显程度,而'人对人,都成了狼'了。"(《作为意志和表象的世界》)此外,《减字木兰花》里揭示的人间终古兴亡离别的痛苦,源于人的无休止的生存欲求:"销沉就里,终古兴亡离别意。依旧年年,迤逦骡纲度上关。"这也与叔本华《作为意志和表象的世界》所论颇为相近:"欲求和挣扎是人的全部本质。"欲求的需要不能满足便产生痛苦,欲求易于满足则可怕的空虚和无聊就会袭击他,"所以人生是在痛苦和无聊之间像钟摆一样地来回摆动着"。由此,我们也就容易理解《人间词》中会有那么多的苦痛与闲愁:"可怜愁与闲俱赴,待把尘劳截愁住"(《青玉案》),"人生只似风前絮,欢也零星,悲也零星,都作连江点点萍"(《采桑子》),"已恨年华留不住,争知恨里年华去"(《蝶恋花》),"人间总被思量误"(《蝶恋花》)。《人间词》中的苦痛悲恨,源于王国维求索中的挫折,理想与现实的矛盾,也源于生活中与亲人生离死别的切身遭遇。但词人善于把个人身世忧戚与人间哀乐结合起来,微妙地融入中外哲学义理,因而呈现出极为深广的多维的人生空间,给读者留下开阔而深入的解读余地。例如《蝶恋花》:

百尺朱楼临大道,楼外轻雷,不间昏和晓。独倚阑干人窈窕,闲中数尽行人小。　一霎车尘生树杪,陌上楼头,都向尘中老。薄晚西风吹雨到,明朝又是伤流潦。

《人间词》是王国维《人间词话》词学理论构建过程中创作实践的成果。《人间词话》的核心理论是"境界说"。王国维颇为自得地指出:"沧浪所谓'兴趣',阮亭所谓'神韵',犹不过道其面目,不若鄙人拈出'境界'二字为探其本也。"(《人间词话》九)"有境界则自成高格,自有名句。五代、北宋之词所以独绝者在此。"(《人间词话》一)在王国维看来,真正有"境界"(或"意境")的,必定是经由作者内心深切体验而生动形象地反映在作品中的"真景物"、"真感情"。有"境界"的作品,没有"隔"的毛病,没有"雾里看花"的遗憾,"写情则沁人心脾,写景则在人耳目,述事则如其口出是也。"(《宋元戏曲考》)王国维《人间词》中绝大部分作品都写得真切诚挚,清新自然,意味隽永,而没有堆砌壅塞、雕琢粉饰之病。《蝶恋花》里的那位清新脱俗的"燕姬"有点像是他词作风格的写照:

窈窕燕姬年十五,惯曳长裾,不作纤纤步。众里嫣然通一顾,人间颜色如尘土。　　一树亭亭花乍吐,除却天然,欲赠浑无语。当面吴娘夸善舞,可怜总被腰肢误。

王国维确实是南宋以来为数不多的努力在境界上下功夫的词人之一。他在《人间词话》中具体探讨了"境界"(或"意境")的不同表现:"有造境,有写境,此理想与写实二派之所由分。然二者颇难分别,因大诗人所造之境必合乎自然,所写之境亦必邻于理想故也。""有有我之境,有无我之境。……有我之境,以我观物,故物皆著我之色彩。无我之境,以物观物,不知何者为我,何者为物。"对照《人间词》,有不少创作实践范例。例如《点绛唇》:

> 高峡流云,人随飞鸟穿云去。数峰著雨,相对青无语。　岭上金光,岭下苍烟沤。人间曙,疏林平楚,历历来时路。

这首词虽然借鉴吸收了宋人诗词的某些意境,却颇有开拓之功、出蓝之妙,写景如画,景中有我,气象高浑,韵致超绝,托意悠远,极富理想色彩,其境界不在宋人之下,堪称造境佳作。

总起来看,王国维创作《人间词》,一方面是不满于南宋以后直至晚清词坛堆叠、雕琢、空泛、纤弱的形式主义词风,他希求高古纯真,力追唐五代、北宋词,标举词的最高境界,试图挽回词坛颓势,重振词的昔日雄风。就这一点而言,王国维无愧为历代词艺的优秀的总结者,唐五代、北宋词的杰出传人,晚清词学复兴的代表人物,后来者无出其右。另一方面,身处晚清的敏悟的词人,有意识地借鉴汲取西方哲学义理与艺术手法,融会贯通于词中,以旧形式,开新境界,以隐喻、暗示、联想、象征等手法,展示其悲苦凄凉的心路历程,见证一个时代的衰落。从这一点说,王国维又是传统艺术领域中的开拓者与变革者,是他率先透露了未来新文学的消息。

四

王国维生前编定的自己的词集有三种:第一种为《人间词甲稿》,1906年4月刊于上海《教育世界》杂志;第二种为《人间词乙稿》,1907年11月刊于《教育世界》杂志;第三种为《长短句》(乙巳至己酉,1905年至1909年作),这是词人从已发表的百余首词中精选二十首,加上未发表三首,编纂而成,收入《观堂集林》,1923年由蒋汝藻资助出版。

1927年,王国维去世后,罗振玉主持编印《海宁王忠悫公遗书》,将《人间词》甲、乙稿(除去收入《观堂集林·长短句》二十三首),连同王氏后期少量作品,共九十二首,合刊为《苕华词》。1933年,陈乃文编《静安词》(世界书局版),龙榆生辑校《静安长短句》(二卷,收入《彊村丛书》)、沈启无编校《人间词及人间词话》(人文书店版)在同一年问世。1940年,赵万里编《海宁王静安先生遗书》,其中收录《长短句》及《苕华词》,由商务印书馆出版。

本书所编,力求反映作品原貌,故按原作发表先后排序,分为《人间词甲稿》、《人间词乙稿》及《人间词补编》。《人间词甲稿》,凡六十一首,编排次序悉依原貌,所据底本为光绪丙午(1906)《教育世界》杂志第七期所载《人间词甲稿》,参校以赵万里编《海宁王静安先生遗书》中之《苕华词》(简称苕本)及《长短句》、国家图书馆藏王国维《人间词》手稿本、沈启无编校《人间词》(简称沈本)。《人间词乙稿》,凡四十三首,编排次序亦依发表时原貌,而文字则以《苕华词》及《长短句》为胜,故所据底本为苕本及《长短句》,参校以光绪丁未(1907)《教育世界》杂志第十九期所载《人间词乙稿》、王国维《人间词》手稿本、沈本和陈乃文辑《静安词》(简称陈本)。《人间词补编》,凡十一首,包括《长短句》中新增三首,以及《苕华词》中新增八首,均以赵万里编《海宁王静安先生遗书》为底本,参校以王国维《人间词》手稿本。

《人间词》问世以来,少有专家作全面通俗注解。今为方便普通读者阅读鉴赏,不揣浅薄,试作全面而通俗的诠解。每首词均有"注释"及"解读"。注释部分,凡词中之事典、语典、名物、制度、生僻语词等等,逐一注出,间作疏理。解读部分,则介绍作品相关背景,简析作品内蕴与艺术特色。部分注解参考了吴昌绶、罗振常的批语,以及缪钺、萧艾、叶嘉莹、陈鸿祥等专家的研究成果,凡有征引,逐一注明。间出己见,或与专家诸说相左,则尚有待于读者验证。

为了帮助读者更好地理解《人间词》,本书一并收入《人间词话》。

《人间词话》完成于1908年前,王国维后来所记"宣统庚戌(1910)九月脱稿",当是重新修订定稿的时间。《人间词话》最初发表在《国粹学报》上,从光绪三十四年(1908)到宣统元年

(1909),分三期(第四十七期、四十九期、五十期)登完,共六十四条。这是王国维从一百二十五条《人间词话》手稿中精选出六十三条来,另外增写一条,重行归类编次,稍事修订而成的。1926年,经俞平伯先生标点,由朴社首次印为单行本。1927年,王国维去世后,赵万里又从其遗著手稿中辑录未发表的删稿四十四条,《蕙风琴趣》评语二条,其他词评二条,共四十八条,另辑论诗文之语,刊于次年3月出版的《小说月报》十九卷三号上,题为《人间词话未刊稿及其他》。1928年,罗振玉刊印《海宁王忠悫公遗书》,以王国维亲自编定六十四条为上卷,以赵氏所辑四十八条为下卷,编为两卷本《人间词话》。1940年,开明书店出版的徐调孚先生《校注人间词话》,在两卷本基础上,再辑集王国维遗著中其他有关论词的片断文字十八条,作为补遗一卷附后。1947年,开明书店重印此书,徐氏又将陈乃乾所辑王国维论词评语七条补附在最后。1960年,人民文学出版社出版的徐调孚注、王幼安(王国维之子)校订的《人间词话》(以下简称徐本),编次如下:一、以王氏亲自编定刊于《国粹学报》者为《人间词话》,凡六十四条;二、以王氏所删弃者为《人间词话删稿》,凡四十九条;三、以各家所录王氏其他论词之语而非《人间词话》组成部分者为《人间词话附录》,凡二十九条。共计一百四十二条。徐本编、校、注皆精,是《人间词话》传世以来权威而又流行的本子。但正如徐氏后记所言"王氏论词之语,未尽于此"。其中《人间词话删稿》部分虽经增补，仍有遗漏，至少有十余条删弃未刊的有价值的词话未能补入。

考虑到上述种种因素，本书的编排，在徐本格局的基础上，做了一些必要的调整和补充。具体编次及校勘方法如下：一、《人间词话》六十四条。以王国维亲自修订、《国粹学报》旧刊文字为准（不依手稿），参校以俞平伯先生点校本、赵万里先生编《海宁王静安先生遗书》及徐本。二、《人间词话删稿》六十二条。较徐本多出十三条。系从国家图书馆藏王国维《人间词话》手稿本中删弃未刊部分（包括已删去及未删去而不用者）辑出。基本次序仍参照徐本；增补的词话以类相从，插入相应位置，凡说明"徐本未收"的，即为增补词话。徐本《删稿》部分经由赵万里修订，部分文字已与手稿本不同；本书所收《删稿》基本以手稿文字为准，凡与徐本不同的文字，则出校记。三、《人间词话附录》二十六条。较徐本少三条。其中论王周士词一条，经王幼安考订，实系阮元评语，而非王国维论词之语，故不复采录。另两条即《人间词甲稿序》《人间词乙稿序》，业已收入《人间词》卷首，此处不重出。附录文字以赵万里、陈乃乾、徐调孚诸位所辑为准。

具体校勘过程中，对原著中少量明显讹误酌予改正，并在校注中加以说明。凡有疑问之处，不随意改动，仅在校注中提出拙见。王氏引用前人诗词，与通行诸本时有出入。其中一部分异文当是王氏凭记忆书录致误，另有一部分则确系版本不同。对于诗词异文，本书原则上不作改动，只在校记中作必要的交待。

为《人间词话》作注的，早期较好的有靳德峻《人间词话笺证》和许文雨《人间词话讲疏》。后出的徐调孚先生注本，几经修订，极为严谨，故能广泛流传；唯所注限于诗词文句出处，普通读者阅读起来，尚有诸多不便。本书在借鉴前贤研究成果的基础上，力求有所拓展、深入。希望既能解决若干专业性的难点，又能为普通读者的阅读多扫清一些障碍。所注不限于诗词文句出处，举凡词人、词集、词话、本事、流派、专用术语、各类掌故、疑难语词等等，一一注出，并在相关之处征引各家词论评语，供读者对照参考。至于具体的理论问题，读者见仁见智，自然各有会心之处，无须笔者强作解人，妄加引申发挥，故注释中除若干专用术语稍作说明外，不作理论性展开。

本书之成，虽因循多年，数易其稿，然自知学殖尚浅，所识有限，错讹之处仍所不免，诚恳期待通人达才教正。

郑小军

己丑仲秋识于钱塘

人间词甲稿序

王君静安将刊其所为《人间词》,诒书①告余曰:"知我词者莫如子,叙之亦莫如子宜。"余与君处十年矣,比年②以来,君颇以词自娱。余虽不能词,然喜读词。每夜漏始下③,一灯荧然,玩古人之作,未尝不与君共。君成一阕,易一字,未尝不以讯余。既而睽离④,苟有所作,未尝不邮以示余也。然则余于君之词,又乌可以无言乎!

夫自南宋以后,斯道之不振久矣。元、明及国初诸老,非无警句也,然不免乎局促者,气困于雕琢也。嘉、道⑤以后之词,非不谐美也,然无救于浅薄者,意竭于摹拟也。君之于词,于五代喜李后主、冯正中⑥,于北宋喜永叔、子瞻、少游、美成⑦,于南宋除稼轩、白石⑧外,所嗜盖鲜矣。尤痛诋梦窗、玉田⑨,谓梦窗砌字,玉田垒句,一雕琢,一敷衍,其病不同,而同归于浅薄。六百年来,词之不振,实自此始。其持论如此。

及读君自所为词,则诚往复幽咽,动摇人心,快而沉,直而能曲,不屑屑于言词之末,而名句间出,

人間詞

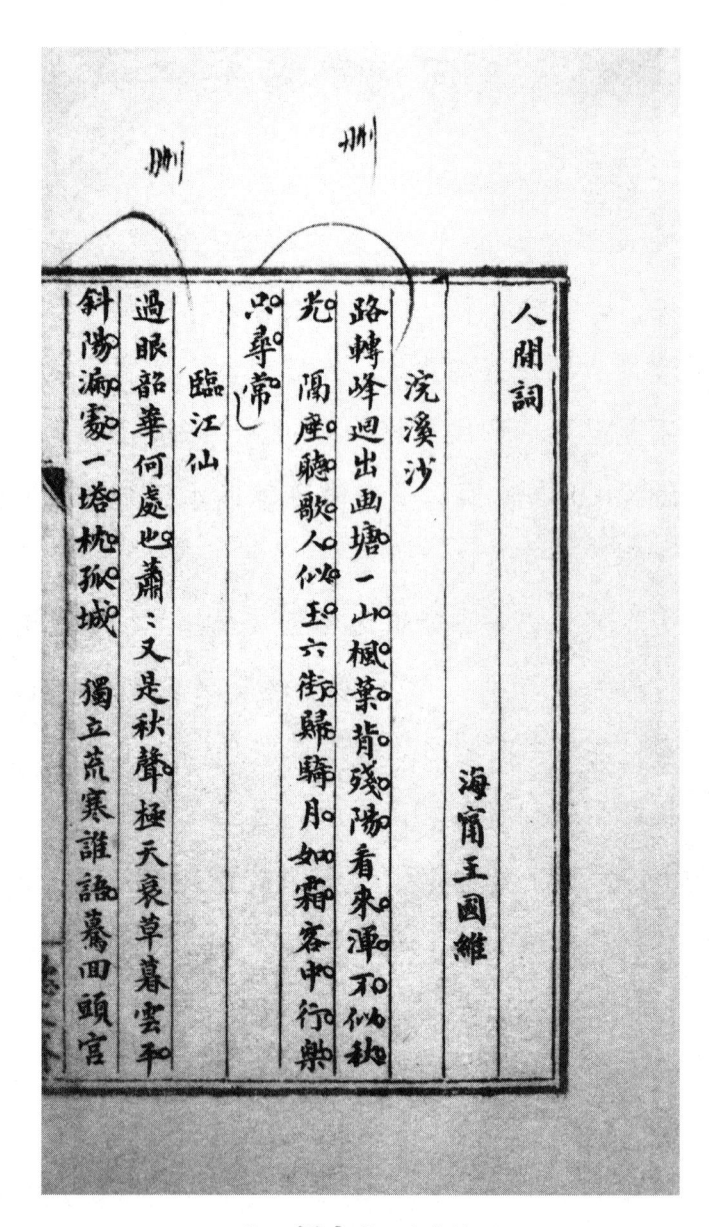

海甯王國維

浣溪沙

路轉峰迴出曲塘,一山楓葉背殘陽,看來渾不似秋光。

隔座聽歌人似玉,六街歸騎月如霜,客中行樂只尋常。

臨江仙

過眼韶華何處也,蕭蕭又是秋聲。極天衰草暮雲平。斜陽漏蒙一塔,枕孤城。

獨立荒寒誰語,蠹魚頭上

《人間詞》手稿首頁

殆往往度越前人。至其言近而指远，意决而辞婉，自永叔以后，殆未有工如君者也。君始为词时，亦不自意其至此，而卒至此者，天也，非人之所能为也。若夫观物之微，托兴之深，则又君诗词之特色。求之古代作者，罕有伦比。

呜呼！不胜古人，不足以与古人并，君其知之矣。世有疑余言者乎？则何不取古人之词，与君词比类而观之也？

光绪丙午⑩三月，山阴樊志厚⑪叙。

注释

① 诒书：寄信来。

② 比年：近年。

③ 夜漏始下：刚入夜，一到夜晚。漏，古代滴水计时的器具。

④ 暌(kuí 葵)离：分离，别离。

⑤ 嘉、道：嘉庆、道光，清仁宗、清宣宗年号，公元 1796 年至 1850 年。

⑥ 李后主：李煜，五代南唐国主，世称李后主。冯正中：冯延巳，字正中，五代南唐词人。

⑦ 永叔：欧阳修，字永叔。子瞻：苏轼，字子瞻。少游：秦观，字少游。美成：周邦彦，字美成。

⑧ 稼轩:辛弃疾,号稼轩居士。白石:姜夔,号白石道人。
⑨ 梦窗:吴文英,号梦窗,南宋词人。玉田:张炎,号玉田,宋末元初词人。
⑩ 光绪丙午:清光绪三十二年,公元 1906 年。
⑪ 樊志厚:樊炳清,字少泉,曾更名志厚,字抗甫。山阴人。光绪二十四年(1898),与王国维同就学于罗振玉所办东文学社。二十七年(1901),应罗振玉之聘,与王国维共至武昌农校任译授。1916 年,王国维自日本回上海,曾住樊家。1927年,王国维自沉昆明湖后,樊撰有《王忠悫公事略》一文,收入罗振玉编《王忠悫公哀挽录》。据罗振常《〈人间词甲稿序〉跋》,此序实为王国维作:"时人间(王国维)在吴门师范学校授文学,先期来书,谓词稿将写定,丐樊作序。樊应之,延不属稿。一日,词稿邮至。余与樊君开缄共读,而前已有序。来书云:序未署名,试猜度为何人作,宜署何人名,则署之。樊读竟大笑,遂援笔书己名。盖知樊性懒,此序未可以岁月期,遂代为之也。"赵万里撰《王静安先生年谱》亦称:"案此序(《人间词甲稿序》)与《乙稿序》,均为先生自撰,而假名于樊君者。先生于《自叙》中亦谓:'近年嗜好已移于文学,而填词亦于是时告成功。'又云:'虽所作不及百阕,然自南宋以来,除一二人外,尚未有能及者。'此言也,或以为自视过高。然细读先生之词,有清真之绵密,而去其纤逸;有稼轩、后村之闳丽,而去其率真。其意境之高超,惟万年少、纳兰容若差可比拟,余子碌碌,实不足以当先生一二词也。"又据王国维子

王幼安校订《人间词话》案语称:"此二序虽为观堂手笔,而命意实出自樊氏。观堂废稿中曾引樊氏之语,而樊氏所赏之诸词,《观堂集林》亦不尽入选,可证也。"综合三家所言分析,此二序应是王国维自撰而采樊氏命意、拟樊氏口吻者。

人间词乙稿序

去岁夏,王君静安集其所为词,得六十余阕,名曰《人间词甲稿》,余既叙而行之矣。今冬,复汇所作词为《乙稿》,丐余为之叙。余其敢辞,乃称曰:

文学之事,其内足以抒己而外足以感人者,意与境二者而已。上焉者意与境浑,其次或以境胜,或以意胜。苟缺其一,不足以言文学。原夫文学之所以有意境者,以其能观也。出于观我者,意余于境;而出于观物者,境多于意。然非物无以见我,而观我之时,又自有我在。故二者常互相错综,能有所偏重,而不能有所偏废也。文学之工不工,亦视其意境之有无与其深浅而已。

自夫人不能观古人之所观,而徒学古人之所作,于是始有伪文学。学者便之，相尚以辞，相习以模拟，遂不复知意境之为何物，岂不悲哉！苟持此以观古今人之词，则其得失可得而言焉。温、韦①之精艳，所以不如正中者，意境有深浅也。《珠玉》所以逊《六一》②，《小山》所以愧《淮海》③者，意境异也。美成晚出，始以辞采擅长，然终不失为北宋人之词者，有意境也。南宋词人之有意境者，唯一稼轩，然亦若不欲以意境胜。白石之词，气体④雅健耳，至于意境，则去北宋人远甚。及梦窗、玉田出，并不求诸气体，而惟文字之是务，于是词之道熄矣。自元迄明，益以不振。至于国朝，而纳兰侍卫⑤以天赋之才，崛起于方兴之族，其所为词，悲凉顽艳，独有得于意境之深，可谓豪杰之士，奋乎百世之下者矣。同时朱、陈⑥，既非劲敌；后世项、蒋⑦，尤难鼎足。至乾、嘉⑧以降，审乎体格韵律之间者愈微，而意味之溢于字句之表者愈浅，岂非拘泥文字而不求诸意境之失欤？抑观我观物之事自有天在，固难期诸流俗欤？余与静安均凤持此论。

　　静安之为词，真能以意境胜。夫古人词之以意胜者，莫若欧阳公；以境胜者，莫若秦少游；至意境两浑，则惟太白⑨、后主、正中数人足以当之。静安之词，大抵意深于欧，而境次于秦。至其合作⑩，如《甲稿》《浣溪沙》之"天末同云"、《蝶恋花》之"昨夜梦中"、《乙稿》《蝶恋花》之"百尺朱楼"等阕，皆意境两忘，物我一体，高蹈乎八荒之表，而抗心乎千秋之间。骎骎乎两汉之疆域，广于三代；贞观之政治，隆于武德矣⑪。方之侍卫，岂徒伯仲⑫。此固君所得于天者独深，抑岂非致力于意境之效也。至君词之体裁，亦与五代、北宋为近。然君词所以为五代、北宋之词者，以其有意境在。若以其体裁故，而至遽⑬指为五代、北宋，此又君之不任受，固当与梦窗、玉田之徒专事摹拟者，同类而笑之也。

光绪三十三年⑭十月，山阴樊志厚叙。

注释

① 温、韦：温庭筠、韦庄，晚唐词人。
② 《珠玉》：晏殊词集名。《六一》：欧阳修词集名。
③ 《小山》：晏几道词集名。《淮海》：秦观词集名。
④ 气体：作品的气势、格调。

⑤ 纳兰侍卫:纳兰性德,清初满洲词人,任乾清门一等侍卫。

⑥ 朱、陈:朱彝尊、陈维崧,清初词人。

⑦ 项、蒋:项鸿祚、蒋春霖,清中后期词人。

⑧ 乾、嘉:乾隆、嘉庆,清高宗、清仁宗年号,公元1736年至1820年。

⑨ 太白:李白,字太白。世传《菩萨蛮》、《忆秦娥》二词为李白所作。

⑩ 合作:合乎法度的作品;佳作。

⑪ 两汉的疆域比夏、商、周三代大得多,唐太宗贞观年间的政绩远远超过了唐高祖武德年间的作为。比喻后来居上。骎(qīn侵)骎,盛貌。

⑫ 意谓比起纳兰侍卫来,可能还略胜一筹。伯仲,不相上下。

⑬ 遽:遂,便。

⑭ 光绪三十三年:公元1907年。

人间词甲稿

如梦令

点滴空阶疏雨①,迢递严城更鼓②。睡浅梦初成,又被东风吹去。无据,无据③,斜汉垂垂欲曙④。

注释

① 点滴空阶疏雨:参见何逊《临行与故游夜别》诗:"夜雨滴空阶,晓灯暗离室。"疏雨,稀疏的雨点,小雨。孟浩然咏秋月新霁诗句:"微云淡河汉,疏雨滴梧桐。"

② 迢递:遥远,悠远。这里形容"更鼓"声隐约传来。严城:戒备森严的城市。何逊《临行公车》诗:"禁门俨犹闭,严城方警夜。"陈陶《赠温州韩使君》诗:"严城鼓动鱼惊海,华屋樽开月下天。"更鼓:报更的鼓声。陈维崧《永遇乐》(京口渡江用辛稼轩韵):"一江灯火,隐隐扬州更鼓。"这句可参见况周颐《苏武慢》(寒夜闻角):"风际断时,迢递天街,但闻更点。"

③ 无据:没有凭据,不足凭信。宋徽宗《燕山亭》:"怎不思量,除梦里有时曾去。无据,和梦也新来不做。"纳兰性德《清平乐》(忆梁汾):"有梦转愁无据。"

④ 斜汉:天快亮时斜垂的银河。垂垂:斜垂、下垂的样子。

解读

　　此词列为《人间词甲稿》第一首,可能是王国维较早的词,当作于1904年春。词写长夜无眠的烦恼,刚一入梦又被风雨搅醒的惆怅,委婉细微地表现了词人的敏感和忧郁。王国维《来日二首》诗之二称"人生一大梦",然则将这首写浅梦的词放在《人间词甲稿》第一首,或许自有作者的道理。

浣溪沙

　　路转峰回出画塘①,一山枫叶背残阳,看来浑不似秋光②。　隔座听歌人似玉③,六街归骑月如霜④,客中行乐只寻常。

注释

① 路转峰回:语本欧阳修《醉翁亭记》"峰回路转"。朱锡绶《幽梦续影》:"山之妙在峰回路转,水之妙在风起波生。"画塘:景色如画的池塘。
② 浑:全,全然。"浑不"苕本作"浑未"。

③ 人似玉:参见《诗经·召南·野有死麕》:"白茅纯束,有女如玉。"温庭筠《定西番》:"人似玉,柳如眉,正相思。"

④ 六街:原指唐代长安城中左右六条大街。北宋汴京也有六街。后泛指都市大街。

解读

词人1904年秋赴苏州,任江苏师范学堂教职。此词当是词人初到苏州时所作。词写郊游所见的美景,宴饮行乐的情形,最后归结到游乐之后独自归来的冷清、客居他乡的寂寥。词由浓而淡,由明转暗,由华丽归于平淡。

临江仙

过眼韶华何处也①?萧萧又是秋声②。极天衰草暮云平③,斜阳漏处,一塔枕孤城。　　独立荒寒谁语?蓦回头宫阙峥嵘④。红墙隔雾未分明,依依残照⑤,独拥最高层⑥。

注释

① 过眼韶华:转眼即逝的美好春光。晁补之《梁州令叠韵》:"好

景难常占,过眼韶华如箭。"

② 萧萧:风声;草木摇落声。《楚辞·九怀·蓄英》:"秋风兮萧萧。"杜甫《登高》诗:"无边落木萧萧下。"

③ 极天衰草:参见秦观《满庭芳》:"山抹微云,天粘衰草,画角声断谯门。"李清照《点绛唇》:"人何处? 连天衰(芳)草,望断归来路。"暮云平:参见王维《观猎》:"回看射雕处,千里暮云平。"

④ 峥嵘:高峻、突出的样子。对于下片前两句,沈启无校本曰:"案静安此词前起一七一六,后起一六一七,似无此体,恐系排错。应前后起句相同,俱作一七一六。后起句疑是'独立荒寒谁与语? 回头宫阙峥嵘'之误,但手边既无确定本子可以校勘,姑志于此存疑。"

⑤ 依依:留恋不舍的样子。残照:夕阳余晖。李白《忆秦娥》:"西风残照,汉家陵阙。"

⑥ 最高层:参见潘阆《酒泉子》:"长忆高峰,峰上塔高尘世外,昔年独上最高层。"吴文英《丑奴儿慢》:"相扶轻醉,越王台上,更最高层。"

解读

这首词当作于1904年秋的苏州,写作时间可能略晚于上一首词。与上一首词不同的是,这首词以萧瑟的秋天景色写起,渐次转入佳境,最后以浓墨重彩的壮景收尾,集中表现了独立荒寒的青年词人充满豪气与理想的一面。关于这首词所写的景色,有说苏州虎丘塔,有说南通狼山支云塔。笔者以为,此词所写或为苏州灵岩寺,寺在苏州城西灵岩山顶,寺内灵岩塔高耸入云,蔚为壮观,似即上片所谓"一塔枕孤城"。相传灵岩寺所在地原是春秋时吴国馆娃宫遗址,清末寺庙殿宇尚存,下片所谓"宫阙"或即指此。

浣溪沙

草偃云低渐合围①,雕弓声急马如飞,笑呼从骑载禽归。 万事不如身手好,一生须惜少年时②,那能白首下书帷③!

注释

① 草偃(yǎn眼):意谓风吹草低。《论语·颜渊》:"草上之风必偃。"偃,卧倒。合围:四面包围。此指围猎。
② 参见杜秋娘《金缕衣》曲:"劝君莫惜金缕衣,劝君惜取少年时。"
③ 下书帷:董仲舒下帷教书故事。《史记·儒林列传》:"(董仲舒)下帷讲诵,弟子传以久次相授业,或莫见其面,盖三年董仲舒不观于舍园,其精如此。"下书帷,原指教书,引申指闭门

苦读。这句似化用李白《行行且游猎篇》："儒生不及游侠人，白首下帷复何益！"

解读

这首词上片写围猎场景，下片抒发围猎引出的感慨，反映出青年词人崇尚豪侠、注重"身手"、期望奋发有为的心境，同时反映出他对闭门苦读、皓首穷经的传统教育思想的反思。这也可能与他当时接触西方教育思想有关。

浣溪沙

霜落千林木叶丹①，远山如在有无间，经秋何事亦孱颜②？　且向田家拚泥饮③，聊从卜肆憩征鞍④，只应游戏在尘寰⑤。

注释

① 木叶丹：树叶经霜而变红。陆游《泛舟自中堰入湖》诗："水缩沙洲出，霜清木叶丹。"
② 何事：为何。孱(chán 缠)颜：色彩斑驳陆离的样子。方干《叙龙瑞观胜异寄于尊师》诗："千寻耸翠秀孱颜。"

③ 泥(nì 逆)饮：强留饮酒。杜甫有《遭田父泥饮美严中丞》诗，写诗人被一位热情的老农邀请去喝春酒，从早上喝到傍晚，诗人几次起身告别，都被老农拉住胳膊，强行挽留。

④ 卜肆：卖卜的铺子。《史记·日者列传》："(宋忠、贾谊)二人即同舆而之市，游于卜肆中。"憩征鞍：途中人马休息。征鞍，即征马，旅行时骑的马。

⑤ 尘寰：尘世，人世间。

解读

　　这可以说是一首秋兴词，1904 年秋或 1905 年秋作于苏州。此词采用传统的上片写景、下片抒情的格局。上半部分写秋天的景色，明丽之中带着点迷离朦胧（"有无间"），鲜红之中又掺杂些斑驳陆离的颜色（"孱颜"），这就为下半部分抒发复杂的情感做了铺垫：一方面想用豪饮纵酒来抗拒命运，另一方面又想通过占卜问卦去顺应命运，矛盾的结果，是选择"游戏在尘寰"。这里固然有老庄哲学的痕迹，也可能受到西方康德以来游戏说的影响。关于"游戏"，王国维《文学小言》曰："文学者，游戏的事业也。人之势力，用于生存竞争而有余，于是发而为游戏。"《人间词话删稿》又称"诗人视一切外物皆游戏之材料也。然其游戏，则以热心为之"，可以参看。

好事近

夜起倚危楼①,楼角玉绳低亚②。唯有月明霜冷,浸万家鸳瓦③。　　人间何苦又悲秋,正是伤春罢。却向春风亭畔,数梧桐叶下。

注释

① 危楼:高楼。苏轼《好事近》:"烟外倚危楼,初见远灯明灭。却跨玉虹归去,看洞天星月。"

② 玉绳:星名。张衡《西京赋》:"上飞闼而仰眺,正睹瑶光与玉绳。"李善注引《春秋元命苞》曰:"玉衡北两星为玉绳。"亚:同"压"。

③ 鸳瓦:即鸳鸯瓦,一俯一仰扣合成对的屋瓦。白居易《长恨歌》:"鸳鸯瓦冷霜华重,翡翠衾寒谁与共?"

解读

　　这首词当是1904年秋或1905年秋在苏州的作品。萧瑟的秋夜,词人无法入眠,起来独倚高楼,仰望夜空,只见寒星低压,月明霜冻,万家瓦冷,梧桐叶落。词人通过清冷无际的境界,揭示人间无休止的伤春与悲秋的轮转,细细品味人生的凋零与无奈。

好事近

愁展翠罗衾①,半是余温半泪。不辨坠欢新恨②,是人间滋味。　　几年相守郁金堂③,草草浑闲事④。独向西风林下,望红尘一骑⑤。

注释

① 罗衾(qīn 亲):丝罗被子。
② 坠欢:失去的欢爱。《后汉书·皇后纪上·光武郭皇后纪论》:"爱升,则天下不足容其高;欢队,故九服无所逃其命。"队,同"坠"。引申指往日的欢爱。鲍照《和傅大农与僚故别》诗:"坠欢岂更接,明爱邈难寻。"新恨:新添的怅惘之情。指离恨。戴叔伦《赋得长亭柳》:"送客添新恨,听莺忆旧游。"
③ 相守:谓夫妻厮守。郁金堂:用郁金香料和泥涂壁的堂屋。美称女子芳香高雅的居室。沈佺期《古意呈乔补阙知之》诗:"卢家少妇郁金堂,海燕双栖玳瑁梁。"
④ 这是说,当时只觉得夫妻相守是稀松平常的事(离别之后才觉得那段日子是何等珍贵)。浑闲事:寻常事。刘禹锡《赠李司空妓》诗:"司空见惯浑闲事,断尽苏州刺史肠。"
⑤ 红尘一骑(jì 计):杜牧《过华清宫绝句》:"一骑红尘妃子笑。"这里是写思妇切盼游子早日回来。

解读

　　这是一首思妇词。当作于1904年至1905年,其间词人先后在南通、苏州任教,与夫人莫氏聚少离多,词中悬拟夫人对自己的思念之情,细致体味人间司空见惯的离愁别绪。末两句俯瞰红尘,似乎隐寓词人对尘世的更宽广的人文关照。

采桑子

　　高城鼓动兰釭灺①,睡也还醒,醉也还醒,忽听孤鸿三两声②。　　人生只似风前絮,欢也零星,悲也零星,都作连江点点萍③。

注释

① 高城鼓动:城楼上报更的鼓敲响。参见陆游《城东醉归深夜复呼酒作此诗》:"五门鼓动灯火闹,意气忽觉如章台。"黄景仁《对月咏怀》诗:"唾壶击缺月落去,静听城鼓挝过三。"兰釭(gāng 刚):用兰膏点的灯。釭,油灯。王融《咏幔》诗:"但愿置尊酒,兰釭当夜明。"灺(xiè 谢):灯烛的灰烬。这里作动词用,是说油灯点的时间长了(夜已很深了),落下很多灰烬。
② 孤鸿:孤单的鸿雁。阮籍《咏怀》其一:"孤鸿号外野,翔鸟鸣

北林。"

③ 连江:满江。点点萍:古代传说柳絮落水后,化为浮萍。苏轼《再和曾仲锡荔枝》诗"柳花着水万浮萍",自注:"柳至易成,飞絮落水中,经宿即为浮萍。"纳兰性德《山花子》:"风絮飘残已化萍,泥莲刚倩藕丝萦。"

解读

　　这是1904年至1905年间的作品。词写长夜难以入眠的惆怅和寂寞,以及对人生飘零、悲欢无常的感伤和无奈。"睡也还醒,醉也还醒,忽听孤鸿三两声",凸显出孤独的清醒者的悲哀和苦痛。

西　河

　　垂柳里,兰舟当日曾系①。千帆过尽,只伊人不随书至②。怪渠道著我侬心,一般思妇游子③。昨宵梦,分明记:几回飞度烟水。西风吹断,伴灯花摇摇欲坠④。宵深待到凤凰山,声声啼鴂催起⑤。锦书宛在怀袖底⑥,人迢迢、紫塞千里⑦。算是不曾相忆⑧;倘有情、早合归来⑨,休寄一纸无聊相思字!

注释

① 兰舟:木兰舟。这里美称情郎的船。

② "千帆"二句:化用温庭筠《梦江南》"过尽千帆皆不是"句。意思是,上千只帆船过去了,就是不见情郎的船,他没有随书信一道到来。伊人,那人,此指情郎。

③ "怪渠"二句:只怪他信上写着贴心话,实际上仍是思妇游子天各一方。渠,他。我侬,我。

④ "西风"二句:梦境被西风吹断,眼前只见灯火在风中摇曳。

⑤ 凤凰山:指代情郎所在。参见张潮《江南行》:"妾梦不离江上水,人传郎在凤凰山。"啼鸩:即鹈鸩,杜鹃鸟。这两句是说,深夜的梦中,眼看快到情郎所在的凤凰山了,却被杜鹃鸟叫醒。

⑥ 锦书:即锦字书。原指前秦时苏蕙寄给丈夫的织锦回文诗。后多指妻子寄丈夫的信;但也有泛指书信的,如李清照《一剪梅》:"云中谁寄锦书来,雁字回时,月满西楼。"这里指情郎寄来的信。

⑦ 紫塞:长城一带的边塞。崔豹《古今注》:"秦筑长城,土色皆紫,汉塞亦然,故称紫塞焉。"

⑧ 算:料想,推想;猜测。

⑨ 合:应该,应当。

解读

　　这首思妇词与前面的《好事近》(愁展翠罗衾)及后面的《荷

叶杯》(矮纸数行草草)、《清平乐》(淡行斜墨)等内容、作法相近,可以互相参看。1896年,王国维(20岁)与莫氏(23岁)结婚,1898年告别妻子,离开家乡海宁至上海(1901年曾短期赴日留学);1903年至1905年先后在南通、苏州任教职。结婚十年间,与莫氏聚少离多,所以这首思妇词当有莫氏影子。词人用词中常见题材,借思妇之口,隐隐道出歉疚之意。王国维素不喜作长调,其115首词中,长调才10首,而三叠的长调仅此一首。词写思妇收到游子来信后的一系列心理活动,思妇情感脉络清晰可见。第一叠写思妇嗔怪伊人远行在外,只见信来,不见人回。第二叠写思妇几回梦中飞度烟水,寻觅伊人,可惜好梦易断。第三叠写思妇思念之切,由嗔怪转为怀疑、怨怒。此词吸收了残唐五代词、乐府民歌乃至元散曲的精髓,清新质朴,自然率真,口吻毕肖,如见其人,绝无多叠长调词常见的板滞壅塞之弊。

摸鱼儿

秋　柳

问断肠江南江北,年时如许春色①。碧阑干外无边柳,舞落迟迟红日②。长堤直,又道是、连朝寒雨送行客,烟笼数驿③。剩今日天涯,衰条折尽④,月落晓风急⑤。　　金城路，多少人间行役⑥。当年风度曾识，北征司马今头白，唯有攀条沾臆⑦。都狼藉⑧。君不见、舞衣寸寸填沟洫，细腰谁惜⑨？算只有多情、昏鸦点点，攒向树枝立⑩。

注释

① 年时：往年时节，当年。如许：这么多。前两句参见韦庄《古离别》诗"晴烟漠漠柳毵毵"，"断肠春色在江南"。

② 阑干：同栏杆。迟迟：阳光温暖、光照充足的样子。《西京杂记》卷四引枚乘《柳赋》："阶草漠漠，白日迟迟。"

③ "长堤"数句：可参见韦庄《金陵图》诗："无情最是台城柳，依旧烟笼十里堤。"王昌龄《芙蓉楼送辛渐》："寒雨连江夜入吴，平明送客楚山孤。""长堤"王国维《人间词》手稿本、苕本作"沙岸"。似以"长堤"为胜。

④ 衰条：指秋日的柳条。古人送客，有折柳相赠的习惯。隋无名氏《送别》："柳条折尽花飞尽，借问行人归不归？"

⑤ 月落晓风急：化用柳永《雨霖铃》"杨柳岸，晓风残月"句意。

⑥ 金城：东晋时地名。在今江苏镇江市附近。参见下条注。行役：行旅奔波。

⑦ 据《世说新语·言语》记载，东晋大司马桓温，北征途经金城，见从前任琅邪内史时所种柳，皆已十围，感慨说："木犹如此，人何以堪！"攀枝执条，泫然流泪。沾臆：意即泪下沾襟。

⑧ 都狼藉:手稿本、苕本作"君莫折"。
⑨ 这里是以舞女比拟柳树。舞衣喻柳叶,细腰喻柳枝。参见辛弃疾《摸鱼儿》:"君莫舞,君不见、玉环飞燕皆尘土。"沟洫(xù叙):田间水道。
⑩ 攒(cuán 蹿,读阳平):聚集。

解读

这首咏秋柳词当作于1904年秋或1905年秋。咏柳是古诗词中常见的题目,写柳大多有所寄托,咏物原本是为了咏怀。此词上片通过对比,写出秋柳萧条景象,主要是抒发离愁别绪,下片进一步写出秋柳的凋零残败,融入感时伤世之情,寄托幽深,情调悲凉,结尾愈趋凄厉衰飒。王国维《人间词》手稿本此词有吴昌绶眉评:"□第二三字均当作平,□客送字宜平,□字嫌与韵溷,宜用上去字。□两字宜酌。"(□为原文残缺。)

蝶恋花

谁道人间秋已尽①?衰柳毿毿②,尚弄鹅黄影③。落日疏林光炯炯,不辞立尽西楼暝④。　万点栖鸦浑未定,潋滟金波⑤,又幂青松顶⑥。何处江南无此景,只愁没个闲人领⑦。

注释

① 人间:手稿本、苕本作"江南"。
② 毵毵(sān 三):枝条细长纷披的样子。韦庄《古离别》:"晴烟漠漠柳毵毵,不那离情酒半酣。"
③ 鹅黄:原是形容新柳嫩芽的淡黄颜色,如王安石《南浦》诗"弄日鹅黄袅袅垂"。这里是说枯柳叶子的颜色与新柳叶子的颜色一样。
④ 暝:日落天黑。
⑤ 潋滟(liàn yàn 练燕)金波:形容柔美的月光。潋滟,水波流动的样子。金波,《汉书·礼乐志》:"月穆穆以金波。"颜师古注:"言月光穆穆,若金之波流也。"
⑥ 幂(mì 密):覆盖,笼罩。
⑦ "何处"二句:参见苏轼《记承天寺夜游》:"何夜无月,何处无竹柏,但少闲人如吾两人耳。"此用其意。领:领略,欣赏。

解读

此词与上一首当为同一时期作品,同样写秋景,写衰柳,甚至同样写到乌鸦,但与上一首的凄凉衰飒截然不同,秋柳被赋予春柳的特色,夕阳明亮的色调,月光如金波流转,无不让人沉醉,就连尚未安静下来的群鸦也显示出一种特殊的生机,词人在秋日大自然的景色里感受到人生的闲雅淡定。对比以上两首词的不同，可以看出词人情感变化，内心矛盾之丰富复杂，而这种矛盾变化在《人间词》里随处可见。

鹧鸪天

列炬归来酒未醒，六街人静马蹄轻①。月中薄雾漫漫白，桥外渔灯点点青。　从醉里，忆平生，可怜心事太峥嵘②。更堪此夜西楼梦③，摘得星辰满袖行。

注释

① 列炬：排列火炬。此指夜间游乐宴饮。六街：都城街道，见前《浣溪沙》(路转峰回出画塘)注④。
② 峥嵘：卓越不凡的样子。徐复祚《投梭记·却说》："抚青萍峥嵘壮志，肯教虚掷。"
③ 更堪：即更哪堪，岂堪；更何况。

解读

这首词当是1904年至1905年间作于苏州。词人宴饮游乐后归来,在朦胧月色、漫漫薄雾笼罩下,在点点渔火的映衬下,半醉半醒之际,回忆平生,强烈感受到自己高远的理想、冲天的壮志与冷酷现实的尖锐矛盾;西楼梦中的豪气与醒后的失望无奈形成了鲜明的对比和巨大的落差。

点绛唇

万顷蓬壶①,梦中昨夜扁舟去②。萦回岛屿,中有舟行路。 波上楼台,波底层层俯③。何人住?断崖如锯,不见停桡处④。

注释

① 万顷:指大海。蓬壶:即蓬莱,古代传说中渤海上三神山之一,因形状如壶器,故称蓬壶。李白《秋夕书怀》诗:"始探蓬壶事,旋觉天地轻。"
② 扁(piān 偏)舟:小船。
③ 这两句可参见《史记·封禅书》:"盖尝有至(三神山)者,诸仙人及不死之药皆在焉。其物禽兽皆白,而黄金白银为宫阙。未至,望之如云;及到,三神山反居水下。临之,风辄引去,终莫能至云。"

点绛唇（万顷蓬壶）

④ 停桡(ráo饶):停船(登岸)。桡,船桨。

解读

　　这是一首记梦词,也可以说是一首游仙词,当作于1904年至1905年间。梦中的蓬莱仙境缥缈难近,可望不可及,虽然"中有舟行路",但终究"不见停桡处"。词中的梦境或仙境,正是词人在《人间词话》中标榜的"造境",寄寓着词人对理想的求索,并透露出理想难于实现的怅惘,只不过表现得隐约幽微,不露声色。这首词与上一首词同是写理想与现实的矛盾,但其表现手法有如此不同。

点绛唇

　　高峡流云,人随飞鸟穿云去。数峰著雨,相对青无语①。　　岭上金光,岭下苍烟冱②。人间曙,疏林平楚③,历历来时路。

注释

① 这几句可参见姜夔《点绛唇》:"燕雁无心,太湖西畔随云去。数峰清苦,商略黄昏雨。"王禹偁《村行》诗:"万壑有声含晚

籁,数峰无语立斜阳。"
② 冱(hù互):凝结,凝聚。
③ 平楚:犹平林。楚,丛林。登高望远,见丛林树梢齐平,故称平楚。谢朓《宣城郡内登望》诗:"寒城一以眺,平楚正苍然。"

解读

　　这是一首写黎明登高远眺的作品,当作于1904年至1905年间,可与下一首《踏莎行》(绝顶无云)参看。此词上片明显受姜夔《点绛唇》上片的启发,但全词写景灵动,历历如画,"高峡流云,人随飞鸟穿云去","岭上金光,岭下苍烟冱",复含理想色彩,气格甚高,韵致超绝,其境界不在姜夔之下。王国维《人间词》手稿本此词有吴昌绶眉批:"写景绝高,佩佩。"

踏莎行

　　绝顶无云,昨宵有雨,我来此地闻天语①。疏钟暝直乱峰回②,孤僧晓度寒溪去。　　是处青山,前生俦侣③,招邀尽入闲庭户。朝朝含笑复含颦④,人间相媚争如许⑤。

注释

① 天语:上天的告语。李清照《渔家傲》:"仿佛梦魂归帝所,闻天语,殷勤问我归何处。"唐顺之《冬至南郊》诗:"神光人共见,天语帝亲闻。"一说天语指寺院钟声;又说天语指诵佛经声。

② 这句是说,早晨寺院的钟声在山谷间回响。暝:昏暗。直:逢,遇。回:反射回音,回响。

③ 俦侣:伴侣,朋友。

④ 含笑复含颦(pín 频):形容山峰晴明、云雨时的不同神态。含颦,原指皱眉。

⑤ 争:同"怎"。如许:如此。

解读

　　这首词上片写登高所见景象,其高远清新、超逸绝尘之处,与上一首《点绛唇》(高峡流云)相近。下片以拟人手法写青山与词人为"前生俦侣",情愫相通,容易让人联想起李白的"相看两不厌,唯有敬亭山",辛弃疾的"我见青山多妩媚,料青山见我应如是"。王国维《游通州湖心亭》诗:"山川非吾故,纷然独相媚。嗟尔不能言,安得同把臂。"虽也有些类似的意思,但与本词相比,毕竟疏远了一些。

清平乐

樱桃花底,相见颓云髻①。的的银釭无限意,消得和衣浓睡②。 当时草草西窗,都成别后思量③。遮莫天涯异日④,转思今夜凄凉⑤。

注释

① 颓云髻:女子松柔的发髻。颓云,柔软的云。崔融《嵩山启母庙碑》:"玄女以明月为珠,素女以颓云为髻。"首二句回想与妻子见面时的情形。
② 的的:光亮的样子。银釭(gāng 刚):银白色的灯盏或烛台。消得:这里相当于"怎消得",怎禁得起。和衣浓睡:穿着外衣沉睡,形容孤独无聊。柳永《婆罗门令》:"昨宵里,恁和衣睡。今宵里,又恁和衣睡。""的的"两句是说,深夜在无限的思念追忆中,独自和衣睡去。
③ 草草:匆忙仓促。西窗:即西窗剪烛,指夫妻夜话。语本李商隐《夜雨寄北》诗:"何当共剪西窗烛,却话巴山夜雨时。"思量:相思,思念。
④ 遮莫:无论;即使。"遮莫"手稿本、苕本作"料得"。
⑤ 转思:手稿本、苕本作"应思"。

解读

这首情词写词人辞家后对妻子深挚的思念。当作于 1905

年前后。词人长期在外,难得回家与莫氏团聚。如果说前面两首思妇词(《好事近》《西河》),是词人为夫人莫氏"代言",那么这首词就是词人自己直接抒情了。词人主要运用对比手法,以久别重逢的美丽、西窗夜话的珍贵,反衬"别后思量"的感伤;结尾两句又以对将来的悬想,突出"今夜凄凉"。构思精妙,抒情哀婉,真挚感人。王国维《人间词》手稿本此词有吴昌绶眉批:"婉曲沉挚之思。"

浣溪沙

月底栖雅当叶看①,推窗跕跕堕枝间②,霜高风定独凭阑。 为制新词髭尽断,偶听悲剧泪无端③,可怜衣带为谁宽④?

注释

① 雅(yā 鸦):同"鸦"。乌鸦。
② 跕跕(dié 叠):坠落的样子。这句是说,作者推开窗户,惊飞了树枝上的乌鸦。
③ 髭(zī 兹)尽断:指苦吟推敲时,常常用手指搓弄髭须,不觉把髭须都捻断了。参见唐卢延让《苦吟》诗:"吟安一个字,捻断

数茎须。""为制新词"两句,手稿本、苕本作"觅句心肝终复在,掩书涕泪苦无端"。

④ 这句化用柳永《凤栖梧》:"衣带渐宽终不悔,为伊消得人憔悴。"

解读

　　这首词当是1905年秋作于苏州。上片写秋夜独自凭栏的孤独,不但无人做伴,仅有的栖鸦也弃他而去;下片写填词的艰辛和看戏的感伤,"可怜衣带为谁宽"的自嘲中,似乎又透露出人生的迷茫和世无知音的惆怅。王国维《文集续编·自序二》说:"近日之嗜好所以渐由哲学而移于文学,而欲于其中求直接之慰藉者矣。"又说:"因词之成功,而有志于戏曲,此亦近日之奢愿也。"可作为本词注脚。

青玉案

　　姑苏台上乌啼曙①,剩霸业今如许②。醉后不堪仍吊古,月中杨柳,水边楼阁,犹自教歌舞。　　野花开遍真娘墓③,绝代红颜委朝露④。算是人生赢得处:千秋诗料,一坯黄土⑤,十里寒螀语⑥。

注释

① 姑苏台:故址在今苏州城南姑苏山上。相传春秋末吴王夫差所筑,夫差曾于台上为长夜之饮。越国攻吴,吴太子友战败,遂焚其台。李白《乌栖曲》:"姑苏台上乌栖时,吴王宫里醉西施。吴歌楚舞欢未毕,青山欲衔半边日。"萨都剌《登姑苏台》诗:"姑苏台上一尊酒,落日昏鸦无限悲。"

② 霸业:吴国曾攻破楚国,后又战胜越国,并北上与晋国争雄,成一时之霸业。但最后仍被越国所灭。如许:如此。

③ 真娘墓:在今苏州市虎丘剑池之西。真娘,唐代吴中乐妓,当时人把她比作苏小小。死后葬于吴宫之侧,往来游客竞相题诗于墓树。白居易《真娘墓》诗:"真娘墓,虎丘道。不识真娘镜中面,唯见真娘墓头草。"

④ 绝代红颜:手稿本作"一样红颜"。委:委弃,抛弃。朝露:早晨的露水,比喻存在的时间短暂。曹操《短歌行》:"对酒当歌,人生几何?譬如朝露,去日苦多。"

⑤ 坏:同"抔(póu 掊,阳平)"。一抔,即一捧、一掬。一抔黄土,指坟墓。

⑥ 寒螀(jiāng 姜):寒蝉。蝉的一种,个小,青赤色,夏末秋初开始鸣叫。寒螀也可以指秋虫。

解读

这是一首怀古词,作于苏州,时间在 1904 年秋或 1905 年秋。此词上下两片分别凭吊苏州一南一北古迹。上片为苏州城南姑苏台吊古,醉里凭吊已自动容,触目见"犹自教歌舞",更是伤感,隐隐有"隔江犹唱后庭花"之警醒。下片为苏州城北真娘墓怀古,由上片歌女衔接而来,过渡巧妙,红颜薄命,自古而然。"人生赢得处"是慰藉语,"千秋诗料"徒添谈资而已,"一坏黄土,十里寒螀语"则倍增凄凉。

少年游

垂杨门外,疏灯影里,上马帽檐斜①。紫陌霜浓②,青松月冷,炬火散林鸦③。　归来惊看西窗上④,翠竹影交加。跌宕歌词,纵横书卷,不与遣年华⑤。

注释

① 上马帽檐斜:描写醉态。暗用晋人山简醉后乘马倒戴帽子的故事。
② 紫陌:都城道路。此指苏州街道。
③ 炬火散林鸦:借用杜甫《杜位宅守岁》诗:"盍簪喧枥马,列炬散林鸦。"

④ 归来惊看:苕本作"酒醒起看"。
⑤ 遣年华:消磨时光,打发光阴。

解读

此词 1904 年秋或 1905 年秋作于苏州,当时词人任苏州师范学堂教职。据笑枫(陈鸿祥)《为制新词髭尽断》一文载:"据说,有一个晚上,(王国维)与同伴几个人路过沧浪亭,恰好遇到有人骑马擎着火炬迎面来。那时,亭边林木相当繁茂,林间宿鸟被火光惊得乱飞。一位同伴脱口吟起了杜工部'炬火散林鸦'的诗句,他闻诗大喜,沿途默想新词,返回学堂宿舍,连夜填成了……《少年游》。"此词上片记秋夜游乐,"霜浓"难掩词人游兴之浓。下片抒写归来豪兴,"跌宕歌词,纵横书卷,不与遣年华",尽显词人豪宕峻爽之情,与前《浣溪沙》"可怜衣带为谁宽"之感伤截然不同。

满庭芳

水抱孤城,云开远戍,垂柳点点栖鸦①。晚潮初落,残日漾平沙。白鸟悠悠自去②,汀洲外、无限蒹葭③。西风起,飞花如雪④,冉冉去帆斜。　　天涯,还忆旧,香尘随马,明月窥车⑤。渐秋风镜里,暗换年华。纵使长条无恙,重来处、攀折堪嗟⑥。人何许⑦,朱楼一角,寂寞倚残霞。

注释

① 前几句参见秦观《满庭芳》:"斜阳外,寒鸦数点,流水绕孤村。"远戍:边地的营垒。王昌龄《从军行》之七:"人依远戍须看火。"

② 白鸟悠悠自去:参见元好问《颍亭留别》诗:"寒波澹澹起,白鸟悠悠下。"王国维《人间词话》举此两句为"无我之境"。

③ 汀洲:水中小岛。蒹葭(jiānjiā 兼加):生长在水边的芦苇一类的植物。

④ 西风:指秋风。飞花:指芦花。

⑤ "香尘"两句:回忆元宵夜游场景。这两句化用苏味道《正月十五夜》诗:"暗尘随马去,明月逐人来。"

⑥ 纵使长条无恙:参见韩翃《章台柳》:"章台柳,章台柳,昔日青青今在否?纵使长条似旧垂,也应攀折他人手。"攀折堪嗟:晋人桓温见从前所种柳已十围,嗟叹:"木犹如此,人何以堪!"见前《摸鱼儿》(秋柳)注⑦。

⑦ 何许:何处。

解读

　　这首词可能是 1904 年秋或 1905 年秋送别友人之作。此词

39

上片写秋日孤城安宁闲适的景象,颇有词人标榜的"无我之境"的味道,但"冉冉去帆"还是隐隐透露了依依之情,并由此引出下半片怀旧与伤别的主题,思绪绵密,情韵悠长。

蝶恋花

阅尽天涯离别苦,不道归来,零落花如许①。花底相看无一语,绿窗春与天俱莫②。　　待把相思灯下诉,一缕新欢,旧恨千千缕③。最是人间留不住,朱颜辞镜花辞树④。

注释

① 不道:不料。如许:如此。这里说花零落,也是说妻子已憔悴。
② 莫:同"暮"。
③ 新欢:指久别重逢的欢乐。旧恨:指长期的离愁别恨。
④ 朱颜辞镜:参见冯延巳《鹊踏枝》:"日日花前常病酒,不辞镜里朱颜瘦。"

解读

1905年春末夏初,词人返回海宁家中,与妻子莫氏相聚,作此词。词人1896年与莫氏结婚,两年后告别妻子,先后漂泊于上海、日本、南通、苏州,结婚十年间,与莫氏聚少离多,故有"阅尽天涯离别苦"的慨叹。"苦"到深处,"恨"到极致,自是"相看无一语","旧恨千千缕"。词人推己及人,由眼前之恨总结出人间永恒之痛:"最是人间留不住,朱颜辞镜花辞树。"

玉楼春

今年花事垂垂过①,明岁花开应更朵②。看花终古少年多,只恐少年非属我。　　劝君莫厌金罍大③,醉倒且拚花底卧④。君看今日树头花,不是去年枝上朵⑤。

注释

① 花事:有关花的事,多指游春赏花等事。洪咨夔《满江红》:"送雨迎晴,花事过、一庭芳草。"垂垂:渐渐。杜甫《和裴迪登蜀州东亭送客逢早梅相忆见寄》诗:"江边一树垂垂发,朝夕催人自白头。"
② 朵(duǒ朵):下垂。指花开得繁盛,花枝下垂。
③ 金罍(léi雷):饰金的大型酒器。《诗经·周南·卷耳》:"我姑

酌彼金罍,维以不永怀。""金罍"手稿本、苕本作"尊罍"。
④ 这句化用张抡《蝶恋花》:"醉倒何妨花底卧,不须红袖来扶我。"
⑤ 这两句可参看屈大均《梦江南》:"纵使归来花满树,新枝不是旧时枝。"

解读

　　这首词以花事喻人事,把深湛的哲理写得浅近亲切,通俗易懂:今年的花谢了,明年还会盛开,但是今年树枝上的花,已不是去年同一树枝上的花了;人生亦是如此,今天的我,不再是昨天的我了,青春短暂,转瞬已逝。因为从运动发展的眼光看,任何事物生生不息,瞬息万变。所以,在短暂的人生里,不妨纵酒豪饮,醉卧花底。王国维《人间词》手稿本此词有吴昌绶眉批:"名理湛深,惟前半尚请酌。"

阮郎归

　　女贞花白草迷离①,江南梅雨时。阴阴帘幕万家垂,穿帘双燕飞②。　　朱阁外,碧窗西,行人一舸归③。清溪转处柳阴低,当窗人画眉④。

注释

① 女贞:常绿灌木,夏初开花,花白色。迷离:模糊不清。这是说花草在烟雨中有些朦胧。

② 这两句可参见晏殊词残句:"罗幕中间燕子飞。"史达祖《双双燕》(咏燕):"过春社了,度帘幕中间,去年尘冷。"

③ 行人:作者自指。舸(gě 葛,读上声):小船。

④ 末句描写莫氏,可参见韦庄《菩萨蛮》:"劝我早归家,绿窗人似花。"

解读

　　这首词写于1905年春末夏初,与前面的《蝶恋花》(阅尽天涯离别苦)同为还家与妻子莫氏团聚之作,唯作法不同。此词纯用白描手法,通篇写景,而无一语抒情;但是,正如《人间词话删稿》所说:"昔人论诗词,有景语、情语之别,不知一切景语皆情语也。"作者绵密悠长的丰富的情感,通过上片朦胧优美的水墨画般的画面,和下片清新明媚的风俗画般的场景,细腻温婉地表达出来,留给读者美好的想象空间和回味余地。

阮郎归

美人消息隔重关①,川途弯复弯。沉沉空翠压征鞍，马前山复山②。　　浓泼黛，缓拖鬟③，当年看复看。只余眉样在人间④，相逢艰复艰。

注释

① 重(chóng虫)关：重重关塞。川途：路途。
② "沉沉"两句：从范成大《浪淘沙》"空翠湿征鞍,马首千山"化出。空翠,指山上绿色的云雾。
③ 浓泼黛：中国山水画中常用泼墨技法。黛,墨绿色,青黑色。此处是由山色联想到美人乌黑的头发。缓拖鬟：梳起宽松低垂的发髻。这两句可参看顾况《华山西岗游赠隐玄叟》诗中"泼黛若鬟沐"的比喻,以及黄庭坚《诉衷情》："山泼黛,水挼蓝。"
④ 眉样：画眉的式样。贺铸《玉楼春》："远山眉样认心期,流水车音牵目送。"

解读

这首情词写行旅途中思念"美人",约作于1905年。词中"美人"远隔千山,音信渺茫,欲与之相逢,困难重重,遥不可及。这可能是羁旅在外思念夫人莫氏,也可能曾倾慕某位"美人",当然也有可能是传统的"香草美人"手法,别有寄托。这首词在表现形式上突出的特色是"字字双"句法的运用("弯复弯"、"山复山"、"看复看"、"艰复艰"),回环往复,余韵袅袅。据《太平广记》

卷三三〇《中官》条引《灵怪集》记载:有中官宿于官坡舍,夜见崔常侍等四人举酒赋诗,联句歌曰:"床头锦衾斑复斑,架上朱衣殷复殷,空庭朗月闲复闲,夜长路远山复山。"后人因称此体为"字字双"。

浣溪沙

天末同云黯四垂①,失行孤雁逆风飞,江湖寥落尔安归②? 陌上金丸看落羽,闺中素手试调醯③,今宵欢宴胜平时。

注释

① 天末:天边。同云:雪云。语出《诗经·小雅·信南山》:"上天同云,雨雪雰雰。"朱熹集传:"同云,云一色也。将雪之候如此。"后常用作降雪之典。黯(àn 暗):阴暗,昏暗。此作动词用。四垂:四边,四面。

② 失行:失群,掉队。寥落:冷落,冷清。

③ "陌上"二句:只见路上某公子用金丸将孤雁射落下来,交由妇人去调制美味雁肉。陌上,路上。落羽,指坠落的鸟。杜甫《归雁二首》之二:"伤弓流落羽,行断不堪闻。"调醯(xī

西),此指调味;醯,醋。这两句《甲稿》原作"陌上挟丸公子笑,座中调醯丽人嬉",此据王国维《人间词》手稿本、苕本改。

解读

　　这是《人间词》中的名篇,因其突破词的传统题材,注入崭新的现代意识,而深受好评。词写阴暗冷酷的环境里,孤雁惨遭击落、被人煮食的故事。词人以鲜明的对比手法,描绘了弱者的凄凉无助和强者的残忍骄横,揭示了人世间普遍存在的弱肉强食的现实,冷静的叙事中隐寓着幽深的孤愤。《人间词话删稿》四六条词人自评:"樊抗父(志厚)谓余词如《浣溪沙》之'天末同云',《蝶恋花》之'昨夜梦中'、'百尺高楼'、'春到临春'等阕,凿空而道,开词家未有之境。余自谓才不若古人,但于力争第一义处,古人亦不如我用意耳。"自评或许有些自负,但"力争第一义"云云所言不虚。

浣溪沙

　　山寺微茫背夕曛①,鸟飞不到半山昏,上方孤磬定行云②。　　试上高峰窥皓月,偶开天眼觑红尘③,可怜身是眼中人④。

注释

① 微茫:隐约,模糊。夕曛(xūn 勋):日落时的余晖。戴叔伦《晚望》诗:"山气碧氤氲,深林带夕曛。"
② 上方:寺庙。杜甫《山寺》诗:"上方重阁晚,百里见纤毫。"磬(qìng 庆):佛寺中钵形的打击乐器,用铜制成。定行云:即《列子·汤问》"响遏行云"之意,意谓乐声高入云霄,把飘动着的云也止住了。
③ 天眼:佛教所说五眼之一。能透视众生诸物,无论上下、远近、前后、内外、大小及未来,皆能观照。又古诗词中常以天眼指月亮。
④ 这句是说,可怜自己也是眼底下这芸芸众生中的一员。

解读

　　这是《人间词》中引人瞩目的力作,寓意深邃,发人深省。独上高峰,偶开天眼,俯视红尘,境界极高。如果说,俯瞰扰攘红尘中的芸芸众生,堪称大悲悯,那么,进而发现自己亦是这芸芸众生中的一员,则是大悲哀;然而,能自知其为扰攘红尘中一俗子,终不失为大觉醒。

青玉案

　　江南秋色垂垂暮,算幽事、浑无数①。日日沧浪亭畔路②：西风林下，夕阳水际，独自寻诗去。可怜愁与闲俱赴，待把尘劳截愁住③。灯影幢幢天欲曙④。闲中心事，忙中情味，并入西楼雨。

注释

① 垂垂：渐渐。幽事：幽景，胜景。杜甫《秦州杂诗》之九："丛篁低地碧，高柳半天青。稠叠多幽事，喧呼阅使星。"浑：仍旧，依然。杜甫《十六夜玩月》诗："巴童浑不寐，半夜有行舟。"

② 沧浪亭：在苏州城南。原为五代吴越广陵王钱元璙花园别墅。北宋诗人苏舜钦买下别墅，临水筑亭，因有感于渔父《沧浪之水歌》而命名为沧浪亭，并作《沧浪亭记》。

③ "可怜"两句：可惜悠闲往往伴随着忧愁一齐来，看来只有忙碌才能忘却忧愁。可怜，这里是可惜的意思。尘劳，指世俗事务的烦劳。截愁住，即截住愁。

④ 幢幢：摇曳、晃动的样子。元稹《闻乐天授江州司马》："残灯无焰影幢幢，此夕闻君谪九江。"

解读

　　这首词1905年深秋作于苏州。江南古城晚秋的山水幽景，滋养了词人的诗情和闲趣，但依然除不去词人内心深处的愁绪，无奈只有埋头世俗事务中，通宵达旦地工作，以忘却忧愁。词人把闲愁和烦劳、雅事和俗务错综下的复杂心境,归并到迷蒙的西楼秋雨中,让读者自己去细细品味。

浣溪沙

　　昨夜新看北固山①,今朝又上广陵船②,金焦在眼苦难攀③。　　猛雨自随汀雁落,湿云常与莫鸦寒④,人天相对作愁颜。

浣溪沙(昨夜新看北固山)

注释

① 北固山:在今镇江市区东北,北临长江,山壁陡峭,形势险固,因名北固。南朝梁武帝登临此山,曾亲书"天下第一江山"。山顶多景楼风景绝佳,号称"天下江山第一楼"。

② 广陵:今扬州市,与镇江市隔长江相望。

③ 金焦:金山、焦山,与北固山素称镇江"三山"。金山在镇江市区西北,金山寺依山而建,殿宇楼台连成一片,山顶有七级慈寿塔。焦山在镇江东北长江中,因东汉名士焦光隐居山中而得名,又因满山苍翠,宛如碧玉浮江,亦称浮玉山。

④ 莫:同"暮"。

解读

　　1906年初春,罗振玉奉学部尚书荣庆奏调,入为学部参事,王国维随行赴京,由苏州取道镇江、扬州,经运河北上,此词即作于途经镇江、扬州时。沿途名胜令人神往,可惜天公不作美,猛雨湿云,寒雁暮鸦,一派萧条清冷景象,令词人愁眉不展。

鹊桥仙

　　沉沉戍鼓①,萧萧厩马②,起视霜华满地。猛然记得别伊时,正今夕邮亭天气③。　　北征车辙,南征归梦,知是调停无计④。人间事事不堪凭,但除却"无凭"两字⑤。

注释

① 戍鼓:边防驻军的鼓声。杜甫《月夜忆舍弟》诗:"戍鼓断人行,边秋一雁声。"
② 萧萧:马鸣声。《诗经·小雅·车攻》:"萧萧马鸣,悠悠旆旌。"
③ 伊:她,此指妻子莫氏。今夕:手稿本、苕本作"今日"。邮亭:即驿馆。旧时供传递文书的人中途换马匹或休息、住宿的地方。这两句可参见韦庄《女冠子》:"正是去年今日,别君时。"
④ "北征"三句:意思是说,自己正在往北行进途中,而妻子却做着丈夫南归的梦,可知现实与梦想的矛盾无法调解。车辙,车轮压出的痕迹。
⑤ 末句调侃说,只有"无凭"两字可以依凭。意思仍是"人间事事不堪凭",不过故意曲折一笔,进一层写人生之无奈。

解读

　　这首词是1906年初春北上赴京途中思念妻子之作。王国维1898年告别妻子莫氏,离开家乡至上海,是在正月中旬,时节正与此时吻合,由此触发了词人内心深处伤痛的记忆。长期的聚少离多,迫于生计的无奈漂泊,难以兑现的相思之情和无从救赎的亏欠之感,使词人对人间的种种无奈和无凭有了更深的体认。

鹊桥仙

绣衾初展,银釭旋剔①,不尽灯前欢语。人间岁岁似今宵,便胜却貂蝉无数②。 霎时送远,经年怨别③,镜里朱颜难驻④。封侯觅得也寻常,何况是封侯无据⑤。

注释

① 绣衾:绣花被子。银釭旋剔:油灯刚刚剔过。银釭,此指油灯。旋,随即。剔,指挑起灯芯,剔除余烬,使灯更亮。

② "人间"两句:化用秦观《鹊桥仙》:"金风玉露一相逢,便胜却人间无数。"貂蝉,貂尾蝉羽,是古代王公显贵冠上的饰物,后因以貂蝉代指达官显贵。"胜却貂蝉无数"与下片"封侯觅得也寻常"同一立意。

③ 霎时:片刻,一会儿。经年:经历一年或多年。柳永《雨霖铃》:"此去经年,应是良辰好景虚设。"

④ 这句可参见宋征舆《蝶恋花》:"人苦伤心,镜里颜非昨。"
⑤ 古人把建功立业、求取封侯当作仕途最高成就。东汉班超曾投笔叹道:"大丈夫无他志略,当效傅介子、张骞立功异域,以取封侯,安能久事笔砚间乎!"但独守空闺的思妇往往蔑视封侯。王昌龄《闺怨》:"闺中少妇不知愁,春日凝妆上翠楼。忽见陌头杨柳色,悔教夫婿觅封侯。"末两句句式可参见晏几道《阮郎归》:"梦魂纵有也成虚,那堪和梦无。"

解读

　　此词写夫妻难得的一次重逢,充满欢娱;但短暂的欢会,很快被长年的离别所取代。比起青春荒芜,红颜凋零来,离家远行,去追逐功名利禄又有什么价值?"人间岁岁似今宵,便胜却貂蝉无数",虽然是从秦观"金风玉露一相逢,便胜却人间无数"脱胎而来,但本词融入了词人切身之感,又能推而广之,立足于人间,所以比秦观词更多人世关怀。

减字木兰花

　　皋兰被径①,月底阑干闲独凭。修竹娟娟②,风里时闻响佩环③。　　蓦然深省④,起踏中庭千个影。依旧人间，一梦钧天只惘然⑤。

注释

① 皋兰被径：岸边的兰草遮住了路径。皋兰，泽边兰草。语出《楚辞·招魂》："皋兰被径兮斯路渐。"

② 娟娟：秀美的样子。杜甫《狂夫》诗："风含翠筿娟娟净，雨裛红蕖冉冉香。"

③ 这句是说，风声和着美妙动听的水声。参见柳宗元《至小丘西小石潭记》："隔篁竹，闻水声，如鸣佩环，心乐之。"姜夔《念奴娇》："三十六陂人未到，水佩风裳无数。"佩环，玉质佩饰物。

④ 省(xǐng)醒：知觉，醒悟。

⑤ 一梦钧天：据《史记·赵世家》记载，赵简子生病，数日不知人事，醒后对人说："我之帝所甚乐，与百神游于钧天，广乐九奏万舞，不类三代之乐，其声动人心。"梦钧天，即梦闻钧天广乐。钧天，天中央。惘然：失意的样子。

解读

此词写清幽的月夜里词人由陶醉到警醒的情思变化，隐约表现了理想与现实的矛盾。上片词人沉浸于月光下的兰草修竹和风声佩环声里，恍惚间进入了一个远离尘嚣的幻境。下片词人从幻觉中猛然醒悟过来，自己仍然生活在纷浊的红尘俗世，幻境仙乐只在天上或梦里,留在人间的只有无限的失落惆怅。

鹧鸪天

阁道风飘五丈旗①,层楼突兀与云齐②。空余明月连钱列③,不照红葩倒井披④。　　频摸索,且攀跻⑤。千门万户是耶非⑥?人间总是堪疑处,唯有兹疑不可疑⑦。

注释

① 阁道:高楼间或山岩险要处架空的通道。因上下有道,又称复道。参见《史记·秦始皇本纪》:"先作前殿阿房,东西五百步,南北五十丈,上可以坐万人,下可以建五丈旗。周驰为阁道,自殿下直抵南山。"

② 突兀:高耸的样子。杜甫《茅屋为秋风所破歌》:"何时眼前突兀见此屋,吾庐独破受冻死亦足。"与云齐:参见《古诗十九首》:"西北有高楼,上与浮云齐。"

③ 明月连钱列:指宫殿中明月珠等华贵的饰物,语出班固《西都赋》对昭阳殿的描绘:"随侯明月,错落其间;金釭衔璧,是为列钱。"李善注:"随侯之珠,盖明月珠也。"随侯珠,随侯所得

夜光宝珠。相传随侯见大蛇伤断,以药敷而涂之,后蛇于夜中衔大珠以报。因夜光珠有似明月,故亦称明月珠。金釭衔璧,《汉书·孝成赵皇后传》:"壁带往往为黄金釭,函蓝田璧。"壁上横木露出如带者为壁带,壁带中往往以金环装饰,镶以蓝田玉,视之如连钱排列。

④ 红葩倒井披:语出张衡《西京赋》:"蒂倒茄于藻井,披红葩之狎猎。"以及王勃《九成宫颂》:"红葩紫的,垂倒井而披文。"红葩,红花。倒井,即藻井,我国古代建筑中绘有彩色花纹图案的凹形的天花板装饰,因形状如覆井,故名。

⑤ 攀跻(jī鸡):向上攀登。

⑥ 千门万户:形容殿宇深广。《史记·孝武本纪》:"于是作建章宫,度为千门万户。"是耶非:是呢还是不是呢?参见汉武帝《李夫人歌》:"是耶非耶? 立而望之,翩何姗姗其来迟。"

⑦ 末句是说,只有怀疑人世间这一点,毋庸置疑。意思仍是"人间总是堪疑处"。其涵义及表现手法,与前《鹊桥仙》"人间事事不堪凭,但除却'无凭'两字"相似。

解读

此词当是 1906 年初春作于北京。词中用秦汉宫殿掌故,实写晚清时事,此犹唐人喜用秦汉典故写唐朝时事。唯词旨隐晦,境界空灵,不能辨明其本事,但大致可以看出词人进京后的观察、摸索,结合其对现实人生的探究,所见所感,益增其失落、迷茫和怀疑而已。其中亦可以看出叔本华哲学对词人的影响。

浣溪沙

夜永衾寒梦不成①，当轩减尽半天星②，带霜宫阙日初升。　　客里欢娱和睡减，年来哀乐与词增③，更缘何物遣孤灯④？

注释

① 夜永：黑夜漫长。衾寒：被子单薄，难以抵御寒冷。这句化用杜安世《剔银灯》首句："夜永衾寒梦觉。"
② 这句是说，当窗看着星星暗淡下去，天渐渐亮起来。
③ 哀乐：《世说新语·言语》记载，谢安对王羲之说："中年伤于哀乐，与亲友别，辄作数日恶。"王羲之说："年在桑榆，自然至此，正赖丝竹陶写。恒恐儿辈觉，损欣乐之趣。"
④ 缘：凭借，借助。遣：打发，消磨。

解读

此词当是 1906 年初春作于北京。词人长年漂泊在外，辗转于上海、南通、苏州，如今客居京城，漫漫寒夜，忧世伤生，难以入眠，眼看着天空星星渐渐稀少，直到东方既白，初日东升。除了填词治学，似乎也没有其他方法排遣寒夜孤灯下的寂寞。但是，词中抒发的哀乐既多，反过来又使词人伤于哀乐。

浣溪沙

画舫离筵乐未停①,潇潇暮雨阖闾城,那堪还向曲中听②！　　只恨当年形影密,不关今日别离轻③,梦回酒醒忆平生。

注释

① 画舫:装饰华美的游船。离筵:送别的宴席。白居易《晓别》:"晓鼓声已半,离筵坐难久。"

② "潇潇"两句:典出白居易《寄殷协律》诗:"吴娘暮雨潇潇曲,自别江南更不闻。"白居易自注:"江南吴二娘曲云:'暮雨潇潇郎不归。'"白居易是感叹自从离开江南后,再也听不到吴娘婉转缠绵的歌声了。这首词变用其意。词人在暮雨潇潇的离别场合,听到吴娘唱那凄婉的曲子,怎么也受不住了。阖闾(hé lú 河驴)城,即苏州城。春秋时吴王阖闾使伍子胥筑都城于此。

③ 别离轻:轻易别离。韦庄《长干塘别徐茂才》诗:"乱离时节别离轻,别酒应须满满倾。"

解读

这是1906年初春词人离开苏州赴京时告别友人之作。伤别的宴席,绵密的细雨,凄婉的离歌,使词人难以承受离别之

"轻"——不要怪今日轻易离别,要怪就怪当初彼此形影不离、情谊太深。哀痛的话,翻过来说,倍加沉痛。末句"梦回酒醒忆平生",由眼前别离的痛苦,引发出更多的人生的悲凉,使这首作品呈现出既哀婉缠绵又凝重深广的情致。

浣溪沙

才过苕溪又霅溪①,短松疏竹媚朝辉,去年此际远人归。　　烧后更无千里草②,雾中不隔万家鸡③,风光浑异去年时。

注释

① 苕溪:在浙江省北部。有二源:出自天目山之南的为东苕溪,出自天目山之北的为西苕溪。相传溪水两岸多苕花,秋时飘散水上如飞雪,故名。霅(zhà 诈)溪:东苕溪、西苕溪等水流至湖州城内,汇合为霅溪,向北流入太湖。按此是词人离家后北上所经水路。
② 烧后:即野烧后。详见下一首《贺新郎》注④。
③ 这句是说,雾里看不清庄户人家,但听得见鸡叫。

解读

这是词人返回海宁后不久又离家出行,路过湖州之作。约作于 1905 年末至 1906 年初。对一个离家漂泊的游子来说,眼前的景色萧条凄迷,跟去年回家时明媚的景色形成了鲜明的对比。这里有可能是前后景色不同,但更多的恐怕还是作者心境的不同。《人间词话》所说:"有我之境,以我观物,故物皆着我之色彩。"可以为本词作一旁注。

贺新郎

月落飞乌鹊①,更声声暗催残岁,城头寒柝②。曾记年时游冶处,偏反一栏红药,和士女盈盈欢谑③。眼底春光何处也?只极天野烧明山郭④。侧身望,天地窄。　遣愁何计频商略⑤,恨今宵书城空拥,愁城难落⑥。陋室风多青灯灺⑦,中有千秋魂魄,似诉尽人间纷浊。七尺微躯百年里⑧,那能消今古闲哀乐⑨!　与蝴蝶,蘧然觉⑩。

注释

① 月落飞乌鹊：参见曹操《短歌行》："月明星稀，乌鹊南飞。绕树三匝，何枝可依。"张继《枫桥夜泊》："月落乌啼霜满天。"

② 残岁：岁暮。寒柝(tuò 唾)：寒夜打更的木梆声。

③ "曾记"三句：是说往常游乐的地方，曾经充满了鲜花和欢笑。年时：原指往年。这里指春天时节。游冶：指游乐、野游。偏反：花摇动的样子。语出《论语·子罕》引佚诗："棠棣之华，偏其反而。"朱熹注谓"偏"同"翩"，"反"同"翻"，"言花之摇动也"。红药：即芍药，五月开花，花大而美丽，有紫红、粉红、白等多种颜色。沈绍姬《寄家人》诗："记得小园亲手植，一栏红药今何如？"士女：青年男女。盈盈：仪态美好的样子。欢谑：欢笑戏谑。参见《诗经·郑风·溱洧》："维士与女，伊其相谑，赠之以芍药。"

④ 这句借用严维《荆溪馆呈丘义兴》诗："野烧明山郭，寒更出县楼。"野烧，焚烧野外枯草之火。

⑤ 商略：商量，商讨。方岳《贺新郎》："风雨夜，更商略。"

⑥ 书城：言书籍极多，环列如城。陈继儒《太平清话》："宋政和时，都下李德茂环集坟籍，名曰书城。"愁城：比喻愁闷心境。庾信《愁赋》："攻许愁城终不破，荡许愁门终不开。"落：陷落；攻破。

⑦ 青灯：指油灯。其光青莹，故名。烬(xiè 谢)：油灯的灰烬。此谓灯油即将烧尽。

⑧ 七尺：人身高约为古尺七尺，因以"七尺"代指身躯。百年：指

人的一生。
⑨ 那:同哪。消:禁受,承受。闲哀乐:无关紧要的哀乐。
⑩ 与蝴蝶,蘧(qú渠)然觉:用《庄子·齐物论》:"昔者庄周梦为胡蝶,栩栩然胡蝶也。自喻适志与,不知周也。俄然觉,则蘧蘧然周也。"蘧蘧然,悠然自得的样子。觉,睡醒。

解读

　　这首词当是1906年初旧历岁暮书怀之作。上片写景为主,以记忆中春天的明媚,士女出游的欢乐,反衬岁暮寒夜的萧条冷清,由"侧身望,天地窄"引出下片愁怀的抒发。词人潜心学问,坐拥书城,希望通过哲学和文学来解决人生之问题,排遣人生之烦恼。但是,越深入其间,越感觉人间纷浊,越难驱遣愁绪。最终,词人只有试着从庄子哲学中寻找遣愁的计策。

人月圆

梅

　　天公应自嫌寥落①,随意著幽花②。月中霜里,数枝临水,水底横斜③。　　萧然四顾④,疏林远渚⑤,寂寞天涯。一声鹤唳⑥,殷勤唤起,大地清华⑦。

注释

① 寥落:冷清,冷落。此指万木萧条。司马光《和道矩红梨花》之一:"应为穷边太寥落,并将春色付秾芳。"

② 著(zhuó卓):开(花)。王维《杂诗》:"来时绮窗前,寒梅著花未?"幽花:幽雅之花。皎然《冬日天井西峰张炼师所居》:"零叶聚败篱,幽花积寒渚。"此指梅花。

③ "月中"三句:化用李商隐《霜月》诗"月中霜里斗婵娟"句,以及林逋《山园小梅》诗"疏影横斜水清浅"句。

④ 萧然四顾:即四顾萧然。萧然,空寂、萧条。范仲淹《岳阳楼记》:"满目萧然,感极而悲。"

⑤ 疏林:稀疏的林木。远渚(zhǔ主):远处的水中小岛。这句参见冯时行《青玉案》(和贺方回《青玉案》寄果山诸公):"疏林小寺,远山孤渚,独倚阑干处。"

⑥ 鹤唳(lì历):鹤高声鸣叫。参见《诗经·小雅·鹤鸣》:"鹤鸣于九皋,声闻于野。"

⑦ 清华:清新美丽的景致。谢混《游西池》诗:"景昃鸣禽集,水木湛清华。"

解读

　　这是一首不同凡响的咏梅词,当作于1906年早春。如果说,词的上片写梅花的形象和品格,尚未脱尽传统套路,那么,下片抒发梅花的情怀则充满现代意识,道前人所未曾道。在这里,梅花一反孤芳自赏、顾影自怜、远离尘嚣的姿态,而以博大的胸怀,殷勤热切地期待大地春回,水木清华,以打破眼前万木萧条、天地岑寂的景象。词人借梅花表现出少见的理想色彩,间接透露出高远的政治抱负、改变现实的强烈渴望,这应该与当时清末"新政"有关,也可能与他即将跟随罗振玉赴京至学部任职有关。

卜算子

水 仙

罗袜悄无尘①,金屋浑难贮②。月底溪边一晌看,便恐凌波飞去③。　　独自惜幽芳,不敢矜迟莫④。却笑孤山万树梅⑤,狼藉花如许。

注释

① 罗袜悄无尘:曹植《洛神赋》:"凌波微步,罗袜生尘。"罗袜,丝罗袜子。原写洛神宓妃步行于水波之上,如有尘埃飞起。这里反用其意,形容水仙姿态轻盈,品性高洁。

② 金屋:据《汉武故事》记载,汉武帝年少时曾说:"若得阿娇作妇,当作金屋贮之也。"这里也是反用其意,借以说明水仙姿色自然天成。

③ 凌波:参见注①。又水仙有凌波仙子的美称。参见黄庭坚《王充道送水仙花五十枝欣然会心为之作咏》诗:"凌波仙子生尘袜,水上轻盈步微月。"

④ 矜:怜悯。迟莫,即迟暮,指花凋残。这两句谓水仙懂得盛衰代谢之理,既珍惜绽放时的芬芳,又不会为凋残而自怜。

⑤ 孤山:在杭州西湖。北宋时,林逋隐居于此,种梅养鹤,自许"梅妻鹤子"。

解读

这首咏水仙词写得轻盈灵秀,高洁脱俗。只是与上一首咏梅词对比,趣向正好相反(难怪梅花遭到水仙讪笑),本词又回到传统的孤芳自赏、远离尘嚣的老路上去了,再也没有上一首词中关注现实的热情与理想。《人间词》中的矛盾、词人心中的冲突,每每如此。

八声甘州

直青山缺处倚东南①,万堞浸明湖②。看片帆指处③，参差官阙，风展旌旗④。向晚橹声渐数⑤，萧瑟杂菰蒲⑥。一骑严城去⑦，灯火千衢⑧。　　不道繁华如许⑨，又万家爆竹，隔院笙竽⑩。叹沉沉人海，不与慰羁孤⑪。剩终朝襟裾相对⑫，纵委佗⑬，人已厌狂疏⑭。呼灯且觅朱家去⑮，痛饮屠苏⑯。

注释

① 直：当，对着。倚东南：苏州地势西北部多小山，东南部平坦。"倚东南"手稿本、苕本作"是孤城"。

② 万堞：指连片城墙。堞，城上齿形的矮墙。"万堞"手稿本、苕本作"倒悬"。浸：此谓倒映水中。明湖：苏州旧时城墙下多

八声甘州(直青山缺处倚东南)

河流湖泊。

③ 看片帆指处:手稿本、苕本作"森千帆影里"。

④ 旌旟(yú鱼):旗帜。旟,古代一种军旗,旗上画有鸟隼图像。

⑤ 这句是说,傍晚时分船上人急着要赶回家过年。数(shuò硕):快,急速。"橹声渐数"手稿本、苕本作"棹声渐急"。

⑥ 萧瑟:风吹草木的声音。菰蒲:菰和蒲,都是浅水草本植物。这句是说,冷风中菰蒲交杂作响。

⑦ 一骑:手稿本、苕本作"列炬"。严城:见前《如梦令》(点滴空阶疏雨)注②。

⑧ 千衢:城内各处街道。衢,大路、道路。

⑨ 不道:不料。如许:如此。

⑩ 笙竽:古代两种吹奏乐器,形制相近。这里指乐器演奏声。

⑪ 羁孤:滞留异乡的孤独者。石孝友《鹧鸪天》:"万里羁孤困一箪。"

⑫ 终朝:终日,整天。杜甫《冬日有怀李白》:"寂寞书斋里,终朝独尔思。"襟裾:衣的前襟和后襟。襟裾相对,意谓彼此衣冠楚楚,正襟危坐。

⑬ 委佗(tuó陀):雍容自得的样子。语本《诗经·鄘风·君子偕老》:"委委佗佗,如山如河。"

⑭ 狂疏:狂放不受拘束。参见词人《端居》诗:"端居多暇日,自与尘世疏。处处得幽赏,时时读异书。高吟惊户牖,清谈霏琼琚。有时作儿戏,距跃绕庭除……"可见"狂疏"之一斑。

⑮ 朱家:人名,秦末汉初鲁地侠士,常急人所急,行侠仗义。曾助季布摆脱杀身之祸,及季布尊贵,却终身不见。后以朱家

代指豪侠之士。李白《早秋赠裴十七仲堪》诗："历抵海岱豪，结交鲁朱家。"
⑯ 屠苏：酒名。古代风俗于农历正月初一饮屠苏酒。宗懔《荆楚岁时记》："（正月初一）长幼悉正衣冠，以次拜贺，进椒柏酒，饮桃汤，进屠苏酒……次第从小起。"

解读

　　这首长调当是 1906 年 1 月词人在异乡苏州过年时所作。上片写苏州胜景，山水壮丽，宫阙峥嵘，气象开阔，但繁盛之中亦含凄清（"萧瑟杂菰蒲"），热闹之中（"灯火千衢"）反衬出词人的孤单（"一骑严城去"），这就为下片抒发除夕孤独之感做了铺垫。下片主要从两个方面来写孤独之感，一是极写别人过年的欢乐（"万家爆竹，隔院笙竽"），反衬自己的"羁孤"；二是突出写自己与周边虚伪之人格格不入，遭人厌恶。在这样孤独郁闷的环境里，词人只有想象与豪侠之士痛饮，以放纵自己的"狂疏"本性。

浣溪沙

　　曾识卢家玳瑁梁，觅巢新燕屡回翔，不堪重问郁金堂①。　今雨相看非旧雨②,故乡罕乐况他乡,人间何地著疏狂③?

注释

① 卢家玳瑁梁:语本沈佺期《古意呈乔补阙知之》诗:"卢家少妇郁金堂,海燕双栖玳瑁梁。"卢家少妇,原指一个名叫莫愁的洛阳女子,嫁到富有的卢家,后人往往以她指代少妇。郁金堂,指女子芬芳华贵的居室,见《好事近》(愁展翠罗衾)注③。玳瑁梁,绘有玳瑁花纹的屋梁,后用以美称华丽的屋梁。玳瑁,一种海龟,龟甲黑黄相间,呈半透明状。

② 这一句隐含的意思是,身处异乡,尤觉人情淡薄。典出杜甫《秋述》:"秋,杜子卧病长安旅次,多雨生鱼,青苔及榻。常时车马之客,旧雨来,今雨不来。"意谓宾客旧日遇雨也来,而今遇雨则不来了。指人情初亲后疏。

③ 著(zhuó 卓):安放,安置。这句可参见上一首"人已厌狂疏"。

解读

　　这首词当是1906年春作于北京。上片化用卢家海燕典故,抚今追昔,怀旧思亲,抒发了物是人非、时过境迁的感慨。下片借用杜甫掌故,写客居京城时孤独冷清,郁郁寡欢,自由疏狂的个性难以发挥,流露出人情淡薄、世事难料的伤感和对现实人生的失望。

踏莎行

元夕[①]

绰约衣裳[②]，凄迷香麝[③]，华灯素面光交射[④]。天公倍放月婵娟[⑤]，人间解与春游冶[⑥]。　　乌鹊无声，鱼龙不夜[⑦]，九衢忙杀闲车马[⑧]。归来落月挂西窗，邻鸡四起兰釭灺[⑨]。

注释

① 元夕：农历正月十五上元节，亦即元宵节。

② 绰约：柔婉优美的样子，这里形容女子的衣裳。

③ 凄迷：这里是迷茫的意思。香麝：指麝香一类化妆品的香气。刘遵《繁华应令》诗："腕动飘香麝，衣轻任好风。"周邦彦《解语花》(元宵)词："箫鼓喧，人影参差，满路飘香麝。"

④ 华灯：装饰精美的灯；彩灯。素面：不施脂粉的天然美颜。这里指元宵夜上街游玩的女子的容颜。

⑤ 婵娟：形容月亮美艳皎洁。孟郊《婵娟篇》："月婵娟，真可怜。"

⑥ 人间解与：系"解与人间"之倒装，主语是"天公"。游冶：这里是游乐的意思。

⑦ 鱼龙：古代百戏杂耍表演节目。后来也指鱼龙形灯彩。鱼龙不夜，是说整夜演杂戏、舞龙灯，月光灯火交相辉映，如同白天。参见辛弃疾《青玉案》(元夕)："凤箫声动，玉壶光转，一

夜鱼龙舞。"

⑧ 九衢：纵横交错的街道。刘基《秋兴》诗："九衢车马如流水，尽是邯郸梦里人。"忙杀闲车马：忙煞了平时空闲的车马。

⑨ 兰釭灺：见前《采桑子》(高城鼓动兰釭灺)注①。

解读

这首元宵词可能作于1904年，也可能作于1906年。词写元宵夜华丽的场面、欢腾的景象，笔调轻松明快，读来亦自清新可喜，唯创意较少，吸收融化前人元夕词精华较多，如：苏轼《蝶恋花》(密州上元)"明月如霜，照见人如画，帐底吹笙香吐麝"。周邦彦《解语花》(元宵)"灯市光相射"，"衣裳淡雅"，"人影参差，满路飘香麝"，"望千门如昼，嬉笑游冶。钿车罗帕，相逢处、自有暗尘随马"。辛弃疾《青玉案》(元夕)"宝马雕车香满路，凤箫声动，玉壶光转，一夜鱼龙舞"。此词的境界，与辛弃疾元夕词中"众里寻他千百度，蓦然回首，那人却在，灯火阑珊处"的境界，也是无法比拟的。

蝶恋花

急景流年真一箭①。残雪声中，省识东风面②。风里垂杨千万线，昨宵染就鹅黄浅③。　　又是廉纤春雨暗④。倚遍危楼,高处人难见。已恨平芜随雁远,暝烟更界平芜断⑤。

注释

① 这句是说时光飞逝如箭。参见晏殊《蝶恋花》:"急景流年都一瞬,往事前欢,未免萦方寸。"急景,急驰的日光。流年,如水般流逝的年华。

② 省识:略识,约略辨认出。参见杜甫《咏怀古迹五首》之三:"画图省识春风面。"东风:指春风。

③ 鹅黄:淡黄色。这两句可参见吴文英《喜迁莺》:"便归好,料鹅黄,已染西池千缕。"

④ 廉纤:细小,细微。形容小雨。黄庭坚《次韵赏梅》:"微风拂掠生春丝,小雨廉纤洗暗妆。"

⑤ 末四句写登高怀远,视线被烟雨遮断。系从欧阳修《踏莎行》"楼高莫近危栏倚,平芜尽处是春山,行人更在春山外"衍化而来,同时借鉴了李觏《乡思》诗:"人言落日是天涯,望极天涯不见家。已恨碧山相阻隔,碧山还被暮云遮。"危楼:高楼。何梦桂《玉漏迟》:"对风霜、倚遍危楼孤啸。"平芜:杂草丛生的原野。暝烟:这里指黄昏的烟雨。界:隔开。

解读

此词约作于1906年初春。上片写光阴似箭,冬去春来;对初春景色的欣悦中,交杂着岁月易逝的烦恼。下片写登高怀远,望而不见,表现手法上,借鉴了欧阳修、李觏的作品,而略加变化,意境更加含蓄幽咽;同时,也容易让人联想到词人标举的晏殊《蝶恋花》中"独上高楼,望断天涯路"的境界,其中可能隐寓词人对人生前景的探索以及探索中的挫折与迷惘。

蝶恋花

窣地重帘围画省①,帘外红墙,高与青天并②。开尽隔墙桃与杏,人间望眼何由骋③? 举首忽惊明月冷,月里依稀,认得山河影。问取嫦娥浑未肯,相携素手阆风顶④。

注释

① 窣(sū 苏):垂;拂。画省:汉尚书省以胡粉涂壁,上画古烈士像,故别称画省,也称粉署。尚书省是中央行政总机构,这里借指清朝最高行政机构。
② 青天:手稿本、茗本作"银河"。
③ 骋:骋目,纵目远眺。
④ "问取"两句:意思是说,请求嫦娥与我携手登上昆仑山顶,但

嫦娥全然不肯。相传嫦娥为后羿之妻,后羿从西王母处求得不死之药,嫦娥偷吃后,飞奔月宫。事见《淮南子·览冥训》及高诱注。阆(làng浪)风:山名,昆仑中间一级,相传为神仙居住的地方。屈原《离骚》:"朝吾将济于白水兮,登阆风而绁马。忽反顾以流涕兮,哀高丘之无女。"李白《拟古》诗之十:"仙人骑彩凤,昨下阆风岑。""阆风"手稿本、苕本作"层城"。层城为神话中昆仑山最高层。

解读

这首词1906年春作于北京,当时词人跟随罗振玉在学部供职。此词上片写帘幕重重、红墙高耸的闭塞的官场环境,与墙外桃杏竞放、春意盎然的鲜活景致形成强烈对比,在这种闭塞的环境里,词人感受到了天地狭窄的局促与压抑。于是下片里只能仰望皓月,借助想象,来表达摆脱这种闭塞环境的强烈愿望。最后两句受到屈原《离骚》中"飞天"和"求女"的启发,设想奇特,寄寓了词人政治上的理想。而嫦娥的拒绝,又反映出理想的幻灭。

蝶恋花

昨夜梦中多少恨①,细马香车②,两两行相近。

对面似怜人瘦损，众中不惜搴帷问③。　陌上轻雷听渐隐④，梦里难从，觉后那堪讯？蜡泪窗前堆一寸⑤，人间只有相思分。

注释

① 这句可参见李煜《忆江南》："多少恨，昨夜梦魂中。"
② 细马：瘦马，小马。吴伟业《听女道士卞玉京弹琴歌》："诏书忽下选蛾眉，细马轻车不知数。"此处细马为词人梦中所骑马。香车：用香木做成的车子。此处为梦中女子所乘车子。
③ 搴(qiān 千)帷：撩起车帘。这句可参见陈师道《小放歌行》："不惜卷帘通一顾，怕君着眼未分明。"
④ 陌：道路。轻雷：喻指车声。参见司马相如《长门赋》："雷殷殷而响起兮，象君主之车音。"李商隐《无题》诗："车走雷声语未通。"听渐隐：苕本作"听隐辚"。
⑤ 蜡泪：烛泪。参见李商隐《无题》诗："春蚕到死丝方尽，蜡炬成灰泪始干。"陆游《夜宴赏海棠醉书》诗："深院不闻传夜漏，忽惊蜡泪已堆盘。"

解读

　　这首记梦词是《人间词》中广受好评的名篇，也是词人颇为自负的作品，可参见《人间词乙稿序》及《人间词话删稿》四六条自评。词写梦中男女路上相逢时爱怜之情与梦醒后的惆怅无奈,抒发了词人对人间真情的渴求,其中可能寄托着词人对妻子莫氏的思念,也可能隐寓对某种理想的追求。这首词之所以有一种挥之不去的恒久的魅力,主要得力于词人对梦中典型场景出神入化的描写,对于若真若幻、若远若近的迷离氛围的巧妙营造,对于缱绻惝恍的情思的真切把握。

蝶恋花

独向沧浪亭外路①,六曲阑干,曲曲垂杨树。展尽鹅黄千万缕②,月中并作濛濛雾。　　一片流云无觅处,云里疏星,不共云流去。闭置小窗真自误③,人间夜色还如许。

注释

① 沧浪亭:在苏州城南。见前《青玉案》(江南秋色垂垂暮)注②。
② 鹅黄:淡黄色。此指春天杨柳嫩芽的颜色。这三句可参见冯延巳《蝶恋花》:"六曲阑干偎碧树,杨柳风轻,展尽黄金缕。"
③ 闭置小窗:意谓把自己关在小窗内。闭置,禁闭。《南史·曹景宗传》:"闭置车中,如三日新妇。"

解读

　　1905年春作于苏州。上片写苏州园林傍晚美景,突出写千万缕杨柳新枝芽在黄昏时分的嫩黄以及在月色薄雾笼罩下的朦胧变幻,深得春色之神韵。下片承接上片末句月色之美,写夜空中流云的飘逸、疏星的安稳,深得春夜之真趣。人间夜色之美,令人回味无穷,亦令词人反思闭门读书之误。王国维《人间词》手稿中此词有吴昌绶眉评:"'闭置'句须酌。"

浣溪沙

　　舟逐清溪弯复弯,垂杨开处见青山,毵毵绿发覆烟鬟①。　　夹岸莺花迟日里②,归船箫鼓夕阳间③,一生难得是春闲④。

注释

① 这句进一步描述形容上一句,意谓透过杨柳枝空隙处可以看到烟云缭绕的山峰。毵(sān 三)毵绿发:比喻垂拂纷披的杨柳枝。毵毵,细长纷披的样子。烟鬟:比喻云雾缭绕的山峰。苏轼《凌虚台》诗:"落日衔翠壁,暮云点烟鬟。"
② 莺花:莺啼花开。王禹偁《春日官舍偶题》诗:"莺花愁不觉,

风雨病先知。"迟日:春日。杜甫《绝句二首》之一:"迟日江山丽,春风花草香。"语本《诗经·豳风·七月》:"春日迟迟,采蘩祁祁。"迟迟,阳光温暖、光照充足的样子。
③ 箫鼓:箫与鼓,箫声与鼓声。陆游《游山西村》诗:"箫鼓追随春社近,衣冠简朴古风存。"
④ 春闲:原作"春间",据各本改。

解读

　　这是一首春游词,可能作于1904年春。词人乘船游历,一路饱览春日美景——弯曲的清溪,纷披的杨柳,远山的烟霭,两岸莺啼花开,归途夕阳箫鼓,写来自然真切,又精致幽美,有声有色,令人目不暇接,显示了词人出色的描写能力和难得的好兴致。

临江仙

　　闻说金微郎戍处,昨宵梦向金微①。不知今又过辽西②,千屯沙上暗③,万骑月中嘶。　　郎似梅花侬似叶④,揭来手抚空枝⑤。可怜开谢不同时⑥,漫言花落早⑦,只是叶生迟。

注释

① 金微：山名。即阿尔泰山，亦称金山。在我国新疆北部和蒙古西部一带。张仲素《秋闺思》之一："梦里分明见关塞，不知何路向金微。"

② 辽西：古郡名。秦汉时治所在阳乐（今辽宁义县西）。辖境约相当于今辽宁西部一带。金昌绪《春怨》诗："啼时惊妾梦，不得到辽西。"

③ 屯：守边屯田之所。沙上：沙漠上。

④ 侬：我。

⑤ 朅（qiè切）来：犹言来。归来。辛弃疾《念奴娇》："疑是花神，朅来人世，占得佳名久。"空枝：花已谢落的枝条。白居易《惜小园花》："晓来红萼凋零尽，但见空枝四五株。"另见杜秋娘《金缕衣》："花开堪折直须折，莫待无花空折枝。"

⑥ 开谢不同时：梅花先开花，后长叶子。

⑦ 漫言：莫言，别说。魏源《寰海后十章》诗之四："漫言孤注投壶易，万古澶渊几寇莱。"

解读

　　这是一首拟古的思妇词，但下片的比拟却能多少翻出一些新意来，其温柔敦厚处，尤令人怆然动容。晚唐杜荀鹤《春闺怨》诗："朝喜花艳春，暮悲花委尘。不悲花落早，悲妾似花身。"杜荀鹤末两句虽未怨天尤人，然犹有怨恨之意。本词却是一味温柔。

79

南歌子

又是乌西匿①，初看雁北翔②，好与报檀郎③：春来宵渐短④，莫思量！

注释

① 乌西匿：谓太阳西下。乌，指太阳。神话传说太阳中有三足乌，故称太阳为金乌。
② 雁北翔：入春后大雁北飞。
③ 檀郎：晋人潘安小名檀奴，仪表秀美，故旧时以檀郎为美男子或情郎的代称。这里指远行在外的情郎。
④ 春来宵渐短：入春后夜渐短而日渐长。

解读

这是一首短小而意味隽永的思妇词。饱受离别相思煎熬的女子，在春回大地之际，多么盼望情郎早日归来，但事实上那是难以实现的梦想。此时想托鸿雁传书，再说什么似乎都有些多余，只一句"春来宵渐短，莫思量"便胜过千言万语——入春后夜时渐短，不再像冬夜那样漫长难熬，故可以少受些相思失眠之苦，所以别思量我啦！极沉重、极痛切的话，故意裁减了，轻松道来；细细回味，愈增其沉重痛切。

荷叶杯(六首)

戏效花间体

其 一

手把金尊酒满①,相劝。情极不能羞②,乍调筝处又回眸③。留摩留？留摩留④？

注释

① 把:握,紧握。金尊:美称酒杯。
② 不能羞:不以为羞,不害羞。韦庄《思帝乡》："妾拟将身嫁与,一生休。纵被无情弃,不能羞。"
③ 乍调筝处:正在弹筝的时候。乍:正,恰。调,演奏。
④ 留摩留:留不留。摩,同"么",助词,表疑问。

解读

五代后蜀赵崇祚所编《花间集》十卷,收录晚唐、五代十八家词共五百首。集中多写男女情思、冶游逸乐,风格香艳。后世因称这一类词为花间体。《荷叶杯》本为唐教坊曲,此词有单调、双调,单调又有温庭筠二十三字、韦庄二十五字、顾敻二十六字三体。王国维这六首词皆依顾敻体。顾敻《荷叶杯》一组共九首,其一:"春尽小庭花落,寂寞。凭槛敛双眉,忍教成病忆佳期。知摩知？知摩知？"其二:"歌发谁家筵上,寥亮。别恨正悠悠,兰背帐月当楼。愁摩愁？愁摩愁？"其三："弱柳好花尽拆,晴陌。陌上少年郎,满身兰麝扑人香。狂摩狂？狂摩狂？"其四："记得那时相见,胆战。鬓乱四肢柔,泥人无语不抬头。羞摩羞？羞摩羞？"其五："夜久歌声怨咽,残月。菊冷露微微,看看湿透缕金衣。归摩归？归摩归？"其六："我忆君诗最苦,知否？字字尽关心,红笺写寄表情深。吟摩吟？吟摩吟？"其七："金鸭香浓鸳被,枕腻。小髻簇花钿,腰如细柳脸如莲。怜摩怜？怜摩怜？"其八："曲砌蝶飞烟暖,春半。花发柳垂条,花如双脸柳如腰。娇摩娇？娇摩娇？"其九："一去又乖期信,春尽。满院长莓苔,手挪裙带独裴回。来摩来？来摩来？"顾夐这组词写一少女爱上一少年郎,由此发生一段情感故事,但那少年走后便一去不返,剩下少女在暮春的小庭院里痴痴地等待。王国维《荷叶杯》六首作于1905年前后,同样写男女之情,大体仿效韦庄、顾夐词风,而无轻薄之弊。正如他在《人间词话》中所说："艳词可作,惟万不可作儇薄语。"

第一首写某个宴饮歌舞场合,一个歌女爱上了座中的一位男子,她殷勤劝酒,频频回眸,拨动了男子的心弦。

其 二

矮纸数行草草[①],书到。总道苦相思,朱颜今日未应非[②]。归摩归？归摩归？

注释

① 矮纸:短纸。陆游《临安春雨初霁》诗:"矮纸斜行闲作草,晴窗细乳戏分茶。"
② 朱颜:红润的容颜。这句是说现在青春容颜还在。

解读

　　这首词似乎是前面《西河》(垂柳里)的浓缩版,后面《清平乐》(淡行斜墨)的简约版。词写一女子收到情郎的来信,信上草草说些苦苦相思的套话,就是不见人回来。但青春是短暂的,今日的红颜还能维持多久?

其　三

　　无赖灯花又结①,照别。休作一生拚②,明朝此际客舟寒。欢麽欢?欢麽欢?

注释

① 无赖:无聊,没有意义而使人讨厌。灯花:灯芯余烬结成的花形。古人以灯花为吉兆,如亲人远行归来等。但这里是在离别的前夜,故说"无赖"。
② 休作一生拚(pàn 判):反用牛峤《菩萨蛮》:"须作一生拚,尽君今日欢。"

解读

这首词写一对男女离别前夜的欢会,虽然即将天各一方,时光十分宝贵,那位女子却颇能设身处地为男方着想,体贴入微,关爱备至。

其 四

谁道闲愁如海①,零碎。雨过一池沤,时时飞絮上帘钩②。愁摩愁? 愁摩愁?

注释

① 闲愁如海:参见秦观《千秋岁》:"春去也,飞红万点愁如海。"黄仲则《绮怀》:"茫茫来日愁如海,寄语羲和快著鞭。"这里闲愁指相思之愁。

② "雨过"两句:形容闲愁零碎细密。沤(ōu 欧),水泡。飞絮,柳花。参见贺铸《青玉案》:"试问闲愁都几许? 一川烟草,满城风絮,梅子黄时雨。"

解读

此词写"闲愁"——离愁别绪、相思之情,可以让人联想到许多作家精彩的比喻,当然最著名的比喻要数贺铸那首《青玉案》了,王国维试图用"雨过一池沤"和"飞絮上帘钩"来形容,看来仍未跳出如来手掌。他喜欢用"零星""零碎"来形容人间哀乐,也不算十分出色。

其 五

昨夜绣衾孤拥，幽梦①。一霎钿车尘②，道旁依约见天人③。真摩真？真摩真？

注释

① 绣衾孤拥：独自裹着绣花被子。幽梦：隐约的梦境。吴文英《风入松》："和醉重寻幽梦，残衾已断熏香。"
② 钿车：用嵌金装饰的车子。指华美的车驾。
③ 依约：隐约，仿佛。天人：原指仙人、神人，这里指形象出众的人。

解读

这首记梦小词有点类似前面的《蝶恋花》(昨夜梦中多少恨)，不过因为篇幅的关系，写得更简约更蕴藉。

其 六

隐隐轻雷何处①，将曙。隔牖见疏星②，一庭芳树乱啼莺③。醒摩醒？醒摩醒？

注释

① 这句是写从梦中醒来，似乎紧接着上一首的梦境。轻雷：比

喻车声。见前《蝶恋花》(昨夜梦中多少恨)注④。
② 牖(yǒu 有):窗户。疏星:天快亮时逐渐稀少的星星。
③ 乱啼莺:参见晏殊《诉衷情》:"恼他香阁浓睡,撩乱有啼莺。"

解读

这首小词写天快亮时刚从梦中醒来的感觉,那人似乎还沉浸在梦中,迷糊地分不清梦境与现实。

蝶恋花

窈窕燕姬年十五①,惯曳长裾②,不作纤纤步③。众里嫣然通一顾④,人间颜色如尘土。 一树亭亭花乍吐⑤,除却天然,欲赠浑无语。当面吴娘夸善舞⑥,可怜总被腰肢误。

注释

① 窈窕:状貌美好的样子。《诗经·周南·关雎》:"窈窕淑女,君子好逑。"燕姬:燕地美女。李华《咏史》:"白雪燕姬舞,朱弦赵女弹。"
② 曳(yè 夜):穿着。《诗经·唐风·山有枢》:"子有衣裳,弗曳

弗娄。"长裾:指长衣。参见吕温《道州酬送何山人之容州》诗:"匣有青萍筒有书,何门不可曳长裾。"
③ 纤纤步:小步。这句反用《孔雀东南飞》:"纤纤作细步,精妙世无双。"
④ 嫣然:笑时娇媚的样子。苏轼《续丽人行》:"若教回首却嫣然,阳城下蔡俱风靡。"通一顾:彼此对看了一眼。陈师道《小放歌行》:"不惜卷帘通一顾,怕君着眼未分明。"
⑤ 一树亭亭:此处形容燕姬身材修长。乍吐:刚刚绽放。
⑥ 吴娘:吴地美女。白居易《对酒自勉》诗:"夜舞吴娘袖,春歌蛮子词。"

解读

此词1906年初春作于北京。词人生动地描写了一位亭亭玉立的旗下少女的"天然"风采,讽刺了故作姿态的"吴娘",反映出词人崇尚自然的美学理念。《人间词话》评"纳兰容若以自然之眼观物,以自然之舌言情。此由初入中原,未染汉人风气,故能真切如此。"《人间词话删稿》评朱祖谋词,于"古人自然神妙处,尚未梦见。"都是他崇尚自然的美学观的体现。此词的本事,可参见萧艾《王国维诗词笺校》引刘蕙孙教授函告:"王翁词中新句,有实为先君(指刘季英)所拈者。如'窈窕燕姬年十五'一词,即因对门有卖浆旗下女,殊风致,先君戏谓王翁:有好句奉赠,先生为续成《蝶恋花》何如? 王欣然。越日遂成。此儿时闻之先君及家舅父罗君美先生。谨以奉告,或可作静安词本事之一。"萧笺又云:"通过此词,吾人更可窥见静安之审美观。静安论词,极力称道生香真色。论元曲佳处,亦曰:一言以蔽之,自然而已。所谓乱头粗服,不掩国色,'天然'之谓也。尤当注意:'惯曳长裾',旗装也。'不作纤纤步',天足也。惟卖浆旗下女子,足以当之。"王国维《人间词》手稿本中此词有吴昌绶眉评:"此词须酌,然上二句实自为写照,末二句又为词人痛下针砭。"

玉楼春

西园花落深堪扫①,过眼韶华真草草②。开时寂寂尚无人,今日偏嗟摇落早③。　昨朝却走西山道,花事山中浑未了。数峰和雨对斜阳④,十里杜鹃红似烧⑤。

注释

① 西园:园名。历史上有名的西园,包括汉上林苑(别名西园)、曹魏时西园、始建于明代的苏州西园等。这里可能指苏州西园,也可能泛指。参见苏轼《水龙吟》(次韵章质夫杨花词):"恨西园、落红难缀。"

② 这句可参见晁补之《梁州令叠韵》:"好景难常占,过眼韶华如

箭。"韶华:此指美好的春光。草草:匆匆。

③ 嗔(chēn瞋):责怪,埋怨。摇落:凋残,零落。宋玉《九辩》:"悲哉秋之为气也！萧瑟兮草木摇落而变衰。"

④ 这句变用王禹偁《村行》诗:"万壑有声含晚籁,数峰无语立斜阳。"以及姜夔《点绛唇》:"数峰清苦,商略黄昏雨。"

⑤ 杜鹃:花名。即映山红。春季开花,花多为红色。烧:野火。

解读

这首词当是1905年春末作于苏州。词写花开花落,却引出富含哲思的意蕴。"开时"两句似是对漠视人才的现实社会的讽喻,也可能隐含了怀才不遇和忧谗畏讥的心绪。下片跳出纷浊的现实,进入绚丽的山中杜鹃花的世界,反映了词人摆脱个人得失和世俗负累的努力,寄寓了词人美好的理想和高远的意境。

蝶恋花

辛苦钱塘江上水①,日日西流②,日日东趋海。终古越山颒洞里③,可能消得英雄气④？说与江潮应不至,潮落潮生,几换人间世。千载荒台麋鹿死⑤,灵胥抱愤终何是⑥？

蝶恋花（辛苦钱塘江上水）

注释

① 钱塘江：浙江省最大河流。上游源出新安江、兰溪，中游为桐江、富春江，下游流经杭州（古称钱塘），称钱塘江，向东流入杭州湾。江口呈喇叭状，海潮起时，潮水涌积，形成壮观的钱江潮。观潮以词人故乡海宁盐官为最胜，故又称"海宁潮"。辛苦：手稿本作"终古"。

② 西流：指海潮向西倒灌。

③ 越山：钱塘江流域春秋时属越国，所以称这一带山为越山。 浒(hòng 讧)洞：水势汹涌。李纲《江城子》："浒洞但闻金石

奏,猿鸟乐,共忘归。"终古:手稿本、茗本作"两岸"。

④ 可能:岂能;难道能。消:手稿本作"销"。

⑤ 荒台麋鹿:越王勾践派文种向吴王夫差借谷万石,吴王准许,大夫伍子胥谏曰:"吾闻越王早朝晏罢,恤民养士,志在报吴,大王又输粟以助之,臣恐麋鹿将游于姑苏之台矣!"伍子胥是说,纵容越王会导致吴国灭亡,繁华的姑苏台会变成麋鹿游走的荒台。姑苏台遗址在今苏州西南。明人张羽诗:"荒台独上故城西,辇路凄凉草木悲。……采香径断来麋鹿,响屟廊空变黍离。"

⑥ 灵胥:伍子胥神灵。伍子胥屡劝吴王夫差拒绝越国请和,吴王不从,反信谗言,赐剑命子胥自杀。子胥临死谓门人曰:"抉吾目,悬吴东门上,以观越之入灭吴也。"吴王大怒,取子胥尸,盛入革囊,投于江中。传说子胥冤灵化为钱江怒涛。陆游《感昔》诗之五:"云生神禹千年穴,雪卷灵胥八月涛。"曹溶《满江红》(钱塘观潮):"谁激荡,灵胥一怒,惹冠冲发。"

解读

对于在家乡海宁看惯钱江潮水的敏感词人来说,钱江潮既培养了他喷涌激荡、不屈不挠的豪气,又遗留给他太多的对自然、历史、人世的困惑和疑问——钱塘江水"日日西流,日日东趋海"辛苦忙碌的意义何在?如"潮落潮生"般改朝换代的人世间的意义何在?如果说伍子胥因为吴王不听劝谏而"抱愤",那么吴国已经灭亡两千多年,不知换了多少朝代,他的愤怒为什么还

91

没有平息？这首词就是集中表现词人丰富、复杂、矛盾的内心世界的。缪钺《诗词散论》评此词前三句"托意颇深"，"可以象征冲突之苦。静安心中，盖隐寓此种痛苦，故见钱塘江水而借以寄兴也"。

蝶恋花

谁道江南春事了？废苑朱藤①，开尽无人到。高柳数行临古道，一藤红遍千枝杪②。　　冉冉赤云将绿绕③，回首林间，无限斜阳好④。若是春归归合早，余春只搅人怀抱⑤。

注释

① 废苑：荒废的园林。朱藤：即紫藤，蔓生木本植物，茎缠绕他物，叶细长，花蝶形紫红色。

② 杪（miǎo秒）：树梢。

③ 冉冉：光亮闪动的样子。黄机《喜迁莺》："冉冉波光，辉辉烟影，空翠湿沾襟袖。"这里"冉冉"形容"赤云"——晚霞。

④ 无限斜阳好：参见李商隐《登乐游原》诗："夕阳无限好，只是近黄昏。"

⑤合:应当。余春:残春。

解读

1905年春末作于苏州。在这首词的大半部分里,词人对江南残春景象做了绮丽的描写,重点突出了朱藤红遍树梢的壮观和晚霞映照绿树林的绚烂。但是,本词的主旨却是出人意料的悲观:夕阳无限好,只是近黄昏;残春景象虽然绚丽,然而春天终将逝去,那美好的残春景象徒然增添人的烦恼惆怅而已。由于片面地执着于"春归"的必然,"春归归合早"便无通脱可言;这也正是他跟陶渊明"应尽便须尽,无复独多虑"(《形影神·神释》)的分野处。王国维《人间词》手稿本此词有吴昌绶眉评:"前半请酌。"

水龙吟

杨花,用章质夫、苏子瞻唱和均①

开时不与人看,如何一霎濛濛坠②?日长无绪③,回廊小立,迷离情思。细雨池塘④,斜阳院落⑤,重门深闭⑥。正参差欲住⑦,轻衫掠处,又特地因风起⑧。　　花事阑珊到汝⑨,更休寻满枝琼缀⑩。算来只合⑪，人间哀乐，者般零碎⑫。一样飘零，宁为尘土，勿随流水。怕盈盈一片春江⑬，都贮得离人泪。

注释

① 章质夫：章楶，字质夫，北宋人，官至同知枢密院事、资政殿大学士。章质夫《水龙吟》(杨花)："燕忙莺懒芳残，正堤上柳花飘坠。轻飞乱舞，点画青林，全无才思。闲趁游丝，静临深院，日长门闭。傍珠帘散漫，垂垂欲下，依前被、风扶起。　兰帐玉人睡觉，怪春衣、雪沾琼缀。绣床渐满，香球无数，才圆却碎。时见蜂儿，仰粘轻粉，鱼吞池水。望章台路杳，金鞍游荡，有盈盈泪。"苏轼(子瞻)《水龙吟》(次韵章质夫杨花词)："似花还似非花，也无人惜从教坠。抛家傍路，思量却是，无情有思。萦损柔肠，困酣娇眼，欲开还闭。梦随风万里，寻郎去处，又还被、莺呼起。　不恨此花飞尽，恨西园、落红难缀。晓来雨过，遗踪何在？一池萍碎。春色三分，二分尘土，一分流水。细看来、不是杨花，点点是离人泪。"均：音义同"韵"。

② 如何：为何。濛濛：原形容雨雪迷茫，这里形容飘落的杨花细密迷蒙。参见晏殊《踏莎行》："春风不解禁杨花，濛濛乱扑行人面。"

③ 日长：白天渐长，夜晚渐短。无绪：没有情绪。白居易《题王家庄临水柳亭》诗："春愁正无绪，争不尽残杯。"

④ 细雨池塘:参见赵师秀《约客》诗:"黄梅时节家家雨,青草池塘处处蛙。"周紫芝《鹧鸪天》:"池塘雨细双鸳睡,杨柳风轻小燕飞。"
⑤ 斜阳院落:参见黄廷玮《兰陵王》:"絮花弱,吹满斜阳院落。"
⑥ 重门深闭:参见刘镇《水龙吟》(丙戌清明和章质夫韵):"前度桃花,去年人面,重门深闭。"重门,一道道门。
⑦ 参差(cēncī岑刺,读阴平):差不多,几乎。董解元《西厢记诸宫调》:"莺莺在普救,参差被虏。"住:停住,停下来。
⑧ 特地:忽地,突然。
⑨ 阑珊:衰落,将尽。冯延巳《临江仙》:"冷红飘起桃花片,青春意绪阑珊。"汝:指杨花。
⑩ 琼缀:谓鲜花点缀。琼,美玉,这里形容花朵。
⑪ 只合:只该,只应。辛弃疾《兰陵王》:"寻思人间,只合化,梦中蝶。"
⑫ 者般:这般。黄景仁《虞美人》(闺中初春):"晚霞一抹影池塘,那有者般颜色作衣裳。"
⑬ 盈盈:水清澈、晶莹的样子。《古诗十九首》:"盈盈一水间,脉脉不得语。"

解读

王国维《人间词话删稿》云:"余填词不喜作长调,尤不喜用人韵。偶尔游戏,作《水龙吟》咏杨花用质夫、东坡倡和韵,作《齐天乐》咏蟋蟀用白石韵,皆有与晋代兴之意。余之所长殊不在是,世之君子宁以他词称我。"《人间词话》又称:"咏物之词,自以东坡《水龙吟》为最工。""东坡《水龙吟》咏杨花,和均而似元唱;章质夫词,元唱而似和均。才之不可强也如是。"暂不论彼此才之高下,单论其主旨:苏东坡、章质夫的杨花词,都是由杨花引出思妇之情,王国维这首杨花词却没有简单地走他们的套路,他也写到离情("离人泪"),却不局限于某位思妇,而是推扩到对整个"人间哀乐"的人文关怀,这是他视界较阔、境界较高的地方。这首词当作于1904年或1905年暮春。

点绛唇

暗里追凉①,扁舟径掠垂杨过。湿萤光大②,一一风前堕。　坐觉西南③,紫电排云破④。严城锁⑤,高歌无和⑥,万舫沉沉卧。

注释

① 追凉:纳凉,乘凉。参见吴文英《莺啼序》:"暗柳追凉,晓岸参斜,露零沤起。"

② 湿萤:被野外露水湿润的萤火虫。刘辰翁《水调歌头》:"夜深白露纷下,谁见湿萤流。"萤:原作"营",误;据手稿本改。"光大"苕本作"火大"。

③ 坐觉:遂觉,顿觉。王维《酬贺四赠葛巾之作》诗:"早朝方暂挂,晚沐复来簪。坐觉罨尘远,思君共入林。"

④ 紫电:此指雷电。排云破:即破云而出。

⑤ 严城锁:谓深夜城门已关闭。

⑥ 高歌:高声吟唱。吴融《灵宝县西侧津》诗:"高歌一曲垂鞭去,尽日无人识楚狂。"无和(hè 贺):无人唱和。李弥逊《永遇乐》:"两忘一笑,调同今古,谁道郢歌无和。"

解读

此词当是1905年夏作于苏州。王国维《五月二十三夜出阊门驱车至觅渡桥》诗:"萤火时从风里堕,雉垣偏向电边明。"与此词颇相近,似为同时之作。本词上片写夏夜驾一叶小舟,在水面纳凉时所见景色,状物生鲜灵动,读来如临其境。下片"紫电排云破"为"高歌"铺垫,"严城锁"、"万舫沉沉卧"则为"高歌"反衬。寂静深夜里孤独的"高歌",尽显词人"狂疏"的豪气,以及"众人皆醉我独醒"、世无知音的孤独和悲凉。

蝶恋花

莫斗婵娟弓样月①,只坐蛾眉,消得千谣诼②。

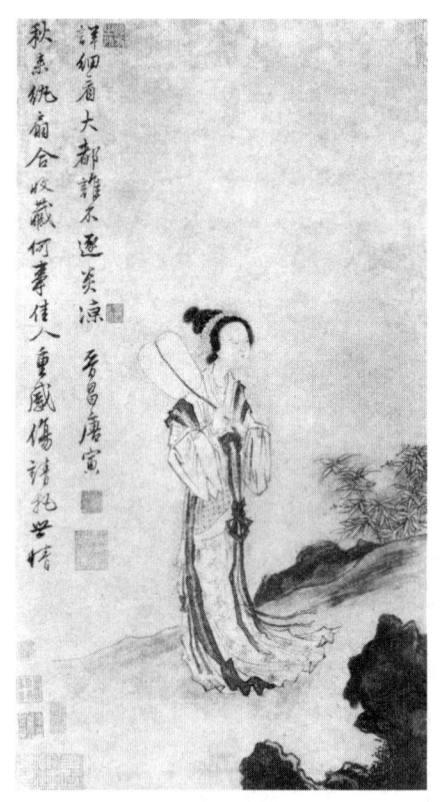

蝶恋花（莫斗婵娟弓样月）

臂上官砂那不灭③？古来积毁能销骨④。手把齐纨相诀绝⑤，懒祝秋风，再使人间热⑥。镜里朱颜犹未歇⑦，不辞自媚朝和夕⑧。

注释

① 斗:较量。婵娟:美好的样子。弓样月:比喻蛾眉。这句可参

见李商隐《霜月》:"青女素娥俱耐冷,月中霜里斗婵娟。"

② "只坐"两句:化用屈原《离骚》:"众女疾余之蛾眉兮,谣诼谓余以善淫。"坐:因为。蛾眉:蚕蛾触须细长弯曲,故用以比喻美人的眉毛。消得:承受,禁受。谣诼:造谣诽谤。

③ 宫砂:即"守宫砂"。旧说将食满朱砂的壁虎捣烂,点于女子肢体上,可验贞操,凡守贞节者终身不灭。参见张华《博物志》:"蜥蜴或名蝘蜓。以器养之,食以朱砂,体尽赤。所食满七斤,治捣万杵,点女人支体,终身不灭。唯房室事则灭,故号守宫。"那:同"哪"。

④ 积毁能销骨:谓众口不断毁谤,足以致人于死地。《史记·张仪列传》:"臣闻之:积羽沉舟,群轻折轴,众口铄金,积毁销骨。"

⑤ 齐纨:齐地出产的白细绢。这里指代团扇。旧传汉班婕妤《怨歌行》:"新裂齐纨素,鲜洁如霜雪。裁为合欢扇,团团似明月。出入君怀袖,动摇微风发。常恐秋节至,凉飙夺炎热。弃捐箧笥中,恩情中道绝。"以秋天扇子被弃比喻女子失宠。这首词变用其意,写失宠宫女的倔强不屈的个性,借以言志。诀绝:长别;决裂。

⑥ "懒祝"两句:参见刘方平《长信宫》诗:"秋风能再热,团扇不辞劳。"这里反其意而用之。祝:祈祷,祈求。

⑦ 歇:这里是衰歇、憔悴的意思。

⑧ 自媚:自娱,自寻乐趣。韩愈《南内朝贺归呈同官》诗:"婉娈自媚好,几时不见挤。"

解读

　　这首词可与《人间词乙稿》中《虞美人》(碧苔深锁长门路)交互参看。有关本词的写作背景,罗振玉胞弟罗振常批阅《人间词》于此词后有附记:"此词作于吴门,时雪堂筑屋姑苏,有挤之者设辞诬之,乃谢去。观堂见而不平,故有是作。"罗振玉(雪堂)在苏州建房,苏州江苏教育会会长张謇等人在报上公开指责罗"占用校地",罗乃愤而辞去江苏师范学堂职务,其事在1905年底,王国维(观堂)跟随罗在江苏师范学堂任教职,不平则鸣,词当作于此时。词人借用屈原作品中"香草美人"的象征手法而加以发挥,塑造了一位独立不移的宫女形象,她美丽出众,遭人嫉恨、诽谤而失宠,她并未因此而祈求改变命运,她一反逆来顺受或温柔敦厚的传统,傲岸不屈地表达决裂之情,终日揽镜自照,孤芳自赏。这一形象折射出词人不同流俗、孤高不驯的个性。

人间词乙稿

浣溪沙

七月西风动地吹,黄埃和叶满城飞①,征人一日换缁衣②。　　金马岂真堪避世③?海鸥应是未忘机④,故人今有问归期⑤。

注释

① 黄埃:黄尘,黄沙。旧时北京城多沙尘暴。
② 征人:远行之人。换缁(zī 兹)衣:意谓白衣变成黑衣。化用陆机《为顾彦先赠妇》诗:"京洛多风尘,素衣化为缁。"缁,黑色。
③ 金马:原为汉代宫门名,学士待诏之处。又汉朝藏书处亦称金马。后泛指朝廷或京城。《史记·滑稽列传》记东方朔歌曰:"陆沉于俗,避世金马门。宫殿中可以避世全身,何必深山之中,嵩庐之下!"后因以"金马避世"指身在朝廷亦可以避世全身。词人对此表示怀疑。
④ "海鸥"句:《列子·黄帝》:"海上之人好沤(鸥)鸟者,每旦之海上,从沤鸟游,沤鸟之至者百住而不止。其父曰:'吾闻沤

鸟皆从汝游,汝取来,吾玩之。'明日之海上,沤鸟舞而不下。"忘机,消除机巧之心。此句意谓人世间充满奸险,海鸥应该会提防。

⑤ 问归期:李商隐《夜雨寄北》诗:"君问归期未有期,巴山夜雨涨秋池。"

解读

  1906年初秋作于北京。同年初春,词人跟随罗振玉赴北京至学部任职,初到京城时有《蝶恋花》(窣地重帘围画省),对官场的闭塞颇感压抑。写这首词时,词人又经过数月的观察和感受,对京城官场环境的险恶有了更深的认识。"征人"句化用陆机诗句,当是暗讽官场污浊。"金马"两句,似从唐张南史《江北春望赠皇甫补阙》"闻道金门堪避世,何须身与海鸥同"变化而来,反其意而用之,质疑宫中避世之说,感慨官场人心叵测。作者对京城的厌倦和思归之心,通过末句故人询问归期,委婉曲折地流露出来。

浣溪沙

  六郡良家最少年①,戎装骏马照山川,闲抛金弹落飞鸢②。　　何处高楼无可醉？谁家红袖不相怜③？人间那信有华颠④！

注释

① 六郡：汉代西北边疆地区陇西、天水、安定、北地、上郡、西河六郡。汉代兴盛时，六郡良家子弟骁勇尚武，选入羽林、期门（皆为宫廷禁卫军），以才力为官，其中多出名将。良家：汉代指除医、巫、商贾、百工以外的人家。

② 金弹：金制的弹子。《西京杂记》记汉武帝幸臣韩嫣金弹故事："韩嫣好弹，常以金为丸，所失者日有十余。长安为之语曰：'苦饥寒，逐金丸。'京师儿童每闻嫣出弹，辄随之，望丸之所落，辄拾焉。"李商隐《富平少侯》诗："不收金弹抛林外，却惜银床在井头。"鸢（yuān 冤）：老鹰。

③ 红袖：指代美女。韦庄《菩萨蛮》："骑马倚斜桥，满楼红袖招。"怜：爱。

④ 那：同"哪"。华颠：白头；老年。晁补之《过涧歇》："堪笑儿童事业，华颠向谁语？"

解读

　　这首词当是 1906 年到京后观贵族子弟游侠骑射而作。词中少年身着戎装，脚蹬骏马，雄姿飒爽，光彩焕发，随处骑射，随处豪饮，随处可以得到佳人的青睐。这首词与《人间词甲稿》中

《浣溪沙》(草偃云低渐合围)题材相近,都反映了词人向往豪侠骑射、崇尚自由快意的一面。不同的是,本词于赞叹之余,"闲抛金弹"、"那信有华颠"数语,隐隐有讽喻之意。

浣溪沙

城郭秋生一夜凉,独骑瘦马傍宫墙①,参差霜阙带朝阳②。　旋解冻痕生绿雾,倒涵高树作金光③,人间夜色尚苍苍④。

注释

① 城郭:此指京城。宫墙:皇宫围墙。傍:《乙稿》、陈本作"绕"。
② 霜阙:顶上披霜的宫阙。李世民《登三台言志》诗:"露除光炫玉,霜阙映雕银。"
③ 这两句描写绿树与金光在水中的倒影。涵:浸。
④ 可参见谢朓《暂使下都夜发新林至京邑赠西府同僚》诗:"秋河曙耿耿,寒渚夜苍苍。"

解读

1907年秋作于北京。词写清早独自骑马领略京城的景色。

词人善于把握秋天早晨日出之际光与影、明与暗、虚与实、暖色与冷色、宫阙与园林的错综变幻之美，描绘出一幅层次丰富、别具一格的皇都秋晨图。这其中自然带有词人的理想色彩。难得的是，词人并未因此忘怀阴暗的现实。"人间夜色尚苍苍"，正是清醒的独行者此际深沉的忧思。

点绛唇

厚地高天①，侧身颇觉平生左②。小斋如舸③，自许回旋可④。　聊复浮生⑤，得此须臾我⑥。乾坤大⑦，霜林独坐，红叶纷纷堕⑧。

注释

① 厚地高天：参见《诗经·小雅·正月》："谓天盖高，不敢不局。谓地盖厚，不敢不蹐。"《荀子·劝学》："故不登高山，不知天之高也；不临深溪，不知地之厚也。"

② 侧身：置身。杜甫《将赴成都草堂途中有作先寄严郑公》："侧身天地更怀古，回首风尘甘息机。"左：不当，不顺；错误。平生：手稿本、《乙稿》、陈本作"生平"。

③ 小斋：指书房。舸：船。

④ 自许:自信。回旋:转动,施展。

⑤ 聊复:姑且。浮生:指人生。《庄子·外篇·刻意》:"其生若浮,其死若休。"

⑥ 须臾:片刻,短暂。姜夔《汉宫春》:"笑人间、千古须臾。"

⑦ 乾坤:指天地。杜甫《野望》诗:"纳纳乾坤大,行行郡国遥。"

⑧ 红叶纷纷堕:参见薛莹《宿东岩寺晓起》诗:"吟余凭前槛,红叶下纷纷。"韦庄《柳谷道中作却寄》诗:"马前红叶正纷纷,马上离情断杀魂。"

解读

　　这首小词可以说是咏怀词,也可以说是哲理词,其中有老庄哲学的影响,也有宋代理学的味道。天地是如此广阔,词人研究哲学也颇有心得,为何平生常常事与愿违?词人试着从无限的宇宙空间和时间中去感受有限的生命的灿烂,超越短暂而获得"天地与我并生而万物与我为一"(《庄子》)的永恒。

扫花游

　　疏林挂日,正雾淡烟收,苍然平楚①。绕林细路,听沉沉落叶②,玉骢踏去③。背日丹枫④,到眼秋光如许。正延伫⑤，便一片飞来，说与迟暮⑥。欢事难再溯，是载酒携柑⑦，旧曾游处。清歌未住⑧，又黄鹂趁拍⑨，飞花入俎⑩。今日重来，除是斜晖如故⑪。隐高树，有寒鸦，相呼俦侣。

注释

① 苍然平楚：青苍色平林。语本谢朓诗。见前《甲稿》中《点绛唇》(高峡流云)注③。

② 沉沉：这里形容声音隐约。"沉沉"《乙稿》、陈本作"愔愔"。

③ 玉骢：即玉花骢，原为唐玄宗所乘骏马名，后泛指骏马。赵翼《香山夜归即事》诗："玉骢亦解人良会，故踏花阴缓缓归。"

④ 背日丹枫：背光的红色枫树林。参见杜甫《涪城县香积寺官阁》诗："含风翠壁孤云细，背日丹枫万木稠。"

⑤ 延伫：久立。屈原《离骚》："时暧暧其将罢兮，结幽兰而延伫。"

⑥ 这两句是说，一片落叶飘来，诉说年光向晚。

⑦ 载酒携柑：用南朝隐士、音乐家戴颙故事。冯贽《云仙杂记》卷二引《高隐外书》："戴颙春携双柑、斗酒，人问何之，曰：'往听黄鹂声。此俗耳针砭，诗肠鼓吹，汝知之乎？'"后遂以"双柑斗酒"或"载酒携柑"用作春日雅游的典故。

⑧ 清歌：没有乐器伴奏的歌唱。

⑨ 黄鹂趁拍：黄鹂鸟的叫声合着歌声的节拍。

⑩ 俎(zǔ祖):古代祭祀、宴会时盛牛羊的四脚方形青铜盘或木漆盘。这里指野餐时用的食具。
⑪ 除是:除非是;只有,唯独。

解读

　　这是一首写秋游的长调,具体写作时间、地点难于考订。上片着重描写秋天黄昏景色,勾勒从容,然稍嫌平缓。下片回忆旧游,则笔触生动,形象鲜活,今昔对比强烈,惆怅落寞之感溢于言外。

蝶恋花

　　满地霜华浓似雪,人语西风,瘦马嘶残月。一曲《阳关》浑未彻,车声渐共歌声咽①。　　换尽天涯芳草色②,陌上深深,依旧年时辙③。自是浮生无可说,人间第一耽离别④。

注释

① "一曲"两句:是说《阳关曲》才唱不久,歌声就哽咽起来了。《阳关曲》,即《阳关三叠》,又称《渭城曲》,古曲名。源本王维

《送元二使安西》诗,后入乐府,多用来抒发离愁别绪。因原诗反复诵唱,故称"三叠"。这两句似从辛弃疾《鹧鸪天》(送人)"唱彻《阳关》泪未干"化出。

② 这句是说冬去春来。

③ 年时:往年,当年。辙:车轮压出的痕迹。

④ 耽:沉溺。

解读

这首词上片着重写行役之哀苦,满地浓霜,西风残月,人语马嘶,车声离歌,渲染出凄凉的送别场景。下片着重抒别后之悲怀,慨叹人间无休止的离别。末两句让人联想到宋祁《玉楼春》"浮生长恨欢娱少",王鹏运《鹊踏枝》"有限坠欢争忍说,伤生第一生离别"。王国维《人间词》手稿中此词有吴昌绶眉批:"直到古人。"

蝶恋花

斗觉宵来情绪恶①,新月生时,黯黯伤离索②。此夜清光浑似昨③,不辞自下深深幕④。　何物尊前哀与乐?　已坠前欢,无据他年约⑤。几度烛花开又落⑥，人间须信思量错。

注释

① 斗:同"陡"。猛然。"斗"手稿本、《乙稿》作"陡"。

② 黯黯:忧愁伤心的样子。韦应物《寄李儋元锡》诗:"世事茫茫难自料,春愁黯黯独成眠。"离索:即离群索居。离开同伴而孤独生活。《礼记·檀弓上》记子夏语:"吾离群而索居,亦已久矣。"苏轼《醉落魄》:"人生到处萍飘泊,偶然相聚还离索。"

③ 清光:指月光。柳永《望汉月》:"千里清光又依旧,奈夜永、厌厌人绝。"浑似昨:完全像从前一样。

④ 自下:独自放下。深深幕:一层层帘幕。

⑤ "已坠"两句:之前的欢乐已经失落,来生的盟约又说不准。无据:这里是无足凭信的意思。他年约:此指来世的约定。

⑥ 这句是说常常彻夜不眠,灯烛前思念。烛花:陈本作"灯花"。

解读

此词当是悼亡词,为悼念亡妻莫氏而作。可与后面的悼亡词《蝶恋花》(落日千山啼杜宇)等互相参看。1907年夏,词人闻妻子莫氏病危,匆忙由京返回家乡海宁,居十日,莫氏去世。此词当作于1907年8月至10月间。词写深宵不眠,长夜思量,虽然月光如旧,但物是人非。"已坠前欢,无据他年约",有"他生未卜此生休"之意,可对照词人《蝶恋花》(落日千山啼杜宇):"见说他生,又恐他生误。纵使兹盟终不负,那时能记今生否?"

祝英台近

　　月初残,门小掩,看上大堤去。徒御喧阗①,行子黯无语②。为谁收拾离颜? 一腔红泪③,待留向孤衾偷注。　　马蹄驻,但觉怨慕悲凉④,条风过平楚⑤。树上啼鹃,又诉岁华暮⑥。思量只有人间,年年征路,纵有恨都无啼处。

注释

① 徒御:驾车马者;仆役。喧阗(tián 田):喧哗,喧闹。
② 行子:出门远行的人。黯:颓丧的样子。高观国《祝英台近》:"别后歌断云闲,娇姿黯无语。"
③ 红泪:王嘉《拾遗记·魏》:"文帝所爱美人姓薛,名灵芸,常山人也……灵芸闻别父母,歔欷累日,泪下沾衣。至升车就路之时,以玉唾壶承泪,壶则红色。既发常山,及至京师,壶中泪凝如血。"后因以"红泪"称女子的眼泪。
④ 怨慕:指因不得相见而哀怨思慕。陆机《赠从兄车骑》诗:"感彼归途艰,使我怨慕深。"

⑤ 条风:条达万物之风。指立春的风。《淮南子·天文训》:"距日冬至四十五日,条风至。"《初学记》三引《易通卦验》:"立春条风至。"平楚:平林,见《甲稿》中《点绛唇》(高峡流云)注③。"平楚"《乙稿》、陈本作"庭树"。

⑥ 啼鹃:指杜鹃鸟,至春则啼,啼声凄苦。岁华暮:此指春天将尽。

解读

　　这首词当是1907年春离开海宁再赴北京时作。1906年七月词人回海宁为父亲王乃誉治丧,次年三月返回北京。词中具体描写词人离家时亲人送别场景,细致渲染周遭环境氛围,深入刻画彼此悲凉无奈的心境,从而又一次引出人间离恨的主题。王国维《人间词》手稿中此词有吴昌绶眉批:"'徒御'字须酌。""'怨慕'四字须酌。"

浣溪沙

　　乍向西邻斗草过①,药栏红日尚婆娑②,一春只遣睡消磨。　　发为沉酣从委枕③,脸缘微笑暂生涡④,这回好梦莫惊他。

注释

① 乍:刚,才。斗草:即"斗百草",一种民俗游戏。或比赛对花草名,或斗草的韧性、多寡等,常于端午节行之。南朝梁宗懔《荆楚岁时记》:"五月五日,四民并踏百草,又有斗百草之戏。"白居易《观儿戏》诗:"弄尘或斗草,尽日乐嬉嬉。"

② 这句是说,日光下又在一栏芍药花前流连忘返。婆娑:流连徘徊。

③ 这句是说,沉睡时任凭头发散乱在枕上。

④ 涡:酒窝。"暂"《乙稿》、陈本作"渐"。

解读

　　这首小词写一少女斗草赏花之后的春困酣睡,突出表现了少女的天真活泼。"发为"二句尤为鲜活传神;"好梦"中的"微笑",委婉细巧地透露出女孩的内心活动。王国维《人间词》手稿本中此词有吴昌绶眉批:"著一'暂'字绝佳。'沉酣'二字宜酌,当有现成之字,思之不得。"

虞美人

　　犀比六博消长昼,五白惊呼骤①。不须辛苦问亏成②,一霎尊前了了见浮生③。　笙歌散后人微倦,归路风吹面。西窗落月荡花枝,又是人间酒醒梦回时。

注释

① "犀比"两句:描写玩一种叫六博的博戏,以消磨漫长的白天。化用《楚辞·招魏》:"菎蔽象棋,有六簙(博)些。分曹并进,道相迫些。成枭而牟,呼五白些。晋制犀比,费白日些。"六博:一种古老的博戏。所用棋盘分为十二道,两头当中为"水","水"中放"鱼"两枚。黑白各六颗棋子,分置两端。两人对博时,轮流掷五颗骰子,得采后行棋。棋子行至"水"边,便竖起来,称为"枭棋";再掷骰子得采,便可入"水"食"鱼"。每食一"鱼",获两个筹码,以获筹多者为胜。犀比:是说用犀角装饰博具。五白:指掷骰子时出现的一种特采。六博所用骰子称为"琼","琼"有五采,刻一画者叫"塞",刻两画者叫"白",刻三画者叫"黑",一边不刻。所掷五颗骰子皆为"白"采,是一种极佳胜采,难怪掷骰子者要骤然惊呼了。参见杜甫《今夕行》:"冯陵大叫呼五白,袒跣不肯成枭卢。"

② 亏成:失败与成功,输与赢。语本《庄子·齐物论》:"果且有成与亏乎哉?"

③ 尊前:酒席上。尊,酒樽,酒杯。了了:清楚,明白。浮生:语本《庄子·外篇·刻意》:"其生若浮,其死若休。"

解读

　　这首词可能作于1907年的北京。词写博戏的场景,博弈之中可以明白看出人的本能、浮生的真相,因此在酒醒梦回之后,词人的惆怅便可想而知了。王国维在《人间嗜好之研究》(1907)一文中指出:博弈与文学、美术"此数者之根柢皆存于势力之欲,而其作用皆在使人心活动,以疗其空虚之苦痛"。又说:人于博弈时,其竞争本能"以无嫌疑、无忌惮之态度发表之,于是得窥人类极端之利己主义"。

减字木兰花

　　乱山四倚,人马崎岖行井底①。路逐峰旋②,斜日杏花明一山。　　销沉就里③,终古兴亡离别意。依旧年年,迤逦骡纲度上关④。

注释

① 崎岖:山路高低不平的样子。元结《宿无为观》诗:"九疑山深几千里,峰谷崎岖人不到。"井底:比喻山谷凹地。
② 路逐峰旋:即峰回路转的意思。
③ 销沉:消逝,消失。杜牧《登乐游原》诗:"长空澹澹孤鸟没,万

古销沉向此中。"就里:其中。

④ 迤逦(yǐ lǐ 椅里):曲折连绵的样子。骡纲:结队运货的骡群。唐代王维曾画过《骡纲图》。上关:此指居庸关,旧称蓟门关、军都关,长城重要关口之一,在北京城西北五十公里。

解读

　　王国维《人间词》手稿此词有吴昌绶眉批:"此二首(按指此首与下一首)当是居庸关、八达岭之作。"约作于1906年至1907年。王国维1913年在日本写的回顾往年游历的《昔游》诗之六有云:"却忆军都游,发兴亦偶然。我来自南口,步步增高寒。两崖积铁立,一径羊肠穿。行人入眢井,羸马蹴流泉。左转弹琴峡,流水声潺潺。夕阳在峰顶,万杏明倚天。""我欲从驼纲,北去问居延。明朝入修门,依旧尘埃间。"据此诗可知,本词是游历北京西北郊居庸关(又称军都关)长城之作,但词中无意写游观之乐,而是集中描写乱山耸峙、路途崎岖的山谷间人马来往这一场景,继续深化"人间第一耽别离"(《蝶恋花》)的主题,寄寓词人沉重的古今之慨和深厚的人文关照。"斜日杏花明一山"是险峻环境中唯一的亮点,仿佛暗示了长年奔波者艰难人生中仅有的人生希望,正是这点可怜的希望,使他们一年年重复着人间别离的悲剧而不能自拔。

蝶恋花

连岭去天知几尺①，岭上秦关②，关上元时阙③。谁信京华尘里客，独来绝塞看明月④。 如此高寒真欲绝，眼底千山，一半溶溶白⑤。小立西风吹素帻⑥，人间几度生华发⑦。

注释

① 这句化用李白《蜀道难》诗："连峰去天不盈尺。"
② 秦关：秦朝修筑的边关。此指北京西北屏障居庸关。

蝶恋花（连岭去天知几尺）

③元时阙：当指居庸关云台。原为元代建筑物台基，上有精美雕刻。元代至正五年(1345)于此建过街塔，塔毁后建泰安寺，寺毁于清康熙年间，仅存基座，是为云台。

④京华尘里客：客居在尘埃飞扬的京城里的人，词人自指。陆机《为顾彦先赠妇》诗："京洛多风尘，素衣化为缁。"绝塞：偏远的边塞地区。

⑤溶溶：形容月光明净洁白。冯延巳《虞美人》："杨花零落月溶溶。"

⑥素帻：白色包头巾。旧时用于凶丧之事。此时词人尚戴孝。

⑦华发：花白头发。

解读

这是词人游历京郊居庸关长城时所作。观词中"小立西风吹素帻"，则时当秋节，词人尚戴孝。按词人父亲王乃誉于1906年8月去世，而妻子莫氏又于1907年8月去世，据此，本词创作时间当在1907年秋莫氏去世后。作者自幼丧母，后长年漂泊在外，与家人聚少离多，一年间又两度奔丧，故末句有"人间几度生华发"之叹。此词写来高寒欲绝，凄冷有加，皆由生离死别所致，故借登临秦关元阙，以寄伤悼之痛。王国维《昔游》诗之六有云："暮宿青龙桥，关上月正圆。溶溶银海中，历历群峰颠。""明朝入修门，依旧尘埃间。"可与本词参看。又，本词"西风"云云为秋天之作，而上一首"杏花"云云则为春日之作，两首词似非同时游历之作。

蝶恋花

帘幕深深香雾重①,四照朱颜,银烛光浮动。一霎新欢千万种,人间今夜浑如梦。　小语灯前和目送,密意芳心,不放罗帷空。看取博山闲袅凤,濛濛一气双烟共②。

注释

① 这句可参见蔡伸《临江仙》"帘幕深深清昼永",陆游《夜寒》诗"斗帐重茵香雾重"。
② "看取"两句:化用李白《杨叛儿》诗:"博山炉中沉香火,双烟一气凌紫霞。"暗示两情深结。博山:即博山香炉,古代的名贵香炉。因炉盖上造型类似传闻中的海上名山博山,故名。《西京杂记》:"长安巧工丁缓者……又作九层博山香炉,镂为奇禽怪兽,穷诸灵异,皆自然运动。"袅凤:形容香炉烟气上升的样子。

解读

　　这是一首带有"花间"词风的艳词,写男女欢会,艳光四射,风情万种,极尽缱绻,而不轻薄,自始至终又以香雾烘托暗示,读来如梦似幻。词人素来推崇晚唐五代词,但很少效仿花间艳词(《荷叶杯》诸首乃戏作),欢快的艳词更少,《人间词》中通篇写男女欢会者,大约仅此一首。这固然与词人忧郁的性格和哀多乐少的经历有关,也与他反对"儇薄"之风有关。难得的一首妩媚靓丽的艳词,算是作者悲苦人生的一次欢快的释放吧。

蝶恋花

手剔银灯惊炷短①,拥髻无言②,脉脉生清怨③。此恨今宵争得浅④?思量旧日深恩遍。　月影移帘风过院,待到归来,传尽中宫箭⑤。故拥绣衾遮素面,赚他醉里频频唤⑥。

注释

① 炷短:灯芯已经烧得很短了。意思是夜已深(而人未归)。
② "拥髻"两句:借用苏轼《九日舟中望见有美堂上鲁少卿饮处以诗戏之》之二:"拥髻无言怨未归。"拥髻:捧持发髻,形容女子感伤时的动作。语出伶玄《赵飞燕外传》附《伶玄自叙》:"通德占袖,顾眄烛影,以手拥髻,凄然泣下。"
③ 脉脉:同默默。清怨:凄清幽怨。钱起《归雁》诗:"二十五弦弹夜月,不胜清怨却飞来。"

④ 争:同"怎"。"争得"《乙稿》、陈本作"那得"。手稿本此处有吴昌绶眉批:"'那得'字少用为妙。"

⑤ 传尽中宫箭:宫中夜间报更的工作已经结束,意思是已经到了凌晨。古时以铜壶滴漏计时,守卒根据水平面箭上的刻度报时,称为传箭。"月影"三句《乙稿》、陈本作"花影一帘和月转,直恁凄凉,此境何曾惯"。

⑥ 赚(zuàn 钻,去声):哄骗。

解读

这首词写一女子夜间等待心上人的归来,漫漫长夜里,灯下苦苦思念,久久不见他归来,心中不免充满幽怨。好不容易等到他醉醺醺归来,已近天亮,女子恼怒之余,故意装睡,骗他一声声呼唤。此词叙事明快洗练,刻画女子心理生动细腻,由苦思、幽怨而至于赌气使诈,都写得极为传神。至于此词的背景,是否与清宫轶事有关,抑或别有寄托,则尚有待研究。

蝶恋花

黯淡灯花开又落①,此夜云踪②,知向谁边著③?频弄玉钗思旧约,知君未忍浑抛却④。　　妾意苦专君苦博⑤,君似朝阳,妾似倾阳藿⑥。但与百花相斗作,君恩妾命原非薄⑦。

注释

① 灯花:灯芯燃烧时结成的花状物。

② 云踪:像云一样飘浮不定的踪迹。这里指在外云游的那位男子的踪迹。

③ 知向:《乙稿》、陈本作"究向"。谁边:哪边,何处。著(zhuó 卓):着落。

④ 旧约:从前的约定、盟誓。参见冯延巳《采桑子》:"如今别馆添萧索,满面啼痕,旧约犹存,忍把金环别与人!"浑抛却:全抛弃,彻底抛弃。

⑤ 苦:甚,很,非常。

⑥ 藿:葵藿。以上两句比喻参见《三国志·魏志·陈思王植传》引曹植《求通亲亲表》:"若葵藿之倾叶太阳,虽不为之回光,然向之者诚也。臣窃自比于葵藿,若降天地之施,垂三光之明者,实在陛下。"

⑦ 这两句是说,只要我能与百花争奇斗艳,在你的阳光下绽放美丽的花朵,那样你的恩情就不薄了,而我的命运也算不坏了。作:作花,开花。鲍照《梅花落》诗:"中庭杂树多,偏为梅咨嗟。问君何独然,念其霜中能作花。"

解读

　　这首词写一位被人抛弃的女子,仍在苦苦思念那位男子,回忆当初的盟誓,相信他不会那么绝情地把自己彻底抛弃。虽然那女子与那男子处在极不对等的地位,那位"博爱"的男子犹如太阳普照百花,但她仍愿像葵藿那样永远向着太阳,而不去计较是否对等。那种无望中的执着坚韧,令人酸楚凄怆,低回不已。考虑到"君似朝阳,妾似倾阳藿"这一比喻的出处(曹植语),本身就带有一定的政治色彩,而词人又好托意,因此设想其中寄寓着词人理想、理念上的执着,或者隐含有担负人间不平与苦难的精神,应该是有可能的。

虞美人

　　碧苔深锁长门路,总为蛾眉误①。自来积毁骨能销,何况真红一点臂砂娇②!　　妾身但使分明在③,肯把朱颜悔?从今不复梦承恩④,且自簪花坐赏镜中人⑤。

注释

① 长门:汉宫名。汉武帝陈皇后失宠后,退居长门宫,愁闷悲

思,使人奉黄金百斤,令司马相如作《长门赋》以悟武帝,遂复得亲幸。后因以"长门"借指失宠女子居住的冷清的宫院。首两句参见辛弃疾《摸鱼儿》(淳熙己亥自湖北漕移湖南,同官王正之置酒小山亭,为赋):"长门事,准拟佳期又误,蛾眉曾有人妒。"蛾眉,见前《蝶恋花》(莫斗婵娟弓样月)注②。"碧苔"句手稿本、《乙稿》、陈本作"纷纷谣诼何须数"。

② "自来"两句:参见前《蝶恋花》(莫斗婵娟弓样月)注④、③。真红:正红色。臂砂娇:点在臂上的守宫砂色彩娇艳。"自来"两句,《乙稿》、陈本作"世间白骨尚能销,何况玉肌一点守宫娇",手稿本作"世间积毁骨能销,何况玉肌一点守宫娇"。

③ 分明:清白;光明磊落。李渔《蜃中楼·传书》:"奴家岂不愿同归? 只是为人在世,行止俱要分明。"

④ 承恩:此指承受皇恩。

⑤ 簪花:戴花。这句可参见贺铸《减字木兰花》:"簪花照镜。""簪花"《乙稿》、手稿本、陈本作"开奁"。

解读

《人间词乙稿》本词题下原注:"《甲稿》末之《蝶恋花》本填此调,因互有优劣,故两存之。"则此词与《人间词甲稿》最后一首《蝶恋花》(莫斗婵娟弓样月)为先后之作,措辞、立意皆极为相近,可参看该词的解说。同样写失宠女子的孤傲自赏,本词措辞似更精美幽婉,末句境界尤为悠远,而决绝无悔之意略无递减,所谓"意决而辞婉",可以此首为代表。又本词两句一转韵,其顿挫斩截之韵致,正与"从今不复梦承恩"之意相协调,这些都是其精细微妙处。王国维《人间词》手稿中吴昌绶评此词"深美闳约"。

蝶恋花

百尺朱楼临大道①,楼外轻雷,不闻昏和晓②。独倚阑干人窈窕③,闲中数尽行人小。　一霎车尘生树杪④,陌上楼头,都向尘中老⑤。薄晚西风吹雨到⑥,明朝又是伤流潦⑦。

注释

① 这句可参见曹植《美女篇》:"青楼临大路,高门结重关。"于濆《青楼曲》:"青楼临大道,一上一回老。所思终不来,极目伤春草。"晏殊《蝶恋花》:"百尺朱楼闲倚遍,薄雨浓云,抵死遮人面。消息未知归早晚,斜阳只送平波远。"
② 这两句意思是,高楼外大道上从早到晚都是车声隆隆。轻雷,指车声。见《甲稿》中《蝶恋花》(昨夜梦中多少恨)注④。
③ 窈窕:形容女子娴静美好的样子。《诗经·周南·关雎》:"窈窕淑女,君子好逑。"

④ 树杪(miǎo 秒)：树梢。
⑤ 这两句是说，路上的游子和楼头的思妇，都将在这扰攘红尘中老去。意谓离愁催人老。陌上：路上。
⑥ 薄晚：傍晚，向晚。
⑦ 流潦(lǎo 老)：路上的流水和积水。末句为出行在外的游子担忧。

解读

　　这首词是《人间词》中的名篇，也是词人颇为得意的作品，可参见《人间词乙稿序》及《人间词话删稿》四六条自评。此词借传统的游子思妇的题材，以楼头思妇凝望陌上行人的典型场景，由一霎、一日之无望企盼，衍生出一生之凋零枯萎，由一己之遭际，引出众生之宿命，居高临下，俯瞰人生，有极宏阔的视角，极深邃的忧患。

浣溪沙

　　掩卷平生有百端①，饱更忧患转冥顽②，偶听啼鴂怨春残③。　　坐觉无何消白日，更缘随例弄丹铅④，闲愁无分况清欢⑤。

注释

① 掩卷：合上书本。多为阅读时有所感触的动作。苏辙《次韵子瞻感旧见寄》："学成竟无用，掩卷空自疑。"百端：百绪，百感。

② 更（gēng 庚）：经历。冥顽：昏庸顽固。

③ 啼鴂（jué 决）：也作"鹈鴂"，指杜鹃鸟，春末夏初啼叫，声甚凄切。李清照《好事近》："长记海棠开后，正是伤春时节。……魂梦不堪幽怨，更一声啼鴂。"

④ 这两句是说：因为没有其他什么事可以消磨白天的时光，于是凭借自己专长，依照先例做些古籍校勘编辑工作。坐：因为。更：另外。缘：凭借，借助。丹铅：朱砂和铅粉，古人校勘书籍所用之物。韩愈《秋怀》诗之七："不如觑文字，丹铅事点勘。"

⑤ 末句是说，饱经忧患，忙于校勘，连闲愁都没有分，哪里还谈得上清欢。极言哀愁之深重。

解读

这首词当作于1907年秋。观"饱更忧患转冥顽"及"闲愁无分况清欢"，似应作于父亲及妻子相继去世后。虽然词中有"偶听啼鴂怨春残"，却未必作于春末；正如他另一首悼亡词《蝶恋花》（落日千山啼杜宇）作于夏秋间，而仍将杜鹃鸟啼叫写进词中。此词的特点是，在从容闲淡、略带自嘲的语调中，蕴含了忧世伤生的沉痛和无可奈何，看似轻婉，实则笔力沉重。

浣溪沙

似水轻纱不隔香,金波初转小回廊①,离离丛菊已深黄②。　尽撒华灯招素月③,更缘人面发花光④,人间何处有严霜?

注释

① 金波:美称月光。沈佺期《古歌》:"水精帘外金波下,云母窗前银河回。"
② 离离:繁盛的样子。胡寅《春日幽居示仲固彦冲》:"菊本离离趁雨栽,杞根成垅更深培。"
③ 素月:皓月,明月。辛弃疾《永遇乐》:"待行过溪桥,夜半更邀素月。"
④ 这句是说,人面与菊花相映,故能焕发花样光彩。

解读

这首小词描述秋夜的一次佳会,轻纱似水,素月当空,金波流转回廊,人面菊花相映,写得轻盈澄净,温馨柔美,一扫人间严霜、心中愁绪,是词人为数不多的轻快明丽的作品。当作于1906年秋。

蝶恋花

　　落日千山啼杜宇,送得归人,不遣居人住①。自是精魂先魄去,凄凉病榻无多语②。　　往事悠悠容细数,见说他生,又恐他生误③。纵使兹盟终不负④,那时能记今生否?

注释

① "落日"三句:日落时分,漫山遍野杜鹃鸟凄厉地啼叫,把我从遥远的北京催归家乡,却又不让家中的妻子好好地留在人世间。杜宇,即杜鹃鸟,传说杜鹃为古蜀国帝王杜宇所

蝶恋花(落日千山啼杜宇)

化,每至春末夏初,常凄厉地啼叫,其啼声如说"不如归去"。这三句《乙稿》、陈本作"冉冉蘅皋春又暮,千里生还,一诀成终古"。

② "自是"两句:定是妻子的灵魂先离形体而去了,要不然在病榻上怎么会那么凄凉,居然没什么话对我说呢。《太平御览》卷五四九引《礼记外传》:"人之精气曰魂,形体谓之魄。"今浙江一带仍有称身体为"魄"的。

③ 见说:闻说,听说。他生:来生,下一辈子。元稹悼亡诗《遣悲怀》之三:"同穴窅冥何所望,他生缘会更难期。"李商隐《马嵬》诗之二:"他生未卜此生休。""见说"两句,《乙稿》、陈本作"见说来生,只恐来生误"。

④ 兹盟:此盟,指夫妻间关于来生的盟约。

解读

此词为悼亡之作。光绪三十三年(1907)夏,词人由北京返回海宁家中,居十日,夫人莫氏卒。上片写返家后,目睹夫人去世,字字沉痛,如鹃啼血;下片写莫氏去世后,唯有往事可供追忆,来生则虚妄难求,颇有元稹"他生缘会更难期"的悲哀,末尾"纵使"两句则更显无奈和绝望,幽咽低回,撼人魂魄。王国维《人间词》手稿中此词有吴昌绶眉批:"洞心骇目之言。"

菩萨蛮

高楼直挽银河住,当时曾笑牵牛处①。今夕渡河津②,牵牛应笑人。　　桐梢垂露脚,梢上惊乌掠③。灯焰不成青,绿窗纱半明④。

注释

① 这句是说,当年七夕,夫妻俩曾笑话牵牛只能一年一会。李商隐《马嵬》诗之二:"次日六军同驻马,当时七夕笑牵牛。"牵牛:即牛郎星。与织女星隔银河相对。传说织女原为天帝孙女,善织云锦,后嫁与河西牛郎,织乃中断。天帝大怒,责令两人分离,只准每年七月七日(七夕)于天河上相会一次。

② 今夕:此指七夕。河津:此指天河渡口。

③ 这两句是说,梧桐树梢上有受惊的乌鸦掠过,树梢上因此滴下露水来。露脚:露水。

④ 这是说灯火已很微弱,天差不多亮了。

解读

这首词作于1907年农历七月七日(七夕),此是六月廿六日夫人莫氏去世后第十一日。以牛郎织女相会天河之时,而怀悼亡之痛,正是情何以堪。但词人并未以悲怆激越的笔调直接抒情,相反,以一种平和蕴藉的叙事笔调出之,略带自嘲,下片更是纯用白描手法,通过深婉细微的描写和象征暗示,把词人内心看似平静实则"心折骨惊"的状态表现出来,特别耐人寻味。王国维《人间词》手稿中此词有吴昌绶眉批:"此词绝佳。"

应天长

紫骝却照春波绿,波上荡舟人似玉①。似相知,羞相逐,一晌低头犹送目②。 鬓云欹③,眉黛蹙④,应恨这番匆促。恼乱一时心曲⑤,手中双桨速。

注释

① 前两句是写一骑马男子驻足岸边,正与一划船女子相对。紫骝:古良马名。李益《紫骝马》诗:"争场看斗鸡,白鼻紫骝嘶。"却照:倒映。

② 这几句可参看朱彝尊《木兰花慢》(上元):"蛾眉帘卷再休垂,众里被人窥。乍含羞一晌,眼波又掷,鬓影相随。"一晌:短时间,一时间。送目:投以目光。晏殊《更漏子》:"才送目,又蹙

眉,此情谁得知。"

③ 鬓云:形容女子鬓发浓密。温庭筠《菩萨蛮》:"小山重叠金明灭,鬓云欲度香腮雪。"攲(qī 七):倾斜。

④ 眉黛:女子眉毛。古代女子以黛画眉,故称。蹙(cù 促):皱眉。

⑤ 恼乱:烦忧,扰乱。心曲:内心深处。《诗经·秦风·小戎》:"言念君子,温其如玉。在其板屋,乱我心曲。"此句原作"恼一时心曲",按《应天长》此句应为六字句,此据手稿本、《乙稿》、陈本,改作"恼乱一时心曲"。

解读

这是一首带有乐府民歌风调的词,写一位荡桨女子倾慕岸上一骑马男子,着重刻画了女子真实而又复杂的情态,她一见倾心,目送心许,却又害羞不止,慌乱不迭,低头蹙眉,心烦意乱,匆匆划桨离去。写来清新鲜活,犹如情景再现。之前写类似情景的,可参看朱彝尊《木兰花慢》"乍含羞一响,眼波又掷",周邦彦《庆宫春》"眼波传意,恨密约,匆匆未成。许多烦恼,只为当时,一响留情",晏殊《更漏子》"才送目,又蹙眉",以及皇甫松《采莲曲》:"船动湖光潋滟秋,贪看少年信船流;无端隔水抛莲子,遥被人知半日羞。"

菩萨蛮

红楼遥隔帘纤雨①,沉沉暝色笼高树②。树影到侬窗,君家灯火光③。　　风枝和影弄,似妾西窗梦④。梦醒即天涯⑤,打窗闻落花⑥。

注释

① 这句是说眺望对面的红楼,视线被绵绵细雨所阻隔。参见李商隐《春雨》诗:"红楼隔雨相望冷,珠箔飘灯独自归。"帘纤:微细,细小。晏几道《生查子》:"无端轻薄云,暗作帘纤雨。"
② 暝色:暮色。储光羲《长安道》诗:"西行一千里,暝色生寒树。"
③ 这两句是说,对面"君家"的灯光照到树上,树影又投射到我窗前。侬:我。此处为女子自称。
④ 西窗梦:参见冯延巳《采桑子》:"雨罢寒生,一夜西窗梦不成。"
⑤ 天涯:指天各一方。
⑥ 打窗:《乙稿》、陈本作"洒窗"。

解读

这是一首情词,当是 1907 年暮春作于北京。词写西窗下的一位女子暗恋对面红楼里的男子,虽然两边相去不远,但似乎远隔天涯,难以通达情意。这也许是作者标榜的"造境"。通篇主旨似从《诗经·郑风·东门之墠》"其室则迩,其人甚远"化出,但写得缥缈恍惚,幽微迷离。其中当有所寄托,也许隐含有虽在学部供职而理想难以实现的惆怅与痛苦。此词可与后面《菩萨蛮》(回廊小立秋将半)参看。

菩萨蛮

玉盘寸断葱芽嫩①,鸾刀细割羊肩进②。不敢厌腥臊,缘君亲手调③。　　红炉赪素面④,醉把貂裘缓⑤。归路有余狂,天街宵踏霜⑥。

注释

① 寸断葱芽:葱切成一寸长。《资治通鉴》卷四五记载东汉陆续母亲"截肉未尝不方,断葱以寸为度"。
② 鸾刀:古代用来切割牲口的刀,刀环上有铃。《诗经·小雅·信南山》:"执其鸾刀,以启其毛,取其血。"孔颖达疏:"鸾即铃也。谓刀环有铃,其声中节也。"羊肩:羊腿。进:呈上。
③ 缘:因为,由于。调:调制。
④ 赪(chēng瞠):映红。素面:女子不施脂粉的天然的美颜。

⑤ 貂裘：用貂的毛皮制成的衣服。缓：宽衣，脱衣。
⑥ 天街：京城的街道。

解读

　　这首词当是 1906 年春作于北京，与《甲稿》中《蝶恋花》（窈窕燕姬年十五）为先后之作，皆为京城风俗画卷。词写在京城餐馆吃羊肉（可能是涮羊肉），受到北方女子的热情细致的接待，激发起词人难得的豪兴。罗振常批阅《人间词》本评曰："此词豪隽。"

鹧鸪天

　　楼外秋千索尚悬，霜高素月慢流天①。倾残玉碗难成醉，滴尽铜壶不解眠②。　　人寂寂，夜厌厌③，北窗情味似枯禅④。不缘此夜金闺梦⑤，那信人间尚少年⑥！

注释

① 霜高：谓秋空高爽。陆游《子龙求烟雨轩诗口占绝句》："霜高木落应尤好，长挂西窗更怕寒。"流天：在天上移动。苏轼《答

仲屯田次韵》诗:"清风卷地收残暑,素月流天扫积阴。""慢流天"《乙稿》、陈本作"正流天"。

② 铜壶:古代计时器。铜制,壶形,以滴水多寡来计量时间。

③ 厌厌(yān烟):漫长的样子。苏轼《次韵子由种杉竹》诗:"吏散庭空雀噪檐,闭门独宿夜厌厌。"

④ 枯禅:枯坐参禅。杨万里《晚晴》诗:"先生老态似枯禅,解后东风也欲颠。"

⑤ 缘:因为,由于。金闺:闺阁的美称。王昌龄《从军行》之一:"更吹羌笛关山月,无那金闺万里愁。"

⑥ 那信:哪信。

解读

1906年秋或1907年秋作。词写秋夜漫漫,万籁俱寂,皓月行空,词人深夜无眠,借酒浇愁,仍无法排遣北窗下枯寂情怀,境界清冷,意绪悲凉。结尾两句以"金闺梦"点醒自己年华正茂,当不至衰颓如此,是枯寂中振作语。

清平乐

垂杨深院①,院落双飞燕②。翠幕银灯春不

浅③，记得那时初见④。　眼波靥晕微流⑤，尊前却按凉州⑥。拚取一生肠断，消他几度回眸⑦。

注释

① 深院:《乙稿》、陈本作"小院"。

② 双飞燕:雌雄并飞的两只燕子。《古诗十九首》:"思为双飞燕,衔泥巢君屋。"晏几道《临江仙》:"落花人独立,微雨燕双飞。""双飞燕"《乙稿》、陈本作"双归燕"。

③ 翠幕:翠色的帘幕。柳永《望海潮》:"烟柳画桥,风帘翠幕,参差十万人家。"

④ 这句可参见晏殊《木兰花》:"池塘水绿风微暖,记得玉真初见面。"晏几道《临江仙》:"记得小蘋初见,两重心字罗衣。琵琶弦上说相思。"

⑤ 眼波:指女子流动如水波的目光。辛弃疾《鹧鸪天》:"眉黛敛,眼波流。"晏几道《浣溪沙》:"闲弄筝弦懒系裙,铅华消尽见天真。眼波低处事还新。"靥晕:脸边的红晕。"靥晕"《乙稿》、陈本作"脸晕"。

⑥ 尊前:酒樽前,酒席上。"尊前"陈本作"灯前"。按:演奏。凉州:《凉州曲》,乐府曲名,属宫调曲。原为凉州(今甘肃武威)一带歌曲,唐开元中西凉府都督郭知运进。歌词多写西北边塞风光和战争场景。"凉州"《乙稿》、陈本作"梁州"。

⑦ 末两句化用牛峤《菩萨蛮》:"愿作一生拚,尽君今日欢。"消:

消受,受用。

解读

　　这是一首情词。词中回顾那个春意正浓的夜晚,在翠幕银灯下,初见那位女子,她眼波流动,红晕泛起,酒席上即兴演出一曲《凉州》,词人心醉神迷,愿用一生的相思痛苦,来换取佳人的几度回眸。其彻骨相思,凄入肝脾,哀感顽艳。末句虽由牛峤词变来,然观此词结构及措辞立意,实受晏几道词影响为多。

浣溪沙

　　花影闲窗压几重,连环新解玉玲珑①,日长无事等匆匆②。　　静听斑骓深巷里③,坐看飞鸟镜屏中④,乍梳云髻那时松⑤。

注释

① 连环:连成串的玉环。《庄子·天下》:"连环可解也。"《战国策·齐策六》记载:秦始皇曾派使者给齐国带去玉连环让他们解开,齐国群臣皆不知如何解开,齐国的君王后用铁椎砸破玉连环,解决了难题。这句可参看周邦彦《解连环》:"怨怀

无托。嗟情人断绝,信音辽邈。纵妙手能解连环,似风散雨收,雾轻云薄。"玲珑:玉声。

② 这句是说白日漫长,无事可做,却总觉得心里闲不下来。等:同样。一说作"何"解。匆匆:匆忙;心神不定的样子。

③ 斑骓(zhuī 追):毛色青白相杂的骏马。李商隐《春游》诗:"桥峻斑骓疾,川长白鸟高。"

④ 飞鸟镜屏中:立在房中形似屏风的镜子,上刻有飞鸟图案。这句可参看李商隐《无题》诗之三:"多羞钗上燕,真愧镜中鸾。"

⑤ 这句说:刚梳的高耸的发髻不知什么时候又松了。也可解作:现在刚梳的高耸的发髻,在那时(当初与男子相会时)是松的。可参见王国维《清平乐》:"樱桃花底,相见颓云髻。"

解读

这是一首思妇词。词写春暖花开的美好时节,女子独守空闺,闲来无事,玩着玉连环;听到深巷里传来的马蹄声,看见镜屏上刻画的飞鸟图案,都会激起她心中的层层涟漪。这首词表面写闲静,实际写内心的躁动,主要通过环境的渲染和对女子状貌的描写,来揭示她切盼情郎归来的相思之情和实际解不开的心中连环结。

浣溪沙

爱棹扁舟傍岸行①,红妆素萏斗轻盈②,脸边舷外晚霞明。　　为惜花香停短棹,戏窥鬓影拨流萍③,玉钗斜立小蜻蜓。

注释

① 棹:船桨。这里作动词用,谓划船。韦庄《西塞山下作》诗:"他年却棹扁舟去,终傍芦花结一庵。"
② 红妆:指代美女。素萏(dàn 旦):白色的荷花。萏,即菡萏,荷花。斗轻盈:较量谁的姿态更美。王之道《朝中措》:"海棠枝上,朱唇翠袖,欲斗轻盈。"
③ 这句是说,拨开水面的漂动的浮萍,为的是能照见自己的脸。

解读

这首小词写一水乡少女泛舟戏水情景,颇有南朝乐府与晚唐五代词清新风气。"斗轻盈"、"惜花香"、"窥鬓影"、"拨流萍",写她斗花惜花、自赏自怜,嫣然与花融为一体;末句"玉钗斜立小蜻蜓",虽从杨万里"小荷才露尖尖角,早有蜻蜓立上头"变出,而隐然视此少女为含苞待放的小荷,则不失创意,颇觉生新鲜活。王国维《人间词》手稿中此词有吴昌绶眉批:"'脸边'语微妙,惜稍欠透达。"

浣溪沙

漫作年时别泪看,西窗蜡炬尚汍澜①,不堪重梦十年间②。　斗柄又垂天直北③,官书坐会岁将阑④,更无人解忆长安⑤。

注释

① "漫作"两句:西窗的蜡烛还在流泪,但当年夫妻话别的场景已不复再现。漫:枉然,徒然。杜甫《偶题》诗:"漫作潜夫论,虚传幼妇碑。"年时:往年时节,当年。西窗蜡炬:用李商隐"何当共剪西窗烛"及"蜡炬成灰泪始干"。汍澜:流泪的样子。

② 十年间:王国维于光绪二十二年(1896)娶莫氏,之后长期在外,与妻子聚少离多,至光绪三十三年(1907)秋莫氏去世,历时十年有余。

③ 斗柄:北斗七星中,成柄状的三颗星叫"斗柄"或"斗杓"。古人以初昏时斗柄所指方向定季节,斗柄指东为春,斗柄指南为夏,斗柄指西为秋,斗柄指北为冬。

④ 官书坐会:当指词人在学部图书编译局的相关事务。"官书坐会"《乙稿》、陈本作"客愁坐逼"。岁将阑:将近年终。

⑤ 这句化用杜甫《月夜》诗:"遥怜小儿女,未解忆长安。"这里长安借指北京。当时词人的三个儿子都在家乡海宁,都还幼

小,不懂得挂念身在北京的父亲。

解读

　　此为悼亡词,词人回海宁料理妻子莫氏丧事完毕返回北京后作,写作时间在1907年10月至11月间。可参看本书《蝶恋花》(落日千山啼杜宇)及《谒金门》(孤檠侧)、《苏幕遮》(倦凭阑)等。本词上片由蜡泪触动酸楚伤痛的记忆,回首从前,不能自持;下片展望未来,又是一派迷惘惆怅;明写孩子不解"忆长安",实则深为三位幼子未来担忧。

蝶恋花

　　忆挂孤帆东海畔,咫尺神山①,海上年年见。几度天风吹棹转②,望中楼阁阴晴变。　　金阙荒凉瑶草短③,到得蓬莱,又值蓬莱浅④。只恐飞尘沧海满⑤,人间精卫知何限⑥。

注释

① 东海:东方之海,此指渤海。神山:传说中渤海有三座神仙居住的山,名曰蓬莱、方丈、瀛洲。

② 天风吹棹转:相传古人寻找海上三仙山,船一临近,就被风吹转。棹,这里指代船。参见《史记·封禅书》:"此三神山者,其传在渤海中,去人不远,患且至则船风引而去。……临之,风辄引去,终莫能至云。"

③ 金阙:神山中的金色宫阙。《史记·封禅书》:"盖尝有至(三神山)者,诸仙人及不死之药皆在焉。其物禽兽尽白,而黄金白银为宫阙。"瑶草:传说中的仙草。

④ 蓬莱浅:葛洪《神仙传·麻姑》:"麻姑自说云:'接侍以来,已见东海三为桑田。向到蓬莱,水又浅于往者会时略半也。岂将复还为陵陆乎?'方平笑曰:'圣人皆言,海中复扬尘也。'"

⑤ 飞尘沧海满:参见注④。李益《登天坛夜见海日》诗:"群仙指此为我说,几见尘飞沧海竭。"辛弃疾《醉花阴》(为人寿):"何日跨归鸾,沧海飞尘,人世因缘了。"这句《乙稿》、陈本作"只恐尘扬沧海遍"。

⑥ 精卫:神话传说中的鸟名。任昉《述异记》:"昔炎帝女溺死东海中,化为精卫,其名自呼,每衔西山木石填东海。偶海燕而生子,生雌状如精卫,生雄如海燕。"何限:多少,几何。

解读

这是一首极富表现力的游仙词。词的上片回忆几度孤帆寻访海上神山,都被天风吹回,其境界与《甲稿》中《点绛唇》(万顷蓬壶)非常相似,但接下来的意境则是《点绛唇》所不曾写到的:眼前的神山变化惊人,传说中的黄金宫阙一片荒凉,蓬莱仙岛水位又退下去一半,照此以往,恐怕万顷沧海都将变成尘土飞扬的陆地了,那时还有多少个执着于填海的精卫?美丽的神话被严酷的现场景象拆穿,词人美好的理想被污浊的尘世击碎。善写"造境",以寄忧时伤世、关切人间之情,正是词人"力争第一义"处,亦是其超越古人之处。

谒金门

孤檠侧[1],诉尽十年踪迹[2]。残夜银釭无气力[3],绿窗寒恻恻[4]。　　落叶瑶阶狼藉[5],高树露华凝碧[6]。露点声疏人语密,旧欢无处觅。

注释

[1] 孤檠(qíng 情):孤灯。纳兰性德《忆江南》(宿双林禅院有感):"风雨消磨生死别,似曾相识只孤檠,情在不能醒。""孤檠"《乙稿》、陈本作"孤灯"。

[2] 十年踪迹:见前《浣溪沙》(漫作年时别泪看)注[2]。

[3] 银釭(gāng 刚):银白色的灯盏。

[4] 恻(cè 册)恻:寒冷的样子。姜夔《淡黄柳》:"马上单衣寒恻恻。"

⑤ 瑶阶:玉砌的台阶,美称石阶。杜牧《秋夕》诗:"瑶阶夜色凉如水,坐看牵牛织女星。"

⑥ 露华:露水。白居易《长相思》诗:"九月西风兴,月冷露华凝。"

解读

此为悼亡词,作于1907年秋。词人与莫氏1896年结婚,莫氏卒于1907年8月,十余年间词人漂泊于上海、东京、南通、苏州、北京等地,与妻子聚少离多。"诉尽十年踪迹"、"人语密",盖词人与亲友一同缅怀往事,追念莫氏。秋夜漫漫,孤灯残影,绿窗寒气,冷露凝碧,皆善于以景写情处;"旧欢无处觅"与"诉尽"、"人语密"对照,则是凄冷幽咽收尾。

喜迁莺

秋雨霁,晚烟拖①,宫阙与云摩②。片云流月入明河③,鹁鹊散金波④。　宜春院⑤,披香殿⑥,雾里梧桐一片。华灯簇处动笙歌,复道属车过⑦。

注释

① 拖:披散。郑作《春日登台》诗:"远戍烟拖晚更昏。"

秋雨霁（喜迁莺）

② 这句是说宫阙高入云端。摩:迫近。
③ 明河:银河,天河。欧阳修《秋声赋》:"星月皎洁,明河在天。"
④ 这句化用谢朓《暂使下都夜发新林至京邑赠西府同僚》诗:"金波丽鳷鹊。"鳷(zhī 支)鹊:汉朝长安宫观名。这里的"鳷鹊"及下片"宜春院"、"披香殿"皆借指北京皇城宫殿。
⑤ 宜春院:唐朝长安东宫内官妓居住处。王建《宫词》:"逢着五弦琴绣袋,宜春院里按歌回。"
⑥ 披香殿:汉朝后宫名。庾信《春赋》:"宜春苑中春已归,披香殿里作春衣。"
⑦ 复道:连接楼阁的栈道。骆宾王《帝京篇》:"复道斜通鳷鹊观,交衢直指凤凰台。"卢照邻《长安古意》:"复道交窗作合

147

欢,双阙连甍垂凤翼。"属(zhǔ主)车:皇帝出行时侍从的车子。张九龄《奉和圣制同二相南出雀鼠谷》诗:"汾川花鸟意,并奉属车尘。"

解读

1907年秋作于北京。王国维《人间词话》推崇李白"纯以气象胜",又说:"后世唯范文正之《渔家傲》,夏英公之《喜迁莺》,差足继武,然气象已不逮矣。"按夏竦(英公)《喜迁莺》正是写宫廷气象,其中"夜凉银汉截天流,宫阙锁清秋",似对王国维此词有所启发。本词写清朝宫廷,而多用汉唐宫殿名,至于"宫阙与云摩"云云,不啻与夏竦争雄,直欲追攀汉唐气象。反观晚清之气息奄奄,此词气象亦只能是存乎词人心中之理想而已。王国维《人间词》手稿中此词有吴昌绶眉批:"词境甚高,如读唐人诗。"另外,本词可参看王国维《戏效季英作口号》诗六首之四:"双阙凌霄不可攀,明河流向阙中间。银灯一队经驰道,道是君王夜宴回。"

蝶恋花

翠幕轻寒无著处①,好梦初回②,枕上惺忪语③。残夜小楼浑欲曙,四山积雪明如许。　　莫遣良辰闲过去,起瀹龙团④,对雪烹肥羜⑤。此景人间殊不负,檐前冻雀还知否⑥?

注释

① 这句是说,有帘幕阻隔,寒气便难以进入。变用柳永《斗百花》:"飒飒霜飘鸳瓦,翠幕轻寒微透。"
② 初回:《乙稿》、陈本作"初还"。
③ 惺忪:刚睡醒时眼睛、神智模糊不清的样子。
④ 瀹(yuè月):煮。龙团:宋代贡茶名。圆状,上有龙纹,故称。李曾伯《水调歌头》:"借得庭轩一榻,忘却征涂炎暑,小驻瀹龙团。"
⑤ 肥羜(zhù柱):肥嫩的羊羔。《诗经·小雅·伐木》:"既有肥羜,以速诸父。"陆游《早饭后戏作》诗:"汤饼满盂肥羜香,更留余地著黄粱。"
⑥ 檐前冻雀:参见戴复古《立春后》诗:"冻雀栖檐角,饥乌啄草芽。"

解读

　　此词写冬日清晨,从温暖的好梦中醒来,喜见四山积雪,于是雅兴勃发,对雪烹羊,煮茶品茗,吟诗填词。此词境界明净澄澈,其远韵逸致,非檐前冻雀所能领会。

苏幕遮

倦凭阑,低拥髻;丰颊修眉,犹是年时意①。昨夜西窗残梦里②,一霎幽欢③,不似人间世。　　恨来迟④,防醒易⑤;梦里惊疑,何况醒时际。凉月满窗人不寐,香印成灰,总作回肠字⑥。

注释

① 前四句描写梦中见到的亡妻莫氏的形象。凭阑:倚靠栏杆。拥髻:捧持发髻,女子哀愁之态。苏轼《九日舟中望见有美堂上鲁少卿饮处以诗戏之》之二:"遥知通德凄凉甚,拥髻无言怨未归。"丰颊修眉:丰满的面颊,纤细的长眉。参见韩愈《送李愿归盘谷序》:"曲眉丰颊,清声而便体,秀外而惠中。"程节斋《沁园春》:"记昔年犀玉,奇资秀质;今朝簪佩,丰颊修眉。"年时意:当年的神情意态。年时,往年,当年。"犹是"《乙稿》、陈本作"犹有"。

② 西窗:暗指夫妻相聚,语本李商隐"何当共剪西窗烛"。

③ 一霎:谓极短时间,片刻之间。幽欢:幽会的欢乐。秦观《醉桃源》:"楚台魂断晓云飞,幽欢难再期。"

④ 来迟:指梦中的妻子姗姗来迟。《汉书·外戚传上·孝武李夫人》记载,李夫人去世后,汉武帝思念不已。方士少翁言能致其神,乃夜张灯烛,设帷帐,陈酒肉,而令武帝居他帐,遥望

见好女如李夫人之貌,而不得就视,武帝愈益相思悲感,为作诗曰:"是邪,非邪? 立而望之,偏何姗姗其来迟!"

⑤ 防醒易:即防易醒,生怕一下子就从梦中醒来。

⑥ 香印:用多种香料粉末掺和而成的一种香。参见冯延巳《鹊踏枝》:"花外寒鸡天欲曙,香印成灰,起坐浑无绪。"李煜《采桑子》:"绿窗冷静芳音断,香印成灰。"回肠字:盘香烧尽后灰烬的形状,隐喻愁肠。参见秦观《减字木兰花》:"天涯旧恨,独自凄凉人不问。欲见回肠,断尽金炉小篆香。"

解读

此为记梦之词,亦是悼亡之作,写于1907年8月至10月间妻子莫氏去世后。上片写梦中情景,莫氏神态清晰可辨,恍如生前;夫妻一晌幽欢,更胜人间。下片写梦醒之后,惆怅失落,神魂不定,愁肠千回百转。梦中之情,愈是迷离惝恍,缠绵悱恻,愈反衬出醒后之恨,幽深盘曲,绵绵不尽。

浣溪沙

本事新词定有无①? 斜行小草字模糊②,灯前肠断为谁书? 隐几窥君新制作③,背灯数幸旧欢娱,区区情事总难符。

注释

① 本事:诗词作品所依据的真事。定:究竟。
② 斜行:古代一种用于书写的斜界纸。后指代词章。陆游《乌夜啼》:"弄笔斜行小草,钩帘浅醉闲眠。"这句《乙稿》、陈本作"这般绮语太胡卢"。
③ 隐几(yìnjī 印机):靠在几案上。《庄子·齐物论》:"南郭子綦,隐几而坐,仰天而嘘。"隐,倚,靠。

解读

　　这是一首有趣的小词。词里以一女子的口吻,怀疑丈夫写的情词是不是有什么真实故事,不知是为哪位佳人而作;至于丈夫新词中,有关夫妻俩的情事,却总觉得不是那么真实。这首词可能源于词人夫妻间的真实交流,也可能是词人的虚构创造。这里涉及词的特点、作用,艺术作品的真实性等一系列问题,词人以轻松幽默又略带调侃的笔调,把那一系列问题轻轻荡开,而把读者那种好奇、探究、猜疑的阅读心理刻画得惟妙惟肖。这不禁让人想到李商隐在回应猜疑时写的那首《有感》:"非关宋玉有微辞,却是襄王梦觉迟。一自高唐赋成后,楚天云雨尽堪疑。"

虞美人

金鞭珠弹嬉春日①,门户初相识。未能羞涩但娇痴,却立风前散发衬凝脂②。　近来瞥见都无语,但觉双眉聚。不知何日始工愁③,记取那回花下一低头。

注释

① 金鞭珠弹:对鞭子和弹丸的美称。此指少年时代游乐之具。周密《齐东野语》记陆游在蜀时钟情一女子,出蜀后每怀旧游,曾赋诗"金鞭珠弹忆春游,万里桥东罨画楼"云云。另见曾觌《浣溪沙》:"绮陌寻芳惜少年,长楸走马著金鞭。"孟浩然《大堤行寄万七》:"王孙挟珠弹,游女矜罗袜。"这句《乙稿》、陈本作"弄梅骑竹嬉游日",则是化用李白《长干行》:"妾发初覆额,折花门前剧。郎骑竹马来,绕床弄青梅。"
② 凝脂:凝结的油脂。形容洁白柔润的皮肤。《诗经·卫风·硕人》:"手如柔荑,肤如凝脂。"白居易《长恨歌》:"温泉水滑洗凝脂。"
③ 工愁:谓多愁善感。工,善于。

解读

这是一首情词,写词人心仪的一位女子。词中生动地描写了

153

女子当初嬉戏时的娇痴和风前散发的风情，以及近来见面时聚眉蹙额、低头无语的神态，细微地揭示了女子心理和情感的变化。此词首句原作"弄梅骑竹嬉游日"，王国维《人间词》手稿本此词有吴昌绶眉批："首句宜酌。"词人遂改为"金鞭珠弹嬉春日"。

齐天乐

蟋蟀，用姜石帚原均[①]

天涯已自悲秋极，何须更闻虫语[②]。乍响瑶阶，旋穿绣闼[③]，更入画屏深处。喁喁似诉[④]。有几许哀丝，佐伊机杼[⑤]。一夜东堂，暗抽离恨万千绪[⑥]。　　空庭相和秋雨[⑦]，又南城罢柝，西院停杵[⑧]。试问王孙[⑨]，苍茫岁晚，那有闲愁无数？　宵深谩与[⑩]。怕梦稳春酣，万家儿女，不识孤吟[⑪]，劳人床下苦[⑫]。

注释

① 姜石帚：此指南宋词人姜夔（但据夏承焘《石帚辨》考证，姜石帚与姜夔实非同一人）。手稿本作"姜白石"。均：同"韵"。姜夔《齐天乐》(丙辰岁，与张功父会饮张达可之堂。闻屋壁间蟋蟀有声，功父约予同赋，以授歌者。功父先成，辞甚美。

予裴回茉莉花间,仰见秋月,顿起幽思,寻亦得此。蟋蟀,中都呼为促织,善斗。好事者或以三二十万钱致一枚,镂象齿为楼观以贮之):"庾郎先自吟愁赋,凄凄更闻私语。露湿铜铺,苔侵石井,都是曾听伊处。哀音似诉。正思妇无眠,起寻机杼。曲曲屏山,夜凉独自甚情绪?　西窗又吹暗雨。为谁频断续,相和砧杵?候馆迎秋,离宫吊月,别有伤心无数。豳诗漫与。笑篱落呼灯,世间儿女。写入琴丝,一声声更苦。"

② 悲秋:《乙稿》、陈本作"悲愁"。虫语:指蟋蟀鸣叫声。"虫语"《乙稿》、陈本作"愁语"。

③ 乍:刚刚。瑶阶:玉砌的台阶,泛指石阶。旋:随即。绣闼(tà踏):装饰华丽的门户。王勃《滕王阁诗序》:"披绣闼,俯雕甍。"

④ 喁喁(yú余):象声词。形容虫鸟鸣声。扬雄《太玄·饣希》:"蛆鸣喁喁,血出其口。"

⑤ "有几许"两句:是说有蟋蟀鸣声犹如哀婉的丝弦乐,配合着伊人的织布声。哀丝:哀婉的弦乐。佐:助。伊:第三人称。机杼:织布机。崔豹《古今注》:"促织,一名投机,谓其声如急织也。"

⑥ 这里照应前面的"哀丝"和织机的丝线,而引申出抽丝(愁思)。

⑦ 这句是说,蟋蟀鸣声应和着空庭中的秋雨声。

⑧ 这两句意思是说,夜深人静,蟋蟀仍在鸣叫。罢柝:停止敲梆

报更。停杵:停止捣衣。杵,捣衣棒。
⑨ 王孙:蟋蟀的别名。据《方言》说,古代南楚之间,或称蟋蟀为蛬(王)孙。
⑩ 谩与:同"漫与"。此谓随意鸣叫。
⑪ 孤吟:此指蟋蟀独自吟唱。
⑫ 劳人:忧伤者。《诗经·小雅·巷伯》:"骄人好好,劳人草草。"此处劳人指蟋蟀。床下:《诗经·豳风·七月》:"十月蟋蟀,入我床下。"

解读

这首词与前面《水龙吟》(杨花),是《人间词》甲乙稿中仅有的两首和古人韵的词作,词人自称为"偶尔游戏"之作,又说"有与晋代兴之意"(参王国维《人间词话删稿》四五条自评)。此词细致描写蟋蟀无处不在的悲鸣,从结构到措辞与白石原作都颇为相似,但"暗抽离恨万千绪"与"万家儿女,不识孤吟"数句,则比白石词更为沉痛,满含着世无知音、凄凉落寞的孤苦。

点绛唇

波逐流云①,棹歌袅袅凌波去②。数声和橹,远入蒹葭浦③。　落日中流，几点闲鸥鹭。低飞处，菰蒲无数，瑟瑟风前语④。

注释

① 这句意思是水天相接。
② 棹歌：船歌。沈约《江南曲》："棹歌发江潭，采莲渡湘南。"袅袅：形容歌声悠扬。许浑《宿开元寺楼》："谁家歌袅袅，孤枕在西楼。""袅袅"《乙稿》、陈本作"缓缓"。凌波：行于水波之上。曹植《洛神赋》："凌波微步，罗袜生尘。"
③ 蒹葭(jiānjiā 兼加)浦：芦苇丛生的水滨。刘禹锡《武陵书怀五十韵》诗："露变蒹葭浦，星悬橘柚村。"
④ 菰蒲：菰、蒲皆为浅水中植物。张元幹《念奴娇》："荷芰波生，菰蒲风动，惊起鱼龙戏。"瑟瑟：象声词，形容风吹草木声。风前：《乙稿》、陈本作"风中"。

解读

这首词当作于1906年秋至1907年春在海宁期间。词描绘江上黄昏景象，碧波流云，中流夕阳，渔舟唱晚，鸥鹭低飞，菰蒲细语，写来有声有色，动中见静，境界轻盈飘逸，悠远闲适。通篇写景，而情由景生，意与境会，物我两忘，所谓"无我之境，以物观物，故不知何者为我，何者为物"（《人间词话》）。

蝶恋花

春到临春花正妩①,迟日阑干②,蜂蝶飞无数。谁遣一春抛却去,马蹄日日章台路③。 几度寻春春不遇,不见春来,那识春归处？斜日晚风杨柳渚④,马头何处无飞絮。

注释

① 临春:南朝陈后主建有临春阁。《陈书·皇后传·张贵妃》:"至德二年,乃于光照殿前起临春、结绮、望仙三阁。阁高数丈,并数十间,其窗牖、壁带、悬楣、栏槛之类,并以沉檀香木为之,又饰以金玉,间以珠翠,外施珠帘,内有宝床、宝帐,其服玩之属,瑰奇珍丽,近古所未有。"妩:娇艳。

② 迟日:春日。语本《诗经·豳风·七月》"春日迟迟"。

③ 章台:汉长安城章台宫下有章台街。汉京兆尹张敞曾走马过章台街,以便面拊马。这里借指京城街道。

④ 杨柳渚:杨柳岸。杜甫《陪郑广文游何将军山林》诗之八:"忆过杨柳渚,走马定昆池。"

解读

此词当是1906年或1907年春末夏初作于北京。词中回顾春日百花艳丽、蜂飞蝶舞的明媚,感慨转瞬之间春意荡然,寻觅无踪,眼前唯有斜阳飞絮,撩人愁绪。此词重言积字,共用七个"春"字,意绪绵邈,婉而多思,所谓"往复幽咽,动摇人心"者。这首词也是词人颇为自负的作品,可参见《人间词话删稿》四六条自评。

蝶恋花

袅袅鞭丝冲落絮①,归去临春,试问春何许②?小阁重帘天易暮,隔帘阵阵飞红雨③。　　刻意伤春谁与诉④?闷拥罗衾,动作经旬度⑤。已恨年华留不住,争知恨里年华去⑥!

注释

① 袅袅:摇动的样子。鞭丝:马鞭。落絮:柳絮,杨花。
② 临春:临春阁,见前《蝶恋花》(春到临春花正妩)注①。何许:如何。
③ 红雨:比喻落花。李贺《将进酒》:"况是青春日将暮,桃花乱落如红雨。"
④ 刻意伤春:参见李商隐《杜司勋》诗:"刻意伤春复伤别,人间惟有杜司勋。"谁与诉:手稿本、《乙稿》、陈本作"无说处"。

⑤ 罗衾(qīn亲)：轻软的丝绸被子。李煜《浪淘沙》："罗衾不耐五更寒。"动：往往，常常。经旬：满十天。"经旬度"《乙稿》、陈本作"经旬卧"。

⑥ 争：同"怎"。"争知"手稿本、《乙稿》、陈本作"那知"。

解读

　　此词与上一首同为伤春之词，当是先后之作。本词首句似承接上一首末句，词人由马头柳絮飘飞，感受到春天的消逝，因而想回到临春阁重寻春的芬芳，无奈只有落红无数，飞花阵阵。词人这种伤春之情，无处诉说，唯有拥衾闷睡，独自承受。"已恨年华留不住，争知恨里年华去"，揭示短暂人生永恒的痛楚，是加倍循环写法。

蝶恋花

　　窗外绿阴添几许，剩有朱樱①，尚系残红住②。老尽莺雏无一语③，飞来衔得樱桃去④。　　坐看画梁双燕乳⑤，燕语呢喃⑥，似惜人迟莫⑦。自是思量渠不与⑧，人间总被思量误。

注释

① 朱樱：即樱桃。暮春开花，果实球形，鲜红色，初夏成熟，可食。

② 残红：凋残的花。白居易《龙昌寺荷池》诗："冷碧新秋水，残红半破莲。"

③ 莺雏：即雏莺，幼小的莺。参见周邦彦《满庭芳》："风老莺雏，雨肥梅子。"

④ 衔得樱桃去：樱桃亦称莺桃，因樱桃为莺鸟所含食，故名。李商隐《深树见一颗樱桃尚在》诗："惜堪充凤食，痛已被莺含。"

⑤ 画梁：装饰华丽的屋梁。卢照邻《长安古意》诗："双燕双飞绕画梁，罗纬翠被郁金香。"

⑥ 呢喃：燕鸣声。刘兼《春燕》诗："多时窗外语呢喃，只要佳人卷绣帘。"

⑦ 莫：同"暮"。《乙稿》作"暮"。

⑧ 这句是说，自己自然是相思情切，而被思念的游子却未必这般相思。思量：此指相思。渠：他。

解读

这是一首思妇词。写景如画，而富含象征隐喻意味，情思幽深婉转，到末尾方才道破。春末夏初，正是绿肥红瘦时节，百花凋零，仅剩一颗红樱桃如残花挂在枝头，但这最后一颗樱桃亦被莺鸟含走。仰望梁上双燕,似乎燕子也在怜惜美人迟暮,可叹那游子还不如燕子,不懂思妇绵长相思而迟迟不归,可怜世人多在此种无价值的思量中老去。末尾由个人相思之苦,推衍至人间思量之误,发语警拔,意蕴悠远。

点绛唇

屏却相思,近来知道都无益①。不成抛掷②,梦里终相觅。　　醒后楼台,与梦俱明灭③。西窗白,纷纷凉月④,一院丁香雪⑤。

注释

① 屏(bǐng丙)却:屏除,放弃。这两句似变用李商隐《无题》二首之一:"直道相思了无益,未妨惆怅是清狂。"

② 不成抛掷:即抛掷不成,指无法屏除相思。参见冯延巳《蝶恋花》:"谁道闲情抛掷久,每到春来,惆怅还依旧。"

③ 这两句是说,醒来之后,梦中楼阁还若隐若现,若明若灭。参见晏几道《临江仙》:"梦后楼台高锁,酒醒帘幕低垂。"

④ 纷纷:形容月色洁白。杜甫《陪郑广文游何将军山林》诗:"绨衣挂萝薜,凉月白纷纷。"

⑤ 丁香雪:雪白的丁香花。丁香,落叶灌木或小乔木,花白色或淡紫色,气味芬芳。

解读

　　这首词写魂萦梦绕、抛撇不去却又无可奈何的相思。词的结构是上片抒情,下片写景。上片先说相思无益,想要放弃相思,却又无法放弃,梦里还是会去寻觅情人;下片则用梦后楼台、西窗映月、一院丁香三个意象,来渲染恍惚迷离的寻觅,烘托凄清惆怅的落寞,情意绵邈,余韵不尽。

清平乐

　　斜行淡墨,袖得伊书迹①。满纸相思容易说②,只爱年年离别。　　罗衾独拥黄昏,春来几点啼痕③。厚薄不关妾命,浅深只问君恩④。

注释

① 斜行淡墨:指书信的字行倾斜,字迹墨色偏淡。袖:作动词用,置于袖中。伊:他。
② 容易:轻易,随便。张炎《八声甘州》:"凭寄与、采芳俦侣,且

163

不须、容易说风流。"

③ 啼痕:泪痕。韦庄《小重山》:"卧思陈事暗消魂。罗衣湿,红袂有啼痕。"

④ 这两句意思是说,我不在乎自己命运的厚薄,而只在意于君的恩情深浅。末两句《乙稿》、陈本作:"厚薄但观妾命,浅深莫问君恩。"

解读

　　这是一首思妇词。上片"满纸相思容易说,只爱年年离别",写得直白,与《人间词甲稿》中《西河》"倘有情、早合归来,休寄一纸无聊相思字",主旨相同。下片"厚薄不关妾命,浅深只问君恩",则哀婉悱恻,含意幽微,似别有寄托。

人间词补编

浣溪沙

已落芙蓉并叶凋,半枯萧艾过墙高①,日斜孤馆易魂销②。　坐觉清秋归荡荡,眼看白日去昭昭③,人间争度渐长宵④!

注释

① 芙蓉:即荷花。屈原《离骚》:"制芰荷以为衣兮,集芙蓉以为裳。"萧艾:艾蒿,臭草。《离骚》:"何昔日之芳草兮,今直为此萧艾也。"
② 孤馆:孤寂的客舍。秦观《踏莎行》:"可堪孤馆闭春寒,杜鹃声里斜阳暮。"
③ 坐觉:顿觉。荡荡:空旷的样子。昭昭:明亮。宋玉《九辩》:"去白日之昭昭兮,袭长夜之悠悠。"
④ 争:怎。渐长宵:天气转入秋季后,夜晚一天比一天长。

解读

本词与下一首同作于1908年秋。罗振常批阅《人间词》云:"《浣溪沙》、《蝶恋花》为戊申作,因其时曾以此二首为余书籖也。"戊申即1908年。这首小词写悲秋之感,而采《楚辞》"香草美人"手法,深寓忧世伤时之痛。芙蓉凋落,恶草高张,正是《卜居》"世溷浊而不清,蝉翼为重,千钧为轻;黄钟毁弃,瓦釜雷鸣;谗人高张,贤士无名"之意,亦即《离骚》"世溷浊而嫉贤兮,好蔽美而称恶"之意。"人间争度渐长宵",有《悲回风》"终长夜之曼曼兮,掩此哀而不去"之意,更包含有对清末时势之忧虑。

蝶恋花

月到东南秋正半,双阙中间,浩荡流银汉①。谁起水精帘下看②,风前隐隐闻箫管③。　　凉露湿衣风拂面,坐爱清光④,分照恩和怨。苑柳宫槐浑一片,长门西去昭阳殿⑤。

注释

① 前三句写中秋之夜宫中失宠女子仰望银河。可参见王国维《戏效季英作口号》诗六首之四:"双阙凌霄不可攀,明河流向阙中间。"双阙,古代宫殿前两边高台上的楼观,因两者中间有空缺,故名双阙。银汉:银河。苏轼《阳关词·中秋月》:"暮云收尽溢清寒,银汉无声转玉盘。"

② 水精帘:即水晶帘,泛指晶莹华贵的帘子。李白《玉阶怨》:"玉阶生白露,夜久侵罗袜。却下水晶帘,玲珑望秋月。"
③ 这句暗指皇上正和宠爱的人一起宴饮欢娱。
④ 坐:因为。清光:月光。
⑤ 长门:指失宠女子居住的冷清的宫院。参见《虞美人》(碧苔深锁长门路)注①。昭阳殿:汉宫殿名。汉成帝时赵飞燕曾居昭阳殿。诗词作品中多借指皇后居住的宫殿。王昌龄《长信秋词》:"玉颜不及寒鸦色,犹带昭阳日影来。"

解读

1908年仲秋作于北京。词写中秋时节(秋正半),银河浩荡,月光皎洁,宫中失宠女子在窗前久久伫立,凝望天上皓月,心中感慨万千:月光是如此慷慨,普照天下,绝无偏私;而眼前宫殿里,长门宫与昭阳殿虽然相去不远,却是恩怨两重天。此词融汇李白、王昌龄宫怨诗意,晶莹玲珑,情致幽婉。王国维《人间词》手稿中吴昌绶评语:"此词绝佳。二'双'字须酌。'箫管'或写'筦'字,然终近复。'爱煞'二字亦须酌。"

菩萨蛮

回廊小立秋将半,婆娑树影当阶乱①。高树是东家②,月华笼露华③。　碧阑干十二,都作回肠字④。独有倚阑人,断肠君不闻。

注释

① 婆娑(suō 梭):枝叶繁盛披散的样子。这句手稿本作"隔墙梧影当阶乱"。
② 东家:东邻。《孟子·告子下》:"逾东家墙而搂其处子,则得妻。"
③ 这句是说:月光笼罩周边,露水沾湿身子。月华:月光。露华:露水。
④ 碧阑干十二:参见《西洲曲》:"忆郎郎不至,仰首望飞鸿。鸿飞满西洲,望郎上青楼。楼高望不见,尽日阑干头。阑干十二曲,垂手明如玉。"这两句是说:栏杆多曲折,似人愁肠百结。

解读

　　这是首托意幽婉的相思词,约 1908 年秋作于北京。词写一女子秋夜徘徊回廊,独倚栏杆,陷入对"东家"的相思之中,而她所思念的人却毫无回应。可参看前《菩萨蛮》(红楼遥隔廉纤雨)及注解。

菩萨蛮

西风水上摇征梦①,舟轻不碍孤帆重。江阔树冥冥②,荒鸡叫雾醒③。　　舟穿妆阁底④,楼上佳人起。蓦入欲通辞⑤,数声柔橹枝。

注释

① 征梦:远行在外者做的梦。
② 冥冥:昏暗貌。屈原《九章·涉江》:"深林杳以冥冥兮,乃猿狖之所居。"
③ 荒鸡:三更前啼叫的鸡。苏轼《召还至都门先寄子由》诗:"荒鸡号月未三更,客梦还家得俄顷。"
④ 妆阁:闺阁,女子的居室。白居易《两朱阁》诗:"妆阁伎楼何寂静,柳似舞腰池似镜。"
⑤ 蓦:突然。"蓦入"王国维《人间词》手稿本作"蓦地"。通辞:传达话语。元稹《卢十九子蒙吟卢七员外洛川怀古六韵命余和》:"寓目终无限,通辞未有因。"

解读

此词当是1908年正月因继母病逝返回海宁时所作。上片描写清晨孤帆行于宽阔江面的情景,"江阔"两句,烟水迷离,江树朦胧,颇似江村水墨画。下片船入江南水镇,回到故乡,船从阁底穿过,欲与佳人通话,看似绮思艳想,实则有现实因素蕴含其中。其一,此次还家,由莫太夫人亲自为媒,词人续娶潘氏。其二,可参见王国维《昔游》诗之二:"我本江南人,能说江南美。家家门系船,往往阁临水。兴来即命棹,归去辄隐几。"

蝶恋花

落落盘根真得地①,涧畔双松,相背呈奇态。势欲拚飞终复坠,苍龙下饮东溪水②。　　溪上平冈千叠翠,万树亭亭③,争作拏云势④。总为自家生意遂⑤,人间爱道为渠媚⑥。

注释

① 落落:高超不凡的样子。杜笃《首阳山赋》:"长松落落,卉木蒙蒙。"这句借用杜甫《古柏行》:"落落盘踞虽得地,冥冥孤高多烈风。"

② 这两句形容双松势欲高飞,复又盘曲下伸。苍龙:比喻松树苍劲。齐己《灵松歌》:"乍似苍龙惊起时,攫雾穿云欲腾跃。"

③ 平冈:山脊平坦处。柳永《临江仙引》:"渡口、向晚,乘瘦马、

陟平冈。"亭亭:耸立的样子。
④ 拏(ná拿)云:擎云,凌云。拏,同拿。李贺《致酒行》:"少年心事当拏云,谁念幽寒坐呜呃。"
⑤ 生意遂:生机通达。指自由生长。
⑥ 为(wéi唯):是。渠:他,它。

解读

　　这首词吟咏溪畔双松,着意描写双松根系盘结,势欲高飞、复又下坠的奇态,这种奇态与平冈万树向上争高之势,形成了有趣的对比。本来松树盘曲的形体是其生存发展的自然结果,可人们却总爱说它是故作媚态。咏物之词,而兼咏怀,针砭时弊,寓意深永。当作于1908年。

醉落魄

　　柳烟淡薄,月中闲杀秋千索。踏青挑菜都过却①,陡忆今朝,又失湔裙约②。　　落红一阵飘帘幕,隔帘错怨东风恶③;披衣小立阑干角,摇荡花枝,哑哑南飞鹊④。

注释

① 这首词可参见贺铸《凤栖梧》："挑菜踏青都过却，杨柳风轻，摆动秋千索。啼鸟自惊花自落，有人同在真珠箔。　淡净衣裳妆□薄。闲凭银筝，睡鬓慵梳掠。试问为谁添瘦弱，娇羞只把眉颦著。"挑菜，指挑菜节，旧俗农历二月二日仕女出郊拾菜，士民游观其间。踏青，指踏青节，旧俗清明节前后民众去郊野春游。

② 陡：突然。湔(jiān尖)裙：旧俗农历正月底或上巳节或三月初三，妇女洗裙于水边，以辟灾度厄。这里是泛指，故并不拘泥于时间。史达祖《蝶恋花》："今岁清明逢上巳，相思先到湔裙水。"

③ 这两句似变用苏轼《次韵田国博部夫南京见寄二绝》之一："深红落尽东风恶，柳絮榆钱不当春。"

④ 最后两句点明落花的原因不是东风吹拂，而是鹊摇花枝。哑哑：形容乌鹊的叫声。

解读

这首词受到贺铸《凤栖梧》的启发，同样写闺中女子慵懒落寞的光景，但比贺词凝练。上片前三句都从贺词翻出，"陡忆"两句则加倍写出春光飞逝及女子之懒散和感伤。下片由贺词"啼鸟自惊花自落"化来，但画面更具体集中，更富有顿挫和悬念：一阵落花飘过帘幕，引起女子对东风的怨恨；待女子走出闺房，站在栏杆旁看时,这才知道原来错怪了东风,是飞鹊摇动花枝,才使花片纷飞。但女子的感悟当不止于此。伤春之感和身世之感中,恐怕亦寄寓了词人感时伤世之情。

虞美人

杜鹃千里啼春晚①,故国春心断②。海门空阔月皑皑③,依旧素车白马夜潮来④。　山川城郭都非

虞美人(杜鹃千里啼春晚)

故⑤，恩怨须臾误⑥。人间孤愤最难平⑦，消得几回潮落又潮生⑧。

注释

① 杜鹃：杜鹃鸟。旧传古蜀王杜宇死后，其魂化为杜鹃鸟。春末夏初，常昼夜啼鸣，鸣声哀切。

② 故国：故乡。春心：由春景引发的意绪或情怀。《楚辞·招魂》："目极千里兮伤春心，魂兮归来哀江南。"李商隐《锦瑟》："望帝春心托杜鹃。"

③ 海门：钱塘江入海处有龛山与赭山对峙似门，故称海门。皑皑（ái挨，读阳平）：这里形容月亮洁白。

④ 素车白马：传说伍子胥死后，其神灵乘素车白马，随钱塘江潮往来。瞿佑《题伍胥庙》诗："素车白马终何益，不及陶朱像铸金。"许承钦《钱塘江观潮》诗："霸气至今消不尽，素车白马驾虹霓。"伍子胥事参见《甲稿》中《蝶恋花》(辛苦钱塘江上水)注⑤、⑥。又，旧时逢凶丧之事，用素车白马。这里隐含这一层意思。

⑤ 相传辽东人丁令威外出学道，后化为仙鹤归来，徘徊于空中唱道："有鸟有鸟丁令威，去家千岁今始归，城郭如故人民非，何不学仙冢累累！"然后冲天飞去。见《搜神后记》。此反用"城郭如故"意。

⑥ 恩怨：明写伍子胥与吴王夫差君臣之情，暗指夫妻之情。黄庭坚《听宋宗儒摘阮歌》："深闺洞房语恩怨，紫燕黄鹂韵桃

李。"须臾:极短时间,片刻。

⑦ 孤愤:因孤高嫉俗而产生的愤慨之情。顾炎武《赠钱行人邦寅》诗:"孤愤心犹烈,穷愁气未申。"

⑧ 消得:禁得起。纳兰性德《潇湘雨》(送西溟归慈溪):"凄寂黔娄当日事,总名士如何消得?"潮落又潮生:参见王国维《蝶恋花》:"潮落潮生,几换人间世。"

解读

此词当是1907年夏,词人返回海宁,妻子莫氏去世后所作,可参看《乙稿》中《蝶恋花》(落日千山啼杜宇)。又与《甲稿》中《蝶恋花》(辛苦钱塘江上水)同为写钱江潮水之作,但作法不同。本词借钱江潮水,明写伍子胥事,而深寓悼亡之痛,感时抚事,又复哀伤身世,沉郁悲怆,苍凉激越。

鹧鸪天

庚申除夕和吴伯宛舍人①

绛蜡红梅竞作花②,客中惊又度年华。离离长柄垂天斗③,隐隐轻雷隔巷车④。　　斟醽醁,和尖叉⑤,新词飞寄舍人家。可将平日丝纶手⑥,系取今宵赴蛰蛇⑦。

注释

① 庚申:庚申误。据赵万里所撰《王静安先生年谱》,此词系于庚戌。另据吴昌绶致王国维书札及吴昌绶《鹧鸪天》原作说明,王国维此词实作于己酉除夕或庚戌元日(1910年2月9日或10日)。吴伯宛:吴昌绶(1868—1924),字伯宛,号甘遯、松邻(龄),浙江仁和(今杭州)人。清光绪三年举人,官内阁中书。入民国,任司法部秘书。精校勘,能诗词。著有《松邻遗集》、《吴郡通典备稿》。王国维曾将《人间词》手稿交吴昌绶审阅,吴有批阅评语。舍人:唐代有中书舍人官职,这里代指吴昌绶的内阁中书官职。吴昌绶原作《鹧鸪天》(己酉岁除偶成小词,检梦窗癸卯除夜之作,用韵巧合,因亦以《思佳客》名之):"镜里踟蹰揽鬓华,尘中踯躅送年涯。朝衫贳酒官仍隐,病榻摊书旅即家。 灯吐穗,窖移花,凤城春色几分赊。不知筋力新来懒,笑对西山看晓霞。"

② 绛蜡:红烛。韩翚《高阳台》(除夜):"频听银签,重燃绛蜡。"作花:开花。

③ 离离:排列有序的样子。长柄垂天斗:指北斗七星。

④ 隐隐轻雷:形容车声。

⑤ 醁醑(lùxǔ 路许):美酒。《刘知远诸宫调·知远走慕家庄沙佗村入舍》:"问着后只言得一句,亲身与斟醁醑,却争敢离一步。"尖叉:苏轼作诗曾用"尖"、"叉"险韵,后世因以"尖叉"代

指诗词险韵。

⑥ 丝纶手：喻称为帝王起草诏书的人。这里指吴伯宛。吴任内阁中书，负责撰拟朝廷诏令文书。丝纶，语出《礼记·缁衣》："王言如丝，其出如纶。"孔颖达疏："王言初出，微细如丝；及其出行于外，言更渐大，如似纶也。"后因称帝王诏书为丝纶。

⑦ 赴壑蛇：比喻即将逝去的年岁。语本苏轼《守岁》诗："欲知垂尽岁，有似赴壑蛇。修鳞已半没，去意谁能遮？况欲系其尾，虽勤知奈何。"

解读

　　这是词人辛亥之前最后一首词，宣统元年己酉除夕夜或庚戌元日（公元 1910 年 2 月 9 日或 10 日）作于北京，当时词人供职于学部，与吴昌绶过从甚密，此词即与吴昌绶唱和之作。词里流露了客居京华、时光流逝的感慨。这首唱和词在王国维词里不算杰出，但较之吴昌绶原作则胜多矣。

百字令

题孙隘庵《南窗寄傲图》（戊午）①

楚灵均后②，数柴桑第一伤心人物③。招屈亭前千古水，流向浔阳百折④。夷叔西陵⑤，山阳下国⑥，此恨那堪说。寂寥千载，有人同此伊郁⑦。　堪叹招隐图成，赤明龙汉，小劫须臾阅⑧。试与披图寻甲子，尚记义熙年月⑨。归鸟心期，孤云身世⑩，容易成华发。乔松无恙，素心还问霜杰⑪。

注释

① 孙隘庵：孙德谦（1873—1935），字受之、寿芝，号隘庵、隘堪，江苏元和（今苏州）人。与王国维同时应沈曾植之聘，为浙江省通志局编纂。历任东吴大学、大夏大学、交通大学教授。辛亥革命后移居上海。著有《刘向校雠学纂微》、《太史公书义法》、《诸子通考》、《古书读法略例》等。《南窗寄傲图》：描绘陶渊明归隐生活的画图，取意于陶渊明《归去来兮辞》："倚南窗以寄傲，审容膝之易安。"戊午：公元1918年。

② 楚灵均：屈原，战国时代楚国人。自称名正则，字灵均，见《离骚》："皇览揆余初度兮，肇锡余以嘉名；名余曰正则兮，字余曰灵均。"

③ 柴桑：陶渊明，东晋诗人，籍贯浔阳柴桑（今江西九江西南）。

④ 招屈亭：湖南常德旧有招屈亭、屈公祠。屈原曾被流放沅、湘一带，常德正是沅水流经之处。流向浔阳百折：沅水历经曲折，终与浔阳江水相通。意思是说，陶渊明的品性节操与屈原一脉相承。

⑤ 夷叔西陵：夷叔即商末孤竹君的两个儿子伯夷、叔齐。他们彼此谦让君位，先后来到周国。两人反对武王伐纣，曾叩马谏阻。武王灭商后，两人耻食周粟，采薇于首阳山，最后饿死山上。西陵，即西山，首阳山。伯夷、叔齐《采薇歌》："登彼西山兮，采其薇矣。以暴易暴兮，不知其非矣。神农虞夏，忽焉没兮，吾适安归矣。吁嗟徂兮，命之衰矣。"陶渊明《饮酒》诗之二："积善云有报，夷叔在西山。"

⑥ 山阳下国：东汉末，曹操子曹丕代汉即帝位，废汉献帝为山阳公。山阳，古县名，因位于太行山之阳而得名。故治在今河南焦作东。下国，小国，诸侯国。陶渊明《述酒》诗："山阳归下国，成名犹不勤。"陶诗暗讽宋武帝刘裕废晋恭帝为零陵王，并将其杀害。以上两句借陶渊明所吟咏的历史，抒写易代之遗恨。

⑦ 千载：陶渊明以来到民国初年已有一千多年。伊郁：忧愤郁闷。苏轼《答程全父推官书》之二："仆焚毁笔砚已五年，尚寄味此学，随行有《陶渊明集》，陶写伊郁，正赖此耳。"

⑧ 招隐图：即《南窗寄傲图》。赤明龙汉：道经中用来计算"开劫"后年份的两个年号。《隋书·经籍志》："每至天地初开，或在玉京之上，或在穷桑之野，授以秘道，谓之开劫度人。然其开劫，非一度矣，故有延康、赤明、龙汉、开皇，是其年号。"陆游《赠林使君》诗："弱水蓬莱风浩浩，赤明龙汉劫茫茫。"这里的"赤明龙汉"、"小劫"指改朝换代而言。参见王国维《游仙》诗："劫后穷桑号赤明，眼看天柱向西倾。"阅：

经历。

⑨ 这两句用陶渊明故事来比拟遗老们心系清朝，不肯屈身民国。甲子，即六十甲子。旧时以干支依次相配，用记年份，如甲子、乙丑、丙寅之类，统称甲子。义熙，东晋安帝年号（公元405—418年）。《宋书·陶渊明传》："自以曾祖晋世宰辅，耻复屈身后代，自高祖王业渐隆，不复肯仕。所著文章皆题其年月，义熙以前则书晋氏年号，自永初以来唯云甲子而已。"永初为刘宋年号。

⑩ 归鸟：陶渊明有《归鸟》诗。陶渊明《归去来兮辞》："云无心以出岫，鸟倦飞而知还。"陶渊明《饮酒》其五："山气日夕佳，飞鸟相与还。此中有真意，欲辨已忘言。"心期：心境。孤云：陶渊明《咏贫士》其一："万族各有托，孤云独无依。"

⑪ 末两句倒装，意谓素心问候傲霜挺立的松树安然无恙。乔松：高大的松树。素心：纯洁的心地。陶渊明《移居》其一："闻多素心人，乐与数晨夕。"颜延之《陶徵士诔》："弱不好弄，长实素心。"霜杰：称誉青松。陶渊明《和郭主簿》其二："霜菊开林耀，青松冠岩列。怀此贞秀姿，卓为霜下杰。"这里的"乔松"、"霜杰"都喻指遗老。

解读

《百字令》即《念奴娇》，因其字数正好是一百字，故名。此词1918年创作于上海，系为同事孙德谦《南窗寄傲图》题词。王国维亦曾为孙德谦《汉书艺文志举例》作序，不甚称道。又王国维致罗振玉信中,亦屡次提及孙德谦,于其为人、学识,皆不甚称道。知此词为应酬之作,实为借图发挥,借陶渊明身世抒发易代之慨,标榜遗老品节而已。

霜花腴

用梦窗韵补寿彊村侍郎(己未)①

海漘倦客②,是赤明延康,旧日衣冠③。坡老黎村,冬郎闽峤,中年陶写应难④。醉乡尽宽⑤,更紫萸黄菊尊前⑥。剩沧江梦绕觚棱,斗边槎外恨高寒⑦。　回首凤城花事⑧,便玉河烟柳⑨,总带栖蝉。写艳霜边,疏芳篱下,消磨十样蛮笺⑩。载将画船,荡素波凉月娟娟⑪。倩鄘泉与驻秋容⑫,重来扶醉看⑬。

注释

① 梦窗韵:吴文英(梦窗)原作《霜花腴》(重阳前一日泛石湖):"翠微路窄,醉晚风、凭谁为整敧冠。霜饱花腴,烛消人瘦,秋光作也都难。病怀强宽,恨雁声偏落歌前。记年时旧宿凄

凉,暮烟秋雨野桥寒。 妆靥鬓英争艳,度清商一曲,暗坠金蝉。芳节多阴,兰情稀会,晴晖称拂吟笺。更移画船,引佩环邀下婵娟。算明朝未了重阳,紫荚应耐看。"彊村:朱祖谋(1857—1931),别名孝臧,字古微,号彊村、上彊村民,浙江归安(今湖州)人。光绪九年进士。历官编修、内阁学士、礼部侍郎等职。辛亥革命后隐居上海。平生致力于填词及词集辑校。有词集《彊村语业》,刊印有《彊村丛书》。己未:公元1919年。

② 海漘(chún 纯):海边。这里指上海。当时朱祖谋寓居上海。

③ 赤明延康:见前一首《百字令》(楚灵均后)注⑧。旧日衣冠:此指前清遗老身份。

④ "坡老"三句:苏轼和韩偓晚年的作品,是他们中年时抒写不出来的。意思是说,在经历世事变迁后,朱祖谋晚年的作品更加成熟。苏轼号东坡,晚年被贬逐到儋州(今海南省儋州市),住在黎家,其间所作诗不拘成法,挥洒自如。韩偓,小字冬郎,晚唐诗人,官翰林学士、兵部侍郎等职。因不附朱全忠,被贬为濮州司马。后携家入闽,投靠王审知而终。早年多写艳诗,遭贬后不乏感时伤乱之作。闽峤(jiào 叫),福建山区。中年陶写,见本书《浣溪沙》(夜永衾寒梦不成)注③。此处陶写指用创作来宣泄性情。

⑤ 醉乡尽宽:参见王绩《醉乡记》:"醉之乡去中国不知其几千里也。其土旷然无涯,无丘陵阪险。其气和平一揆,无晦明寒暑。其俗大同,无邑居聚落。其人甚精,无爱憎喜怒,吸风饮

露,不食五谷。其寝于于,其行徐徐,与鸟兽鱼鳖杂处,不知有舟车械器之用。"

⑥ 紫萸:即茱萸,植物名。有异香,可入药。古人风俗,于农历九月九日重阳节,佩茱萸囊,登高,饮菊花酒,以祛邪避灾。

⑦ 这两句是说,人在上海,心念故国,而身不能往。觚(gū 孤)棱:宫阙上转角处的瓦脊。班固《西都赋》:"设璧门之凤阙,上觚棱而栖金爵。"这里觚棱代指前清宫廷。斗边槎外:古代传说有人乘槎上达天河。《博物志》:"旧说云天河与海通,近世有人居海滨者,年年八月有浮槎去来不失期。"槎,星槎,传说中通天河的木筏。

⑧ 凤城:京城,帝王所居之城。传说秦穆公女吹箫,凤降其城,因号丹凤城。后世遂称京城为凤城。

⑨ 玉河烟柳:北京旧有玉河,两岸植柳树花草,为北京胜景之一,昔人题咏甚多。民国后玉河埋没,柳树亦消失殆尽。

⑩ 这几句是说用好纸来描写冷艳傲霜的菊花。疏:阐释,描述。篱下:谓菊生篱下,陶渊明《饮酒》诗有"采菊东篱下"句。消磨:花费,用去。十样蛮笺:古代蜀地出产的名贵的十色笺纸。辛弃疾《贺新郎》:"十样蛮笺纹错绮,粲珠玑。"元代费直《笺纸谱》:"杨文公亿《谈苑》载韩浦寄弟诗云:'十样蛮笺出益州,寄来新自浣花头。'"据杨慎《墐户录》引《成都古今记》,十样名目为深红、粉红、杏红、明黄、深青、浅青、深绿、浅绿、铜绿、浅云。

⑪ 素波:白色波浪。汉武帝《秋风辞》:"横中流兮扬素波,箫鼓鸣兮发棹歌。"娟娟:明媚的样子。司马光《和杨卿中秋月》:

"嘉宾勿轻去,桂影正娟娟。"

⑫ 倩:求,求取。郦泉:传说南阳郦县有甘谷,甘谷的水经过当地一种菊花的滋润,流下来的水特别甜美,当地人喝了这种水都长寿,最长寿的活到一百二三十岁,活到七八十岁的被视为夭折。东汉时几任南阳地方官喝了这种水,都治愈了老毛病,其中一位活到将近百岁。见《艺文类聚》引《风俗通》及《荆州记》。驻秋容:留住秋天的景色。喻指养颜延寿,引申指保持晚年的品节。韩琦《九日水阁》:"莫嫌老圃秋容淡,自爱黄花晚节香。"

⑬ 化用俞国宝《风入松》"明日重扶残醉,来寻陌上花钿"句意。

解读

1919年秋重阳前后作于上海。系为前辈词学大师朱祖谋（彊村）祝寿而补作。当年9月,彊村与王国维同受沈曾植之邀,任《浙江通志》编纂。彊村平生极力推崇梦窗（吴文英）词,故王国维特用梦窗自度曲《霜花腴》韵呈献。梦窗原词中有"霜饱花腴"句,词牌即由此得名。王国维此词上片写重阳佳节期间在上海饮酒、赏菊、吟咏场景,"剩沧江"两句引出下片对京城往事、故国景色的怀念。全词以菊贯穿,切合词牌本意,符合当时节令,更有借菊的特性祝寿兼颂扬前辈晚节之意。

清平乐

况夔笙太守索题《香南雅集图》(庚申)①

蕙兰同畹,著意风光转②。劫后芳华仍婉晚③,得似凤城初见④。　　旧人惟有何戡⑤,玉宸宫调曾谙⑥。肠断杜陵诗句,落花时节江南⑦。

清平乐(蕙兰同畹)

注释

① 况夔笙:况周颐(1859—1926),原名周仪,避清宣统帝溥仪讳改今名,字夔笙,号蕙风,广西临桂(今桂林)人。光绪五年举人。官内阁中书。晚年居上海,卖文为生。平生致力于词,有《蕙风词》及《蕙风词话》。其词与王鹏运、郑文焯、朱祖谋齐名,并称"晚清四大家"。《香南雅集图》:据况周颐学生赵尊岳《蕙风词史》记载:"梅畹华(兰芳)演剧,驰誉坛坫,所编《散花》、《嫦娥》诸曲,尤盛传日下(京城)。其来上海也,彊村翁与先生(况周颐)极赏之。先生前后作《满路花》《塞翁吟》《蕙兰芳》《甘州》《西子妆》《浣溪沙》《莺啼序》,刊之集中……真古人长歌当哭之遗,别有怀抱者也。""畹华去沪,越岁(1920年)更来。先生嘱吴昌硕为绘《香南雅集图》,并两集于余家,一时裙屐并至。图卷题者四十余家。画五帧,则吴昌硕、何诗孙(二帧)、沈雪庐、汪鸥客作也。彊村翁每会辄至,先生属以填词,翁曰:'吾填《十六字令》,而子为《戚氏》可乎?'于是先生赋《戚氏》,翁亦赋《十六字令》三首。合书卷端。"香南,语本《五灯会元》"香山南,雪山北",后"雪北香南"泛指南方北方,此处香南特指上海。庚申:公元1920年。梅兰芳《舞台生活四十年》:"一九二〇年,我又去上海天蟾舞台演出,也演出了《天女散花》。"

② 蕙兰同畹:语本屈原《离骚》:"余既滋兰之九畹兮,又树蕙之百亩。"蕙、兰,皆为香草名。畹,古代地积单位。十二亩为一畹,一说三十亩为一畹。首句是说,况周颐和梅兰芳他们都是品性芬芳高洁之士。风光转:化用《楚辞·招魂》:"光风转

蕙,泛崇兰些。"这里"风光转"指梅兰芳在舞台上的风采变幻,也可能暗指时局风云变幻。

③ 劫后:指清朝灭亡之后。芳华:美好的年华,指梅兰芳。婉晚:同婉娩(wǎn 晚),仪容柔顺美好的样子。

④ 得似:怎似,何如。凤城:京城。初见:清末王国维在北京时初次看到梅兰芳的演出。

⑤ 何戡(kān 刊):唐长庆年间著名歌者。刘禹锡《与歌者何戡》诗:"二十余年别帝京,重闻天乐不胜情。旧人惟有何戡在,更与殷勤唱《渭城》。"这里以何戡比梅兰芳。

⑥ 玉宸(chén 晨)宫调:在宫廷里演奏过的音乐。这里借指京剧。玉宸,帝王的宫殿。《新唐书·礼乐志》:"凉州曲,其声本宫调。贞元初,乐工康昆仑寓其声于琵琶,奏于玉宸殿,因号玉宸宫调。"谙:熟悉。

⑦ 末二句借杜甫诗寄寓今昔之慨。杜甫(少陵)《江南逢李龟年》诗:"岐王宅里寻常见,崔九堂前几度闻。正是江南好风景,落花时节又逢君。"李龟年系唐开元、天宝间著名歌者,颇受唐玄宗宠幸,曾富贵一时;安史乱后,流落江南,每遇良辰胜景,常与人歌数阕,闻者无不落泪。杜甫年少时曾听过他的演唱,晚年又与之相遇,抚今追昔,不胜感慨,作此诗。这里以李龟年比梅兰芳。

解读

这是王国维现存最后一首词,1920 年应词坛名宿况周颐

(夔笙)之约，为他策划的《香南雅集图》而填的词。况周颐此前在上海曾看过京剧名旦梅兰芳(1894—1961)的演出，欣赏之余，创作了《满路花》等一系列词，寄托自己的感慨。1920年梅兰芳又到上海天蟾舞台演出，况周颐两次召集聚会，嘱托书画名家吴昌硕作《香南雅集图》，约请上海名流填词，填图卷者共四十多家，其中朱彊村填《十六字令》三首，王国维填《清平乐》一首，况周颐赋长调《戚氏》。王国维后来评"题《香南雅集图》诸词，殊觉泛泛，无一首道著"(参见《人间词话附录》四)。他这首词大致也是不得已的应酬之作，而且借风华正茂的梅兰芳比拟晚年的何戡、李龟年，写沧桑之感、今昔之慨，殊觉不类。不过，此词语辞娴雅，包藏细密，技巧精熟。如前三句里，词人展示了高超的语言功底，精妙地将"兰芳"、"畹华"(梅兰芳字畹华)以及"蕙风"(况周颐号蕙风)镶嵌在里面。

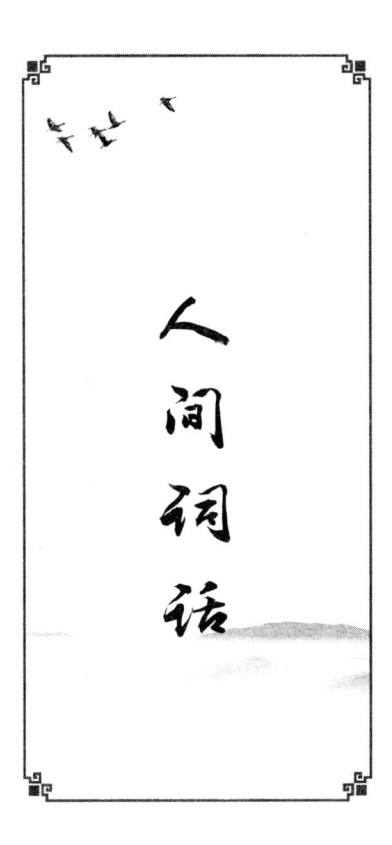

人间词话

人间词话

一

词以境界①为最上。有境界则自成高格,自有名句。五代、北宋之词所以独绝者在此。

注释

① 这里第一条至第九条所说的"境界"、"境",是王国维专用的一个理论术语,特指经由作者内心深切体验而生动形象地反映在作品中的"真景物"、"真感情"(参见第六条)。

二

有造境①,有写境②,此理想与写实二派之所由分。然二者颇难分别,因大诗人所造之境必合乎自然,所写之境亦必邻于理想故也。

人間詞話

海甯王國維

○詩蒹葭一篇最得風人深致晏同叔之昨夜西風凋碧樹獨上高樓望盡天涯路但一洒落一悲壯耳

○古今之成大事業大學問者固不經三種之境界昨夜西風凋碧樹獨上高樓望盡天涯路此第一境界也衣帶漸寬終不悔為伊消得人憔悴此第二境界也眾裏尋他千百度回頭驀見那人正在燈火闌珊處此第三境界也此等語皆非大詞人不能道然遽以此意解諸詞恐為晏歐諸公所不許也

○照漢家陵闕寒、八字獨有千古太白純以氣象勝西風殘照漁家傲夏英公之喜遷鶯羞堪繼武此氣後世惟范文正之

注释

① 造境:充满理想色彩,富有艺术想象的境界。
② 写境:客观写实的境界。

三

有有我之境①,有无我之境②。"泪眼问花花不语,乱红飞过秋千去"③,"可堪孤馆闭春寒,杜鹃声里斜阳暮"④,有我之境也。"采菊东篱下,悠然见南山"⑤,"寒波澹澹起,白鸟悠悠下"⑥,无我之境也。有我之境,以我观物,故物皆著我之色彩。无我之境,以物观物,故不知何者为我,何者为物。⑦古人为词,写有我之境者为多,然未始不能写无我之境,此在豪杰之士能自树立耳。

注释

① 有我之境:指以我观物、带有作者主观色彩的境界。
② 无我之境:指不带作者主观色彩,以物观物,物我交融的境界。

词之意境,余之所长则不在是,世之君子宁以他词(美)我。

余友沈昕伯纮自巴黎寄余《蝶恋花》一阕云:帘外东风随燕到,春色东来,循我来时道。一霎围场生绿草,归鸿迟卸春来早。锦绣一城春水绕,庭院笙歌,行乐多年少。著意来开孤客抱,不知名字闲花鸟。此词当在晏氏父子间,南宋人不能道也。

樊抗父谓余词如《浣溪沙》之天末同云,《蝶恋花》之昨夜梦中,《百尺朱楼》、《春到临春》等阕,鹜翁而道,闲雅家未有之境,余自谓才不若古人,但拚力争第一义处,古人亦不如我用意耳。

东坡《杨花词》和均而似原唱,章质夫词原唱而似和均,才之不可强也如是。

③"泪眼"两句:见五代南唐词人冯延巳《鹊踏枝》:"庭院深深深几许?杨柳堆烟,帘幕无重数。玉勒雕鞍游冶处,楼高不见章台路。　　雨横风狂三月暮,门掩黄昏,无计留春住。泪眼问花花不语,乱红飞过秋千去。"此词或题欧阳修作,误。

④"可堪"两句:见北宋词人秦观《踏莎行》:"雾失楼台,月迷津渡,桃源望断无寻处。可堪孤馆闭春寒,杜鹃声里斜阳暮。　　驿寄梅花,鱼传尺素,砌成此恨无重数。郴江幸自绕郴山,为谁流下潇湘去?"

⑤"采菊"两句:见东晋诗人陶渊明《饮酒》诗第五首:"结庐在人境,而无车马喧。问君何能尔?心远地自偏。采菊东篱下,悠然见南山。山气日夕佳,飞鸟相与还。此中有真意,欲辨已忘言。"

⑥"寒波"两句:见金代诗人元好问《颍亭留别》诗:"故人重分携,临流驻归驾。乾坤展清眺,万景若相借。北风三日雪,太素秉元化。九山郁峥嵘,了不受陵跨。寒波澹澹起,白鸟悠悠下。怀归人自急,物态本闲暇。壶觞负吟啸,尘土足悲咤。回首亭中人,平林澹如画。"澹澹,水波起伏的样子。

⑦王国维《人间词话》手稿于"何者为物"后,原有"此即主观诗与客观诗之所由分也",后被作者删除。

② 詞以境界為最上。有境界則自成高格,自有名句。五代北宋之詞所以獨絕者在此。

三○ 有造境,有寫境,此理想與寫實二派之所由分。然二者頗難區別。因大詩人所造之境必合乎自然,所寫之境必鄰于理想故也。

○ 有有我之境,有無我之境。"淚眼問花花不語,亂紅飛過秋千去""可堪孤館閉春寒,杜鵑聲裏斜陽暮"有我之境也。"采菊東籬下,悠然見南山""寒波澹澹起,白鳥悠悠下"無我之境也。有我之境,物皆著我之色彩。無我之境,不知何者為我,何者為物。此境此非不經寫之境人忘詞,然寫之有我之境者為多然未始不能寫無我之境此在豪傑之士能自樹立耳。

古詩云:"誰能思不歌,誰能飢不食"詩詞者物之不得其平而鳴者也

光緒 年 月 日 六

四

无我之境，人惟于静中得之；有我之境，于由动之静时得之。故一优美，一宏壮也。①

注释

① 参见王国维《叔本华之哲学及其教育学说》(1904)："而美之中，又有优美与壮美之别。今有一物，令人忘利害之关系，而玩之而不厌者，谓之曰优美之感情。若其物直接不利于吾人之意志，而意志为之破裂，唯由知识冥想其理念者，谓之曰壮美之感情。"王国维《红楼梦评论》(1904)所论相近，而更为详尽："而美之为物有二种：一曰优美，一曰壮美。苟一物焉，与吾人无利害之关系，而吾人之观之也，不观其关系，而但观其物，或吾人之心中无丝毫生活之欲存，而其观物也，不视为与我有关系之物，而但视为外物，则今之所观者，非昔之所观者也。此时吾心宁静之状态，名之曰优美之情，而谓此物曰优美。若此物大不利于吾人，而吾人生活之意志为之破裂，因之意志遁去，而知力得为独立之作用，以深观其物，吾人谓此物曰壮美，而谓其感情曰壮美之情。普通之美，皆属前种。"又曰："夫优美与壮美，皆使吾人离生活之欲而入于纯粹之知识者。若美术中而有眩惑之原质乎，则又使吾人自纯粹之知识出而复归于生活之欲。"

五

　　自然中之物,互相关系,互相限制。①然其写之于文学及美术中也,必遗其关系、限制之处。故虽写实家,亦理想家也。又虽如何虚构之境,其材料必求之于自然,而其构造亦必从自然之法则。故虽理想家,亦写实家也。

注释

① 此论出自康德(汗德)学说。参见王国维《汗德之知识论》(1904):"然现象之世界,于其空间及时间之关系无限也,故知其限制者之全体,实非易易。盖范畴者,乃一切现象相关系之原理。而欲知各现象之限制之性质,不可不由他现象;而此他现象,复由他现象限制之。如此互相限制,以至于无穷。"

六

　　境非独谓景物也。喜怒哀乐,亦人心中之一境界。故能写真景物、真感情者,谓之有境界,否则谓之无境界。①

注释

① 参见王国维《文学小言》(1906)之四:"文学中有两原质焉:曰景,曰情。前者以描写自然及人生之事实为主,后者则吾人对此种事实之精神的态度也。故前者客观的,后者主观的也;前者知识的,后者感情的也。"

七

"红杏枝头春意闹"①,著一"闹"字,而境界全出;"云破月来花弄影"②,著一"弄"字,而境界全出矣。

注释

① "红杏"句:见北宋词人宋祁《玉楼春》(春景):"东城渐觉春光好,縠皱波纹迎客棹。绿杨烟外晓寒轻,红杏枝头春意闹。　浮生长恨欢娱少,肯爱千金轻一笑?为君持酒劝斜阳,且向花间留晚照。"

② "云破"句:见北宋词人张先《天仙子》(时为嘉禾小倅,以病眠,不赴府会):"水调数声持酒听,午醉醒来愁未醒。送春春去几时回?临晚镜,伤流景,往事后期空记省。　沙上并

禽池上暝,云破月来花弄影。重重帘幕密遮灯,风不定,人初静,明日落红应满径。"《苕溪渔隐丛话》引《遁斋闲览》:张子野(先)郎中,以乐章擅名一时。宋子京(祁)尚书奇其才,先往见之,遣将命者谓曰:"尚书欲见'云破月来花弄影'郎中。"子野屏后呼曰:"得非'红杏枝头春意闹'尚书耶?"遂出,置酒甚欢。盖二人所举,皆其警策也。

八

境界有大小,不以是而分优劣。"细雨鱼儿出,微风燕子斜"①,何遽不若"落日照大旗,马鸣风萧萧"②?"宝帘闲挂小银钩"③,何遽不若"雾失楼台,月迷津渡"④也?

注释

① "细雨"两句:见唐诗人杜甫《水槛遣心》第一首:"去郭轩楹敞,无村眺望赊。澄江平少岸,幽树晚多花。细雨鱼儿出,微风燕子斜。城中十万户,此地两三家。"

② 遽(jù句):遂,就。"落日"两句:见杜甫《后出塞》第二首:"朝进东门营,暮上河阳桥。落日照大旗,马鸣风萧萧。平沙列

万幕,部伍各见招。中天悬明月,令严夜寂寥。悲笳数声动,壮士惨不骄。借问大将谁？恐是霍嫖姚。"

③ "宝帘"句:见秦观《浣溪沙》:"漠漠轻寒上小楼,晓阴无赖似穷秋,澹烟流水画屏幽。　自在飞花轻似梦,无边丝雨细如愁,宝帘闲挂小银钩。"

④ "雾失"两句:出自秦观《踏莎行》,已见第三条注④。

九

严沧浪《诗话》①谓:"盛唐诸公唯在兴趣,羚羊挂角②,无迹可求。故其妙处,透澈玲珑,不可凑拍③。如空中之音,相中之色,水中之影④,镜中之象,言有尽而意无穷。"余谓北宋以前之词亦复如是。然沧浪所谓"兴趣",阮亭所谓"神韵"⑤,犹不过道其面目,不若鄙人拈出"境界"二字为探其本也。

注释

① 严沧浪:严羽,号沧浪逋客,南宋诗论家。其代表作《沧浪诗话》以禅喻诗,强调妙悟,于诗推崇盛唐,反对宋人以文字为诗,以才学为诗,以议论为诗。

② 羚羊挂角:陆佃《埤雅·释兽》:"羚羊似羊而大,角有圆绕蹙文,夜则悬角木上以防患。"后遂以羚羊挂角木上,足不着地,比喻意境超脱,无迹可寻。
③ 凑拍:《沧浪诗话》原作"凑泊",意为凝结,聚合。
④ 水中之影:《沧浪诗话》原作"水中之月"。
⑤ 阮亭:王士禛,号阮亭,又号渔洋山人,清诗人。所著《渔洋诗话》标称神韵之说,强调"兴会神到"、"得意忘言",追求清淡闲远的风神韵致。

一○

太白①纯以气象胜。"西风残照,汉家陵阙"②,寥寥八字,遂关千古登临之口。后世唯范文正之《渔家傲》③,夏英公之《喜迁莺》④,差足继武⑤,然气象已不逮⑥矣。

注释

① 太白:李白,字太白,唐诗人,有《李太白集》。
② "西风"两句:见李白《忆秦娥》:"箫声咽,秦娥梦断秦楼月。秦楼月,年年柳色,灞陵伤别。　乐游原上清秋节,咸阳古

道音尘绝。音尘绝,西风残照,汉家陵阙。"南宋黄昇《唐宋诸贤绝妙词选》评李白《菩萨蛮》、《忆秦娥》二词"为百代词曲之祖"。明人胡应麟疑此二词为晚唐人假托。但近人吴梅、今人杨宪益力主二词为李白所作,犹以杨宪益论证翔实,当可信从。详见杨宪益《零墨新笺》。

③ 范文正:范仲淹,字希文,北宋文学家,官至参知政事,卒谥文正。词仅存五首。范仲淹《渔家傲》(秋思):"塞下秋来风景异,衡阳雁去无留意。四面边声连角起,千嶂里,长烟落日孤城闭。　浊酒一杯家万里,燕然未勒归无计。羌管悠悠霜满地,人不寐,将军白发征夫泪。"

④ 夏英公:夏竦,字子乔,北宋词人,官至枢密使,封英国公。夏竦《喜迁莺令》:"霞散绮,月垂钩,帘卷未央楼。夜凉银汉截天流,宫阙锁清秋。　瑶台树,金茎露,凤髓香盘烟雾。三千珠翠拥宸游,水殿按《凉州》。"

⑤ 差足继武:指还能继承李白的词风。

⑥ 不逮(dài 代):不及。

一一

张皋文谓飞卿之词"深美闳约"①,余谓此四字唯冯正中②足以当之。刘融斋谓飞卿"精艳绝人"③，差近之耳。

注释

① 张皋文：张惠言，字皋文，清文学家。工词，为常州词派创始人。有《茗柯词》。其《词选叙》称："唐之词人，李白为首，其后韦应物、王建、韩翃、白居易、刘禹锡、司空图、韩偓并有述造，而温庭筠最高，其言深美闳约。"闳约，谓意蕴丰富，文辞简练。温庭筠，本名岐，字飞卿，晚唐词人，有《金荃词》。

② 冯正中：冯延巳，一名延嗣，字正中，五代南唐词人，中主时官至宰相，有《阳春集》。

③ 刘融斋：刘熙载，字伯简，号融斋，清文学家，有《艺概》及《昨非集》。《艺概·词曲概》称："温飞卿词精妙绝人，然类不出乎绮怨。"

一二

"画屏金鹧鸪"，飞卿语也①，其词品似之。"弦上黄莺语"，端己语也②，其词品亦似之。正中词品，若欲于其词句中求之，则"和泪试严妆"③殆近之欤？

注释

① "画屏"句:见温庭筠(飞卿)《更漏子》:"柳丝长,春雨细,花外漏声迢递。惊塞雁,起城乌,画屏金鹧鸪。　香雾薄,透帘幕,惆怅谢家池阁。红烛背,绣帘垂,梦长君不知。"

② "弦上"句:见韦庄(端己)《菩萨蛮》:"红楼别夜堪惆怅,香灯半卷流苏帐。残月出门时,美人和泪辞。　琵琶金翠羽,弦上黄莺语;劝我早归家,绿窗人似花。"韦庄,字端己,晚唐五代诗人、词人,前蜀时官至宰相,有《浣花集》、《浣花词》。

③ "和泪"句:见自冯延巳(正中)《菩萨蛮》:"娇鬟堆枕钗横凤,溶溶春水杨花梦。红烛泪阑干,翠屏烟浪寒。　锦壶催画箭,玉佩天涯远。和泪试严妆,落梅飞晓霜。"

一三

南唐中主词"菡萏香销翠叶残,西风愁起绿波间"①,大有众芳芜秽、美人迟暮之感②。乃③古今独赏其"细雨梦回鸡塞远,小楼吹彻玉笙寒"。④故知解人正不易得。⑤

注释

① 南唐中主:李璟,原名景通,字伯玉,五代南唐国主,在位十九年,史称中主。其词今仅存四首。"菡萏"两句及下文"细雨"两句,见李璟《浣溪沙》:"菡萏香销翠叶残,西风愁起绿波间。还与韶光共憔悴,不堪看。　细雨梦回鸡塞远,小楼吹彻玉笙寒。多少泪珠无限恨,倚栏干。"菡萏(hàndàn 汉旦),即荷花。

② 参见屈原《离骚》"哀众芳之芜秽","恐美人之迟暮"。

③ 乃:而。

④ 据马令《南唐书·冯延巳传》载:元宗(即中主)乐府词云"小楼吹彻玉笙寒",延巳有"风乍起,吹皱一池春水"之句,皆为警策。元宗尝戏延巳曰:"'吹皱一池春水',干卿何事?"延巳曰:"未如陛下'小楼吹彻玉笙寒'。"元宗悦。又据胡仔《苕溪渔隐丛话》引《雪浪斋日记》云:荆公(王安石)问山谷(黄庭坚)云:"作小词曾看李后主词否?"云:"曾看。"荆公云:"何处最好?"山谷以"一江春水向东流"为对。荆公云:"未若'细雨梦回鸡塞远,小楼吹彻玉笙寒'。"

⑤ 解人:指通达言语或文辞意趣的人,借指知己、知音。刘义庆《世说新语·文学》:"谢安年少时,请阮光禄道《白马论》,为论以示谢,于时谢不即解阮语,重相咨尽。阮乃叹曰:'非但能言人不可得,正索解人亦不得。'"

一四

温飞卿之词,句秀也;韦端己之词①,骨秀也;李重光之词②,神秀也。

注释

① 清周济《介存斋论词杂著》评"端己词清艳绝伦。初日芙蓉春月柳,使人想见风度。"况周颐《历代词人考略》评端己词"熏香掬艳,眩目醉心,尤能运密入疏,寓浓于淡,花间群贤,殆少其匹。"

② 李重光:李煜,原名从嘉,字重光,李璟子,五代南唐国主,在位十五年,史称后主。宋兵攻破金陵,出降,后被毒死。后人集其父子作品为《南唐二主词》。清王鹏运评李后主词:"超逸绝伦,虚灵在骨。芝兰空谷,未足比其芳华;笙鹤遥天,讵能方兹清怨?""以谓词中之帝,当之无愧色矣。"(《半塘老人遗稿》)

一五

词至李后主而眼界始大,感慨遂深,遂变伶工之词①而为士大夫之词。周介存置诸温、韦之下②，可谓颠倒黑白矣。"自是人生长恨水长东"③，"流水落花春去也，天上人间"④，《金荃》、《浣花》⑤能有此气象耶？

注释

① 词起初是一种合乐的歌词，由乐工歌女演唱。

② 周介存：周济，字介存，一字保绪，号未斋，晚号止庵，清词人。著有《味隽斋词》、《词辨》等。周济《介存斋论词杂著》云："李后主词如生马驹，不受控捉。王嫱、西施，天下美妇人也，严妆佳，淡妆亦佳，粗服乱头，不掩国色。飞卿，严妆也；端己，淡妆也；后主则粗服乱头矣。"温、韦：即温庭筠（飞卿）、韦庄（端己）。

③ "自是"句：见李后主《乌夜啼》："林花谢了春红，太匆匆！无奈朝来寒雨晚来风。　胭脂泪，留人醉，几时重？自是人生长恨水长东。"

④ "流水"二句：见李后主《浪淘沙令》："帘外雨潺潺，春意阑珊，罗衾不耐五更寒。梦里不知身是客，一晌贪欢。　独自莫凭阑，无限江山，别时容易见时难。流水落花春去也，天上人间。"

⑤ 《金荃》：温庭筠词集名。《浣花》：韦庄词集名。

一六

词人者,不失其赤子之心者也。①故生于深宫之中,长于妇人之手②,是后主为人君所短处,亦即为词人所长处。

注释

① 赤子之心:《孟子·离娄下》:"大人者,不失其赤子之心者也。"赤子,初生的婴儿。此处赤子之心指童心。参见王国维《叔本华与尼采》引叔本华《意志及观念之世界》:"天才者,不失其赤子之心者也。盖人生之七年后,知识之机关,即脑之质量,已达完全之域,而生殖之机关,尚未发达。故赤子能感也,能思也,能教也。其爱知识也,较成人为深;而其受知识也,亦视成人为易。一言以蔽之曰:彼之知力盛于意志而已。即彼之知力之作用,远过于意志之所需要而已。故自某方面观之,凡赤子皆天才也;又凡天才,自某点观之,皆赤子也。昔海尔台尔(Herder)谓格代(Goethe)曰巨孩。音乐大家穆差德(Mozart)亦终生不脱孩气,休利希台额路尔谓彼曰:彼于音乐,幼而惊其长老,然于一切他事,则壮而常有童心者也。"

② 语出《荀子·哀公》:鲁哀公问于孔子曰:"寡人生于深宫之中,长于妇人之手,寡人未尝知哀也,未尝知忧也,未尝知劳也,未尝知惧也,未尝知危也。"

一七

客观之诗人,不可不多阅世,阅世愈深,则材料愈丰富,愈变化①,《水浒传》、《红楼梦》之作者是也。主观之诗人②,不必多阅世,阅世愈浅,则性情愈真,李后主是也。

注释

① 可参看王国维《莎士比传》,称莎士比(亚)为"客观诗人","当知莎士比(亚)与彼主观的诗人不同,其所著作,皆描写客观之自然与客观之人间,以超绝之思、无我之笔,而写世界之一切事物者也。"又《脱尔斯泰传》评列夫·托尔斯泰"观察益深,阅历益富,构思益妙,运笔益熟"。
② 可参看王国维《英国大诗人白衣龙小传》,评拜伦(白衣龙)"实一纯粹之抒情诗人,即所谓主观的诗人是也"。

一八

尼采谓:"一切文学,余爱以血书者。"①后主之词,真所谓以血书者也。宋道君皇帝《燕山亭》词②

亦略似之。然道君不过自道身世之戚③，后主则俨有释迦、基督④担荷人类罪恶之意，其大小固不同矣。

注释

① 尼采：19世纪德国哲学家、唯意志论者、诗人。主张艺术是强力意志的一种表现形式，艺术家即高度扩张自我、表现自我的人。主要著作有《悲剧的诞生》、《查拉图斯特拉如是说》、《强力意志》、《善恶的彼岸》等。《查拉图斯特拉如是说》："在一切作品之中，我只爱以心血写成者。用你的心血去写吧，如此你将发现那心血便是精神。""他用心血和格言写成的东西，并非让人随便阅读，而是得用心去体会。"

② 宋道君皇帝：即宋徽宗赵佶，北宋皇帝，在位二十五年。擅书画，工诗词。崇尚道教，自称教主道君皇帝。金兵南下，被俘北上，死于五国城。《燕山亭》(北行见杏花)相传是其绝笔。词云："裁剪冰绡，轻叠数重，淡著燕脂匀注。新样靓妆，艳溢香融，羞杀蕊珠宫女。易得凋零，更多少无情风雨。愁苦。问院落凄凉，几番春暮？　凭寄离恨重重，这双燕何曾，会人言语。天遥地远，万水千山，知他故宫何处？怎不思量？除梦里有时曾去。无据，和梦也新来不做。"

③ 戚：忧愁，悲伤。

④ 释迦：释迦牟尼，佛教创始人。基督：耶稣基督。据《新约》福音书记载，基督是上帝的儿子，为救赎人类而降世成人，在犹

太等地传教。后为门徒犹大出卖,被犹太当局钉死在十字架上,死后复活升天。

一九

冯正中词虽不失五代风格,而堂庑①特大,开北宋一代风气。②与中、后二主词皆在《花间》③范围之外,宜《花间集》中不登其只字也。④

注释

① 堂庑(wǔ午):原指厅堂及四周廊屋,引申指作品的意境和规模。
② 参见刘熙载《艺概·词曲概》:"冯延巳词,晏同叔(殊)得其俊,欧阳永叔(修)得其深。"冯煦《唐五代词选叙》:"吾家正中翁,鼓吹南唐,上翼二主,下启欧、晏。实正变之枢纽,短长之流别。"
③ 《花间》:词总集名。五代后蜀赵崇祚编。凡十卷,选录晚唐、五代十八位词人五百首作品。大部分词风格艳丽。
④ 对于这个说法,近人龙榆生有不同看法:"《花间集》多西蜀词人,不采二主及正中词,当由道里隔绝,又年岁不相及,有以

致然,非因流派不同,遂尔遗置也。王说非是。"(《唐宋名家词选》)

二〇

正中词除《鹊踏枝》、《菩萨蛮》十数阕最煊赫外①,如《醉花间》之"高树鹊衔巢,斜月明寒草"②,余谓:韦苏州之"流萤渡高阁"③,孟襄阳之"疏雨滴梧桐"④,不能过也。

注释

① 冯延巳《阳春集》载《鹊踏枝》十四首、《菩萨蛮》九首。前第三条注③已录其《鹊踏枝》第十二首,第一二条注③已录其《菩萨蛮》第六首,可见一斑。煊赫:即"烜赫",声名很盛。

② "高树"两句:见冯延巳《醉花间》四首之三:"晴雪小园春未到,池边梅自早。高树鹊衔巢,斜月明寒草。　山川风景好,自古金陵道。少年看却老。相逢莫厌醉金杯,别离多,欢会少。"

③ 韦苏州:韦应物,唐诗人,曾官苏州刺史,故称。"流萤"句,见其《寺居独夜寄崔主簿》诗:"幽人寂不寐,木叶纷纷落。寒雨

暗深更,流萤度高阁。坐使青灯晓,还伤夏衣薄。宁知岁方晏,离居更萧索。"

④ 孟襄阳:孟浩然,唐诗人,籍贯襄阳,故称。王士源《孟浩然集序》:"(浩然)尝闲游秘省,秋月新霁,诸英华赋诗作会。浩然句云:'微云淡河汉,疏雨滴梧桐。'举座嗟其清绝,咸阁笔不复为继。"

二一

欧九《浣溪沙》词"绿杨楼外出秋千"①,晁补之谓:只一"出"字,便后人所不能道。②余谓:此本于正中《上行杯》词"柳外秋千出画墙"③,但欧语尤工耳。

注释

① 欧九:即欧阳修,字永叔,号醉翁、六一居士,又以行第称欧阳九或欧九,北宋文学家,有《六一词》、《六一诗话》等。欧阳修《浣溪沙》:"堤上游人逐画船,拍堤春水四垂天,绿杨楼外出秋千。　白发戴花君莫笑,六么催拍盏频传,人生何处似尊前?"

② 晁补之:字无咎,号归来子,北宋文学家,有《鸡肋集》、《晁氏琴趣外篇》。晁补之评欧阳修《浣溪沙》上片云:"要皆绝妙。然只一'出'字,自是后人道不到处。"(见吴曾《能改斋漫录》卷十六)

③ 冯延巳(正中)《上行杯》:"落梅著雨消残粉,云重烟轻寒食近。罗幕遮香,柳外秋千出画墙。　春山颠倒钗横凤,飞絮入帘春睡重。梦里佳期,只许庭花与月知。"

二二

梅圣俞《苏幕遮》词:"落尽梨花春事了,满地斜阳,翠色和烟老。"①刘融斋谓:少游一生似专学此种。②余谓:冯正中《玉楼春》词:"芳菲次第长相续,自是情多无处足。尊前百计得春归,莫为伤春眉黛促。"③永叔一生似专学此种。

注释

① 梅圣俞("圣"原误作"舜"):梅尧臣,字圣俞,北宋诗人,有《宛陵集》。梅圣俞《苏幕遮》(草):"露堤平,烟墅杳。乱碧萋萋,雨后江天晓。独有庚郎年最少,窣地春袍,嫩色宜相照。

接长亭,迷远道。堪怨王孙,不记归期早。落尽梨花春又了,满地残阳,翠色和烟老。"

② 少游:秦观,字少游、太虚,号淮海居士,北宋词人,有《淮海居士长短句》。刘熙载(融斋)《艺概·词曲概》引梅圣俞《苏幕遮》词云:"此一种似为少游开先。"

③ 冯延巳(正中)《玉楼春》:"雪云乍变春云簇,渐觉年华堪纵目。北枝梅蕊犯寒开,南浦波纹如酒绿。　芳菲次第长相续,自是情多无处足。尊前百计得春归,莫为伤春眉黛蹙。"此词一题欧阳修(永叔)作。

二三

人知和靖《点绛唇》①、圣俞《苏幕遮》②、永叔《少年游》③三阕为咏春草绝调,不知先有正中"细雨湿流光"五字④,皆能摄春草之魂者也。

注释

① 和靖:林逋,字君复,卒谥和靖先生,北宋诗人。林和靖《点绛唇》(草):"金谷年年,乱生春色谁为主？余花落处,满地和烟雨。　又是离歌,一阕长亭暮。王孙去,萋萋无数,南北东

西路。"

② 圣俞《苏幕遮》：已见二二条注①。

③ 欧阳修《六一词》载《少年游》三首，无一咏春草者。据南宋吴曾《能改斋漫录》卷十七载："梅圣俞在欧阳公坐，有以林逋草词'金谷年年，乱生青草谁为主'为美者。圣俞因别为《苏幕遮》一阕(略)。欧公击节赏之，又自为一词云：'阑干十二独凭春，晴碧远连云。千里万里，二月三月，行色苦愁人。谢家池上，江淹浦畔，吟魄与离魂。那堪疏雨滴黄昏，更特地忆王孙。'盖《少年游》令也。不惟前二公所不及，虽置诸唐人温、李集中，殆与之为一矣。今集不载此一篇，惜哉！"

④ 冯延巳《南乡子》："细雨湿流光，芳草年年与恨长。烟锁凤楼无限事，茫茫。鸾镜鸳衾两断肠。　魂梦任悠扬，睡起杨花满绣床。薄幸不来门半掩，斜阳。负你残春泪几行。"

二四

《诗·蒹葭》一篇①，最得风人深致②。晏同叔之"昨夜西风凋碧树，独上高楼，望尽天涯路"③，意颇近之。但一洒落④，一悲壮耳。

注释

① 《诗经·秦风·蒹葭》:"蒹葭苍苍,白露为霜。所谓伊人,在水一方。溯洄从之,道阻且长;溯游从之,宛在水中央。蒹葭凄凄,白露未晞。所谓伊人,在水之湄。溯洄从之,道阻且跻;溯游从之,宛在水中坻。 蒹葭采采,白露未已。所谓伊人,在水之涘。溯洄从之,道阻且右;溯游从之,宛在水中沚。"

② 风人:原指古代采集民歌以观民风的官员。后借指民间歌者或诗人。深致:幽深的意趣。

③ 晏同叔:晏殊,字同叔,北宋词人,有《珠玉词》。"昨夜"三句见晏殊《蝶恋花》:"槛菊愁烟兰泣露,罗幕轻寒,燕子双飞去。明月不谙离恨苦,斜光到晓穿朱户。 昨夜西风凋碧树,独上高楼,望尽天涯路。欲寄彩笺兼尺素,山长水阔知何处?"

④ 洒落:潇洒。

二五

"我瞻四方,蹙蹙靡所骋"①,诗人之忧生也。"昨夜西风凋碧树,独上高楼,望尽天涯路"似之。

"终日驰车走,不见所问津"②,诗人之忧世也。"百草千花寒食路,香车系在谁家树"③似之。

注释

① "我瞻"两句:见《诗经·小雅·节南山》第七章:"驾彼四牡,四牡项领。我瞻四方,蹙蹙靡所骋。"诗中痛斥了"不自为政,卒劳百姓"的乱政,抒发了"忧心如焚"的心情。蹙(cù 促)蹙,局促,狭小。靡所骋,没有地方可以驰骋。

② "终日"两句:见陶渊明《饮酒》第二十首:"羲农去我久,举世少复真。汲汲鲁中叟,弥缝使其淳。凤鸟虽不至,礼乐暂得新。洙泗辍微响,漂流逮狂秦。诗书复何罪,一朝成灰尘。区区诸老翁,为事诚殷勤。如何绝世下,六籍无一亲。终日驰车走,不见所问津。若复不快饮,空负头上巾。但恨多谬误,君当恕醉人。"问津,询问渡口。《论语·微子》:"长沮、桀溺耦而耕,孔子过之,使子路问津焉。"陶诗感慨世风衰败,只见趋炎附势之辈,不见孔子之徒。

③ "百草"两句:见冯延巳《鹊踏枝》:"几日行云何处去?忘却归来,不道春将暮。百草千花寒食路,香车系在谁家树?泪眼倚楼频独语,双燕飞来,陌上相逢否?撩乱春愁如柳絮,悠悠梦里无寻处。"

二六

　　古今之成大事业、大学问者，必经过三种之境界："昨夜西风凋碧树，独上高楼，望尽天涯路"①，此第一境也；"衣带渐宽终不悔，为伊消得人憔悴"②，此第二境也；"众里寻他千百度，回头蓦见，那人正在，灯火阑珊处"③，此第三境也。此等语皆非大词人不能道。然遽以此意解释诸词，恐晏、欧诸公所不许也。④

注释

① "昨夜"三句：出自晏殊《蝶恋花》，见二四条注③。

② "衣带"两句：见北宋词人柳永《凤栖梧》："伫倚危楼风细细，望极春愁，黯黯生天际。草色烟光残照里，无言谁会凭阑意。　拟把疏狂图一醉，对酒当歌，强乐还无味。衣带渐宽终不悔，为伊消得人憔悴。"此词一题欧阳修作，误。

③ "众里"三句：见南宋词人辛弃疾《青玉案》(元夕)："东风夜放花千树，更吹落，星如雨。宝马雕车香满路。凤箫声动，玉壶光转，一夜鱼龙舞。　蛾儿雪柳黄金缕，笑语盈盈暗香去。众里寻他千百度，蓦然回首，那人却在，灯火阑珊处。"

④ 本条可参看王国维此前写的《文学小言》之五："古今之成大

事业、大学问者,不可不历三种之阶级:'昨夜西风凋碧树,独上高楼,望尽天涯路'(晏同叔《蝶恋花》),此第一阶级也;'衣带渐宽终不悔,为伊消得人憔悴'(欧阳永叔《蝶恋花》),此第二阶级也;'众里寻他千百度,回头蓦见,那人却在,灯火阑珊处'(辛幼安《青玉案》),此第三阶级也。未有不阅第一、第二阶级而能遽跻第三阶级者。文学亦然。此有文学上之天才者,所以又需莫大之修养也。"

二七

永叔"人间自是有情痴,此恨不关风与月","直须看尽洛城花,始与东风容易别"①,于豪放之中有沉著之致,所以尤高。

注释

① "人间"四句:见欧阳修(永叔)《玉楼春》:"尊前拟把归期说,未语春容先惨咽。人生自是有情痴,此恨不关风与月。离歌且莫翻新阕,一曲能教肠寸结。直须看尽洛城花,始共春风容易别。"

二八

冯梦华①《宋六十一家词选·序例》谓:"淮海、小山②,古之伤心人也。其淡语皆有味,浅语皆有致。"余谓:此唯淮海足以当之。小山矜贵有余③,但可方驾子野、方回④,未足抗衡淮海也。

注释

① 冯梦华:冯煦,字梦华,号蒿盦,近代词人,著有《蒿盦类稿》,编有《宋六十一家词选》。

② 淮海:秦观,号淮海居士,北宋词人,有《淮海词》。参见二九条注①。小山:晏几道,字叔原,号小山,北宋词人,晏殊子。有《小山词》。夏敬观评小山词曰:"晏氏父子,嗣响南唐二主,才力相敌,盖不特词胜,尤有过人之情。叔原以贵人暮子,落拓一生,华屋山邱,身亲经历,哀丝豪竹,寓其微痛纤悲,宜其造诣又过于其父。"

③ 矜贵:端庄华贵。王灼《碧鸡漫志》称"叔原如金陵王、谢子弟,秀气胜韵,得之天然,将不可学"。

④ 方驾:并驾齐驱。子野:张先,字子野,北宋词人,今存《张子野词》。方回:贺铸,字方回,号庆湖遗老,北宋词人,有《东山词》。

二九

少游词境最为凄婉①,至"可堪孤馆闭春寒,杜鹃声里斜阳暮"②,则变而凄厉矣。东坡赏其后二语③,犹为皮相。

注释

① 秦观(少游)受新旧党争牵累,屡遭贬谪,自处州、郴州直至横州、雷州,后期词作多凄苦哀婉之音。冯煦《宋六十一家词选·例言》说:"少游以绝尘之才,早与胜流,不可一世,而一谪南荒,遽丧灵宝。故所为词,寄慨身世,闲雅有情思,酒边花下,一往而深,而怨悱不乱,悄乎得《小雅》之遗,后主而后,一人而已。"

② "可堪"两句:出自秦观《踏莎行》词,已见第三条注④。此词作于郴州。

③ 东坡:苏轼,字子瞻,号东坡居士,北宋文学家,有《东坡集》。苏轼极爱秦观《踏莎行》词末尾两句"郴江幸自绕郴山,为谁流下潇湘去",自书于扇,叹曰:"少游已矣,虽万人何赎!"(见《苕溪渔隐丛话》引《冷斋夜话》)

三〇

"风雨如晦,鸡鸣不已。"①"山峻高以蔽日兮,下幽晦以多雨;霰雪纷其无垠兮,云霏霏而承宇。"②"树树皆秋色,山山尽落晖。"③"可堪孤馆闭春寒,杜鹃声里斜阳暮。"气象皆相似。

注释

① "风雨"两句:见《诗经·郑风·风雨》:"风雨凄凄,鸡鸣喈喈。既见君子,云胡不夷。 风雨潇潇,鸡鸣胶胶。既见君子,云胡不瘳。 风雨如晦,鸡鸣不已。既见君子,云胡不喜。"

② "山峻高"四句:见《楚辞·九章·涉江》,是战国时代诗人屈原流放到楚国南部蛮荒之地时所作。霰(xiàn 县)雪:雪珠。霏霏:云气浓重的样子。承宇:连接屋宇。宇,屋檐。

③ "树树"两句:见初唐诗人王绩《野望》诗:"东皋薄暮望,徙倚欲何依?树树皆秋色,山山唯落晖。牧人驱犊返,猎马带禽归。相顾无相识,长歌怀采薇。"

三一

昭明太子称陶渊明诗"跌宕昭彰,独超众类;抑扬爽朗，莫之与京"①。王无功称薛收赋"韵趣高奇，词义晦远；嵯峨萧瑟，真不可言"②。词中惜少此二种气象，前者惟东坡，后者唯白石③，略得一二耳。

注释

① 昭明太子：萧统，字德施，南朝梁武帝长子，立为太子，未及即位而卒，谥昭明，世称昭明太子。编有《文选》三十卷。"跌宕"四句：见萧统《陶渊明集序》。莫之与京，没有人能与他争雄。京，大。

② 王无功：王绩，字无功，号东皋子，初唐诗人，有《东皋子集》。薛收：字伯褒，初唐人，薛道衡子，以功封汾阴县男。年三十三卒。擅文辞。"韵趣"四句：见王绩《答冯子华处士书》评薛收《白牛溪赋》。

③ 白石：姜夔，字尧章，号白石道人，南宋词人，有《白石道人歌曲》。

三二

词之雅郑①，在神不在貌。永叔、少游虽作艳

225

语，终有品格。方之美成②，便有淑女与倡伎之别③。

注释

① 雅郑：原指宫廷雅乐与郑地音乐，因古代儒家以雅乐为"正声"，以郑声为"淫邪之音"，后世遂以"雅郑"指正声与淫邪之音。
② 方：比较，对比。美成：周邦彦，字美成，号清真居士，北宋词人，有《片玉词》(一名《清真集》)。
③ 参见刘熙载《艺概·词曲概》："周美成词，或称其无美不备。余谓论词莫先于品。美成词信富艳精工，只是当不得一个'贞'字。是以士大夫不肯学之，学之则不知终日意萦何处矣。"

三三

美成深远之致不及欧、秦。唯言情体物，穷极工巧①，故不失为第一流之作者。但恨创调之才多②，创意之才少耳③。

注释

① 汲古阁本《片玉词》强焕序评周美成词："模写物态,曲尽其妙。"
② 周邦彦(美成)精通音律,创制了不少新词调。
③ 参见张炎《词源》卷下："美成词只当看他浑成处,于软媚中有气魄,采唐诗融化如自己者,乃其所长,惜乎意趣却不高远。"

三四

词忌用替代字。美成《解语花》之"桂华流瓦"①,境界极妙,惜以"桂华"二字代"月"耳。梦窗②以下,则用代字更多。其所以然者,非意不足,则语不妙也。盖意足则不暇代,语妙则不必代。此少游"小楼连苑","绣毂雕鞍"③,所以为东坡所讥也④。

注释

① 周邦彦《解语花》(元宵)："风销焰蜡,露浥烘炉,花市光相射。桂华流瓦。纤云散、耿耿素娥欲下。衣裳淡雅,看楚女、纤腰一把。箫鼓喧、人影参差,满路飘香麝。　因念都城放夜,

望千门如昼,嬉笑游冶。钿车罗帕,相逢处、自有暗尘随马。年光是也,唯只见、旧情衰谢。清漏移、飞盖归来,从舞休歌罢。"

② 梦窗:吴文英,字君特,号梦窗,南宋词人,有《梦窗词》。

③ "小楼"两句:见秦观《水龙吟》:"小楼连苑横空,下窥绣毂雕鞍骤。朱帘半卷,单衣初试,清明时候。破暖轻风,弄晴微雨,欲无还有。卖花声过尽,斜阳院落,红成阵、飞鸳甃。　玉佩丁东别后,怅佳期、参差难又。名缰利锁,天还知道,和天也瘦。花下重门,柳边深巷,不堪回首。念多情,但有当时皓月,向人依旧。"

④ 刘熙载《艺概·词曲概》:"少游《水龙吟》'小楼连苑横空,下窥绣毂雕鞍骤',东坡讥之云:'十三个字只说得一个人骑马楼前过。'语极解颐。"

三五

沈伯时①《乐府指迷》云:"说桃不可直说破'桃',须用'红雨'、'刘郎'等字②。咏柳不可直说破'柳',须用'章台'、'灞岸'等字③。"若惟恐人不用代字者。果以是为工,则古今类书④具在,又安用词为耶？宜其为《提要》所讥也。⑤

注释

① 沈伯时：沈义父，字伯时，南宋人。宋亡，隐居不仕。长于词曲，有《乐府指迷》。

② 红雨：《致虚阁杂俎》："唐天宝十三年，宫中下红雨，色如桃。"刘郎：据《幽明录》记载，东汉永平年间，刘晨、阮肇入天台采药，迷路乏食，摘桃充饥。后遇二女，姿质妙绝，结为夫妻。居半年，出山还家，则亲旧零落，无复相识，已历七世。另外，唐刘禹锡自朗州召还长安，作《游玄都观》诗："紫陌红尘拂面来，无人不道看花回。玄都观里桃千树，尽是刘郎去后栽。"因"语涉讥刺"，被贬出京。十四年后，刘禹锡又被召还长安，作《再游玄都观》诗："百亩庭中半是苔，桃花净尽菜花开。种桃道士归何处？前度刘郎今又来！"

③ 章台：唐韩翃携妓柳氏归，置于长安章台街，后因安史之乱，分别三年，韩寄诗云："章台柳，章台柳，昔日青青今在否？纵使长条似旧垂，也应攀折他人手。"灞岸：指长安东灞水边，原有灞桥，两岸多种柳树。汉、唐时人送客至此，多折柳枝以赠别。王粲《七哀诗》："南登霸陵岸，回首望长安。"戎昱《途中寄李二》诗："杨柳含烟灞岸春，年年攀折为行人。"罗隐《送进士臧下第后归池州》诗："柳攀灞岸强遮袂，水忆池阳渌满心。"

④ 类书：辑录各种书上有关的材料，并按照一定的方法分门别类

地编排起来,便于查检、征引的一种工具书,如《艺文类聚》、《初学记》、《太平御览》、《册府元龟》、《古今图书集成》等。

⑤《四库全书总目提要》评沈氏《乐府指迷》:"又谓说桃须用'红雨'、'刘郎'等字,说柳须用'章台'、'灞岸'等字,说书须用'银钩'等字,说泪须用'玉箸'等字,说发须用'绿云'等字,说簟须用'湘竹'等字,不可直说破。其意欲避鄙俗,而不知转成涂饰,亦非确论。"

三六

美成《青玉案》词:"叶上初阳干宿雨,水面清圆,一一风荷举。"①此真能得荷之神理者。觉白石《念奴娇》、《惜红衣》二词②,犹有隔雾看花之恨。

注释

①《青玉案》当为《苏幕遮》之误。"叶上"三句见周邦彦(美成)《苏幕遮》:"燎沉香,消溽暑。鸟雀呼晴,侵晓窥檐语。叶上初阳干宿雨,水面清圆,一一风荷举。　故乡遥,何日去?家住吴门,久作长安旅。五月渔郎相忆否?小楫轻舟,梦入芙蓉浦。"

② 姜夔(白石)《念奴娇》(予客武陵,湖北宪治在焉。古城野水,

乔木参天。予与二三友日荡舟其间,薄荷花而饮。意象幽闲,不类人境。秋水且涸,荷叶出地寻丈,因列坐其下,上不见日。清风徐来,绿云自动,间于疏处窥见游人画船,亦一乐也。揭来吴兴,数得相羊荷花中。又夜泛西湖,光景奇绝,故以此句写之):"闹红一舸,记来时、尝与鸳鸯为侣。三十六陂人未到,水佩风裳无数。翠叶吹凉,玉容销酒,更洒菰蒲雨。嫣然摇动,冷香飞上诗句。　日暮,青盖亭亭,情人不见,争忍凌波去。只恐舞衣寒易落,愁入西风南浦。高柳垂阴,老鱼吹浪,留我花间住。田田多少,几回沙际归路。"又《惜红衣》(吴兴号水晶宫,荷花盛丽。陈简斋云:"今年何以报君恩? 一路荷花,相送到青墩。"亦可见矣。丁未之夏,予游千岩,数往来红香中,自度此曲,以无射宫歌之):"簟枕邀凉,琴书换日,睡余无力。细洒冰泉,并刀破甘碧。墙头唤酒,谁问讯城南诗客? 岑寂,高柳晚蝉,说西风消息。　虹梁水陌,鱼浪吹香,红衣半狼藉。维舟试望故国,眇天北。可惜渚边沙外,不共美人游历。问甚时同赋,三十六陂秋色?"

三七

东坡《水龙吟》咏杨花,和均而似元唱;章质夫词,元唱而似和均。①才之不可强也如是。

注释

① 章楶(质夫)与苏轼(东坡)咏杨花唱和词,详见《人间词甲稿》中《水龙吟》(开时不与人看)注①。和均:即"和韵"。元唱:即"原唱"。

三八

咏物之词,自以东坡《水龙吟》为最工,邦卿《双双燕》①次之。白石《暗香》、《疏影》②,格调虽高,然无一语道着,视古人"江边一树垂垂发"③等句何如耶?

注释

① 邦卿:史达祖,字邦卿,号梅溪,南宋词人,有《梅溪词》。史达祖《双双燕》(咏燕):"过春社了,度帘幕中间,去年尘冷。差池欲住,试入旧巢相并。还相雕梁藻井,又软语商量不定。飘然快拂花梢,翠尾分开红影。　芳径,芹泥雨润。爱贴地争飞,竞夸轻俊。红楼归晚,看足柳昏花暝。应自栖香正稳,便忘了天涯芳信。愁损翠黛双蛾,日日画栏独凭。"

② 姜夔《暗香》(辛亥之冬,予载雪诣石湖,止既月,授简索句,且

征新声,作此两曲。石湖把玩不已,使工妓隶习之,音节谐婉,乃名之曰《暗香》、《疏影》):"旧时月色,算几番照我,梅边吹笛?唤起玉人,不管清寒与攀摘。何逊而今渐老,都忘却春风词笔。但怪得竹外疏花,香冷入瑶席。　江国,正寂寂。叹寄与路遥,夜雪初积。翠尊易泣,红萼无言耿相忆。长记曾携手处,千树压、西湖寒碧,又片片、吹尽也,几时见得?"又《疏影》:"苔枝缀玉,有翠禽小小,枝上同宿。客里相逢,篱角黄昏,无言自倚修竹。昭君不惯胡沙远,但暗忆、江南江北。想佩环、月夜归来,化作此花幽独。　犹记深宫旧事,那人正睡里,飞近蛾绿。莫似春风,不管盈盈,早与安排金屋。还教一片随波去,又却怨、玉龙哀曲。等恁时、重觅幽香,已入小窗横幅。"王闿运《湘绮楼词选》评姜夔"此二词最有名,然语高品下,以其贪用典故也"。

③ "江边"句:见杜甫《和裴迪登蜀州东亭送客逢早梅相忆见寄》诗:"东阁官梅动诗兴,还如何逊在扬州。此时对雪遥相忆,送客逢春可自由。幸不折来伤岁暮,若为看去乱乡愁。江边一树垂垂发,朝夕催人自白头。"

三九

白石写景之作,如"二十四桥仍在,波心荡、冷月无声"①,"数峰清苦,商略黄昏雨"②,"高树晚蝉,说西风消息"③,虽格韵高绝,然如雾里看花,终隔一层。梅溪、梦窗④诸家写景之病,皆在一"隔"字。北宋风流,渡江⑤遂绝。抑真有运会⑥存乎其间耶?

注释

① "二十四桥"两句:见姜夔《扬州慢》(淳熙丙申至日,予过维扬。夜雪初霁,荠麦弥望。入其城则四顾萧条,寒水自碧,暮色渐起,戍角悲吟。予怀怆然,感慨今昔,因自度此曲。千岩老人以为有"黍离"之悲也):"淮左名都,竹西佳处,解鞍少驻初程。过春风十里,尽荠麦青青。自胡马、窥江去后,废池乔木,犹厌言兵。渐黄昏,清角吹寒,都在空城。 杜郎俊赏,算而今、重到须惊。纵豆蔻词工,青楼梦好,难赋深情。二十四桥仍在,波心荡、冷月无声。念桥边红药,年年知为谁生?"

② "数峰"两句:见姜夔《点绛唇》(丁未冬过吴松作):"燕雁无心,太湖西畔随云去。数峰清苦,商略黄昏雨。 第四桥边,拟共天随住。今何许?凭栏怀古,残柳参差舞。"

③ "高树"两句:出自姜夔《惜红衣》词,已见三六条注②。高树,一作"高柳"。

④ 梅溪、梦窗:即史达祖、吴文英,皆南宋词人,已详前注。

⑤ 渡江:靖康元年(1126)金兵攻入开封,宋朝渡江南迁,后定都临安(今杭州),偏安一隅,是为南宋。
⑥ 运会:时运际会;时势。

四〇

问"隔"与"不隔"之别,曰:陶、谢①之诗不隔,延年②则稍隔矣;东坡之诗不隔,山谷③则稍隔矣。"池塘生春草"④、"空梁落燕泥"⑤等二句,妙处唯在不隔。词亦如是。即以一人一词论:如欧阳公《少年游》咏春草上半阕云:"阑干十二独凭春,晴碧远连云。千里万里,二月三月,行色苦愁人。"语语都在目前,便是不隔。至云"谢家池上,江淹浦畔"⑥,则隔矣。白石《翠楼吟》"此地,宜有词仙,拥素云黄鹤,与君游戏。玉梯凝望久,叹芳草、萋萋千里",便是不隔。至"酒祓清愁,花消英气"⑦,则隔矣。然南宋词虽不隔处,比之前人,自有浅深厚薄之别。

注释

① 陶、谢:陶渊明、谢灵运。谢灵运,南朝宋诗人,谢玄之孙,袭封康乐公,世称谢康乐,明人辑有《谢康乐集》。

② 延年:颜延之,字延年,南朝宋诗人,与谢灵运并称"颜谢"。作诗好雕饰,喜用事。明人辑有《颜光禄集》。钟嵘《诗品》:"汤惠休曰:'谢诗如芙蓉出水,颜如错彩镂金。'"

③ 山谷:黄庭坚,字鲁直,号山谷道人、涪翁,北宋诗人,兼工词,有《山谷集》、《山谷琴趣外篇》。于诗标榜"无一字无来历",主张熔铸故实,脱胎换骨。其诗喜用僻典奇字、险韵硬语。《许彦周诗话》引林艾轩云:"丈夫见客,大踏步便出去,若女子便有许多妆裹。此坡、谷之别也。"赵翼《瓯北诗话》:"东坡随物赋形,信笔挥洒,不拘一格,故虽澜翻不穷,而不见有矜心作意之处。山谷则专以拗峭避俗,不肯作一寻常语,而无从容游泳之趣。且坡使事处,随其意之所之,自有书卷供其驱驾,故无捃摭痕迹。山谷则书卷比坡更多数倍,几于无一字无来历,然专以选材庀料为主,宁不工而不肯不典,宁不切而不肯不奥,故往往意为词累,而性情反为所掩。此两家诗境之不同也。"

④ "池塘"句:见谢灵运《登池上楼》诗:"潜虬媚幽姿,飞鸿响远音。薄霄愧云浮,栖川怍渊沉。进德智所拙,退耕力不任。徇禄反穷海,卧疴对空林。衾枕昧节候,褰开暂窥临。倾耳聆波澜,举目眺岖嵚。初景革绪风,新阳改故阴。池塘生春草,园柳变鸣禽。祁祁伤豳歌,萋萋感楚吟。索居易永久,离

群难处心。持操岂独古,无闷征在今。"

⑤ "空梁"句:见隋诗人薛道衡《昔昔盐》诗:"垂柳覆金堤,蘼芜叶复齐。水溢芙蓉沼,花飞桃李蹊。采桑秦氏女,织锦窦家妻。关山别荡子,风月守空闺。恒敛千金笑,长垂双玉啼。盘龙随镜隐,彩凤逐帷低。飞魂同夜鹊,倦寝忆晨鸡。暗牖悬蛛网,空梁落燕泥。前年过代北,今岁往辽西。一去无消息,那能惜马蹄。"

⑥ 欧阳修《少年游》词已见二三条注③。"千里万里,二月三月"原误作"二月三月,千里万里"。"谢家池上"用谢灵运"池塘生春草"语典;"江淹浦畔"用江淹《别赋》"春草碧色,春水渌波,送君南浦,伤如之何"语典。

⑦ 姜夔《翠楼吟》(淳熙丙午冬,武昌安远楼成,与刘去非诸友落之,度曲见志。予去武昌十年,故人有泊舟鹦鹉洲者,闻小姬歌此词,问之,颇能道其事,还吴,为予言之。兴怀昔游,且伤今之离索也):"月冷龙沙,尘清虎落,今年汉酺初赐。新翻胡部曲,听毡幕、元戎歌吹。层楼高峙。看槛曲萦红,檐牙飞翠。人姝丽,粉香吹下,夜寒风细。 此地,宜有词仙,拥素云黄鹤,与君游戏。玉梯凝望久,叹芳草、萋萋千里。天涯情味。仗酒祓清愁,花销英气。西山外,晚来还卷,一帘秋霁。"祓(fú 浮):消除。

四一

"生年不满百,常怀千岁忧。昼短苦夜长,何不秉烛游?"①"服食求神仙,多为药所误。不如饮美酒,被服纨与素。"②写情如此,方为不隔。"采菊东篱下,悠然见南山。山气日夕佳,飞鸟相与还。"③"天似穹庐,笼盖四野。天苍苍,野茫茫,风吹草低见牛羊。"④写景如此,方为不隔。

注释

① "生年"四句:见《古诗十九首》第十五首:"生年不满百,常怀千岁忧。昼短苦夜长,何不秉烛游?为乐当及时,何能待来兹。愚者爱惜费,但为后世嗤。仙人王子乔,难可与等期。"秉烛游,持烛夜游,及时行乐。

② "服食"四句:见《古诗十九首》第十三首:"驱车上东门,遥望郭北墓。白杨何萧萧,松柏夹广路。下有陈死人,杳杳即长暮。潜寐黄泉下,千载永不寤。浩浩阴阳移,年命如朝露。人生忽如寄,寿无金石固。万岁更相送,圣贤莫能度。服食求神仙,多为药所误。不如饮美酒,被服纨与素。"被服,披服。纨与素,指丝绢衣服。

③ "采菊"四句:出自陶潜《饮酒》诗第五首,见第三条注⑤。

④ "天似穹庐"四句:见北朝敕勒族民歌《敕勒歌》:"敕勒川,阴

山下。天似穹庐,笼盖四野。天苍苍,野茫茫,风吹草低见牛羊。"

四二

古今词人格调之高,无如白石。①惜不于意境上用力,故觉无言外之味,弦外之响,终不能与于第一流之作者也。②

注释

① 参见陈廷焯《白雨斋词话》:"白石词,以清虚为体,而时有阴冷处,格调最高。"
② 参见周济《介存斋论词杂著》:"白石词如明七子诗,看是高格响调,不耐人细思。"

四三

南宋词人,白石有格而无情,剑南①有气而乏韵。其堪与北宋人颉颃②者,唯一幼安③耳。近人祖南宋而祧北宋④,以南宋之词可学,北宋不可学也。学南宋者,不祖白石,则祖梦窗,以白石、梦窗可学,幼安不可学也。学幼安者率祖其粗犷、滑稽,以其粗犷、滑稽处可学,佳处不可学也。幼安之佳处,在有性情,有境界。⑤即以气象论,亦有"横素波"、"干青云"⑥之概,宁后世龌龊小生所可拟耶?

注释

① 剑南:陆游,字务观,号放翁,南宋诗人、词人,有《剑南诗稿》、《放翁词》《渭南文集》等。
② 颉颃(xié háng 斜杭):不相上下,相抗衡。
③ 幼安:辛弃疾,字幼安,号稼轩,南宋词人,与苏轼并称"苏辛",有《稼轩长短句》。词多抚时感事之作,悲壮激烈,龙腾虎跃,有横绝古今、不可一世之概。
④ 祖南宋而祧(tiāo 挑)北宋:效法南宋词,而对北宋词敬而远之。祧,把较早的祖宗的神主迁入远祖庙。
⑤ 参见周济《介存斋论词杂著》:"后人以粗豪学稼轩,非独无其才,并无其情。稼轩固是才大,然情至处后人万不能及。"陈廷焯《白雨斋词话》:"辛稼轩,词中之龙也,气魄极雄大,意境却极沉郁。不善学之,流入叫嚣一派。"谢章铤《赌棋山庄词

话》：" 学稼轩，要于豪迈中见精致。近人学稼轩，只学得'莽'字'粗'字，无怪阑入打油恶道。试取辛词读之，岂一味叫嚣者所能望其顶踵？……稼轩是极有性情人。学稼轩者，胸中须先具一段真气、奇气，否则虽纸上奔腾，其中俄空焉，亦萧萧索索，如牖下风耳。"

⑥ 横素波、干青云：见萧统《陶渊明集序》："横素波而傍流，干青云而直上。语时事则指而可想，论怀抱则旷而且真。"

四四

东坡之词旷，稼轩之词豪。①无二人之胸襟而学其词，犹东施之效捧心也。②

注释

① 参见谭献评《词辨》中稼轩词："大踏步出来，与眉山（苏轼）同工异曲。然东坡是衣冠伟人，稼轩则弓刀游侠。"刘熙载《艺概·词曲概》："东坡具神仙出世之姿。""稼轩词龙腾虎掷。""《宋史》本传称其雅善长短句，悲壮激烈。""稼轩豪杰之词。"

② 参见陈廷焯《白雨斋词话》："苏、辛两家各自不同。后人无东坡胸襟，又无稼轩气概，漫为规抚，适形粗鄙耳。"东施之效捧

心:古代越国美女西施因患心病而捧心皱眉,同村丑女东施以为美,学其捧心皱眉状,而益增其丑。见《庄子·天运》。

四五

读东坡、稼轩词,须观其雅量高致,有伯夷、柳下惠之风①。白石虽似蝉蜕尘埃,然终不免局促辕下。②

注释

① 伯夷:商末孤竹君长子。其父立次子叔齐为继承人。孤竹君死后,叔齐让位给伯夷,伯夷不受。后二人都投奔周国。周武王灭商后,二人耻食周粟,逃至首阳山中,采薇而食,饿死山中。古代把伯夷、叔齐当作高尚守节的典范。柳下惠:春秋鲁国大夫展禽,因食邑柳下,谥惠,故称柳下惠。曾任士师。以清高廉洁、讲究礼节著称。与伯夷并称"夷惠"。

② 蝉蜕尘埃:《史记·屈原贾生列传》:"蝉蜕于浊秽,以浮游尘埃之外。"喻指脱俗。局促辕下:《史记·魏其武安侯列传》:"今日廷论,局趣(促)效辕下驹。"喻指不舒展。参见周济《介存斋论词杂著》:"稼轩郁勃,故情深;白石放旷,故情浅。稼

轩纵横,故才大;白石局促,故才小。"

四六

苏、辛,词中之狂;白石犹不失为狷①;若梦窗、梅溪、玉田、草窗、中麓辈②,面目不同,同归于乡愿③而已。

注释

① 狷(juàn倦):狷介,洁身自好。《论语·子路》:"子曰:'不得中行而与之,必也狂狷乎?狂者进取,狷者有所不为也。'"

② 梦窗、梅溪:吴文英、史达祖,已见前注。玉田:张炎,字叔夏,号玉田,宋末元初词人,有《山中白云词》及《词源》。草窗:周密,字公谨,号草窗,宋末元初词人,与吴文英(梦窗)并称"二窗",有《草窗词》、《草窗韵语》等。中麓:明李开先号中麓,似不能与玉田、草窗并举。"中麓"当为"西麓"之误,南宋陈允平号西麓。见《删稿》三九条及注①。

③ 乡愿:指媚俗欺世者。《论语·阳货》:"子曰:'乡原(愿),德之贼也。'"

四七

稼轩中秋饮酒达旦,用《天问》体作《木兰花慢》以送月①,曰:"可怜今夕月,向何处、去悠悠?是别有人间,那边才见,光景东头。"词人想像,直悟月轮绕地之理,与科学家密合,可谓神悟。

注释

① 辛弃疾《木兰花慢》(中秋饮酒将旦,客谓前人诗词,有赋待月,无送月者,因用《天问》体赋):"可怜今夕月,向何处、去悠悠?是别有人间,那边才见,光景东头。是天外空汗漫,但长风、浩浩送中秋。飞镜无根谁系?姮娥不嫁谁留? 谓经海底问无由,恍惚使人愁。怕万里长鲸,从横触破,玉殿琼楼。虾蟆故堪浴水,问云何、玉兔解沉浮?若道都齐无恙,云何渐渐如钩?"《天问》:楚辞篇名,屈原作,全篇向天提出了一百七十多个问题,内容包括宇宙、自然、历史、神话传说诸方面。

四八

周介存谓"梅溪词中喜用'偷'字,足以定其品格"①，刘融斋谓"周旨荡而史意贪"②。此二语令人解颐③。

注释

① 见周济《介存斋论词杂著》。史达祖(梅溪)作词喜用"偷"字，例如:《绮罗香》(咏春雨)云:"做冷欺花,将烟困柳,千里偷催春暮。"《东风第一枝》(春雪)云:"巧沁兰心,偷粘草甲,东风欲障新暖。"《三姝媚》云:"讳道相思,偷理绡裙,自惊腰衩。"《夜合花》云:"轻衫未揽,犹将泪点偷藏。"

② 周、史指周邦彦、史达祖。刘熙载(融斋)《艺概·词曲概》:"周美成律最精审,史邦卿句最警炼,然未得为君子之词者,周旨荡而史意贪也。"

③ 解颐:开颜而笑。颐,面颊。

四九

介存谓梦窗词之佳者,如"水光云影,摇荡绿波,抚玩无极,追寻已远"①。余览《梦窗甲乙丙丁稿》中,实无足当此者。有之,其"隔江人在雨声中,晚风菰叶生秋怨"②二语乎?

注释

① 周济《介存斋论词杂著》:"梦窗非无生涩处,总胜空滑。况其佳者,天光云影,摇荡绿波,抚玩无斁,追寻已远。"

② 吴文英《踏莎行》:"润玉笼绡,檀樱倚扇,绣圈犹带脂香浅。榴心空叠舞裙红,艾枝应压愁鬟乱。　午梦千山,窗阴一箭,香瘢新褪红丝腕。隔江人在雨声中,晚风菰叶生秋怨。"

五〇

梦窗之词,吾得取其词中之一语以评之,曰:"映梦窗凌乱碧。"①玉田之词,余得取其词中之一语以评之,曰:"玉老田荒。"②

注释

① 吴文英《秋思》(荷塘为括苍名姝求赋其听雨小阁):"堆枕香鬟侧,骤夜声,偏称画屏秋色。风碎串珠,润侵歌板,愁压眉窄。动罗篝清商,寸心低诉叙怨抑,映梦窗零乱碧。待涨绿春深,落花香泛,料有断红流处,暗题相忆。　欢酌,檐花细滴,送故人、粉黛重饰。漏侵琼瑟,丁东敲断,弄晴月白。怕一曲《霓裳》未终,催去骖凤翼。叹谢客犹未识,漫瘦却东

阳,灯前无梦到得,路隔重云雁北。"

② 张炎(玉田)《祝英台近》(与周草窗话旧):"水痕深,花信足,寂寞汉南树。转首青阴,芳事顿如许。不知多少消魂,夜来风雨。犹梦到、断红流处。　　最无据,长年息影空山,愁入庾郎句。玉老田荒,心事已迟暮。几回听得啼鹃,不如归去。终不似、旧时鹦鹉。"

五一

"明月照积雪"①,"大江流日夜"②,"中天悬明月"③,"黄河落日圆"④,此种境界,可谓千古壮观。求之于词,唯纳兰容若⑤塞上之作,如《长相思》之"夜深千帐灯"⑥,《如梦令》之"万帐穹庐人醉,星影摇摇欲坠"⑦差近之。

注释

① "明月"句:见谢灵运《岁暮》诗:"殷忧不能寐,苦此夜难颓。明月照积雪,朔风劲且哀。运往无淹物,年逝觉已催。"

② "大江"句:见南朝齐诗人谢朓《暂使下都夜发新林至京邑赠西府同僚》诗:"大江流日夜,客心悲未央。徒念关山近,终知

反路长。秋河曙耿耿,寒渚夜苍苍。引顾见京室,宫雉正相望。金波丽鳷鹊,玉绳低建章。驱车鼎门外,思见昭丘阳。驰晖不可接,何况隔两乡。风云有鸟路,江汉限无梁。常恐鹰隼击,时菊委严霜。寄言蔚罗者,寥廓已高翔。"

③ "中天"句:出自杜甫《后出塞》第二首,已见第八条注②。

④ "黄河"句:当作"长河落日圆",出自唐诗人王维《使至塞上》:"单车欲问边,属国过居延。征蓬出汉塞,归雁入胡天。大漠孤烟直,长河落日圆。萧关逢候骑,都护在燕然。"

⑤ 纳兰容若:纳兰性德,原名成德,字容若,号楞伽山人,清满洲正黄旗人,词人,有《纳兰词》。

⑥ 纳兰容若《长相思》:"山一程,水一程,身向榆关那畔行,夜深千帐灯。　风一更,雪一更,聒碎乡心梦不成,故园无此声。"

⑦ 纳兰容若《如梦令》:"万帐穹庐人醉,星影摇摇欲坠。归梦隔狼河,又被河声搅碎。还睡,还睡,解道醒来无味。"

五二

纳兰容若以自然之眼观物,以自然之舌言情。此由初入中原,未染汉人风气,故能真切如此。北宋以来，一人而已。①

注释

① 王国维《人间词话》手稿本此条末尾尚有："同时朱、陈、王、顾诸家，便有文胜则史之弊。"朱、陈、王、顾分指朱彝尊、陈维崧、王士禛、顾贞观。文胜则史：意谓文采胜过质朴，就显得虚浮。语出《论语·雍也》："质胜文则野，文胜质则史。"

五三

陆放翁跋《花间集》，谓"唐季、五代，诗愈卑，而倚声辄简古可爱。能此不能彼，未可以理推也"。《提要》驳之，谓"犹能举七十斤者，举百斤则蹶，举五十斤则运掉自如"。①其言甚辨。然谓词必易于诗，余未敢信。善乎陈卧子之言曰："宋人不知诗而强作诗，故终宋之世无诗。然其欢愉愁苦之致，动于中而不能抑者，类发于诗余，故其所造独工。"②五代词之所以独胜，亦以此也。

注释

① 《四库全书总目提要》集部词曲类一："(《花间集》)后有陆游二跋。其一称：'斯时天下岌岌，士大夫乃流宕如此，或者出于无聊。'不知惟士大夫流宕如此，天下所以岌岌，游未返思其本耳。其二称：'唐季、五代，诗愈卑，而倚声者辄简古可爱。能此不能彼，未易以理推也。'不知文之体格有高卑，人之学力有强弱。学力不足副其体格，则举之不足；学力足以副其体格，则举之有余。律诗降于古诗，故中晚唐古诗多不工，而律诗则时有佳作。词又降于律诗，故五季人诗不及唐，词乃独胜。此犹能举七十斤者，举百斤则蹶，举五十斤则运掉自如，有何不可理推乎？"唐季：晚唐。倚声：即填词，因早期词大多依照歌曲的声律节奏而作，可以歌唱。后泛指依谱填词。

② 陈卧子：陈子龙，字卧子，改字人中，号大樽，明末诗人、词人。有《陈忠裕公全集》。陈子龙《王介人诗余序》："宋人不知诗而强作诗。其为诗也，言理而不言情，故终宋之世无诗焉。然宋人亦不免于有情也。故凡其欢愉愁怨之致，动于中而不能抑者，类发于诗余。故其所造独工，非后世可及。"

五四

四言敝而有楚辞，楚辞敝而有五言，五言敝而有七言，古诗敝而有律、绝，律、绝敝而有词。① 盖文体通行既久，染指遂多，自成习套。豪杰之士，亦难于其中自出新意，故遁而作他体，以自解脱。一切文体所以始盛终衰者，皆由于此。故谓文学后不如前，余未敢信。但就一体论，则此说固无以易也。

注释

① 参见明王世贞《艺苑卮言》："《三百篇》亡而后有骚赋，骚赋难入乐而后有古乐府，古乐府不入俗而后以唐绝句为乐府，绝句少宛转而后有词，词不快北耳而后有北曲，北曲不谐南耳而后有南曲。"

五五

诗之《三百篇》、《十九首》①，词之五代、北宋，皆无题也；非无题也，诗词中之意，不能以题尽之也。自《花庵》、《草堂》②每调立题，并古人无题之词亦为之作题。③如观一幅佳山水，而即曰此某山某河，可乎？诗有题而诗亡，词有题而词亡。然中材之士④,鲜能知此而自振拔者矣。

注释

① 《三百篇》:指代《诗经》。《诗经》共三百零五篇,举其成数,称"三百篇"。《十九首》:即《古诗十九首》,五言组诗,东汉末无名氏之作,无题,南朝梁萧统合为一组,收入《文选》,题为《古诗十九首》。

② 《花庵》:即《花庵词选》,南宋黄昇(号花庵词客)编,共二十卷。前十卷名《唐宋诸贤绝妙词选》,收唐、五代、北宋一百三十四位词人作品。后十卷名《中兴以来绝妙词选》,收南宋八十九位词人作品。《草堂》:即《草堂诗余》,南宋何士信编,共四卷,按内容分类编排,所收以宋词为主,间有唐、五代词。另有署武陵逸史编次之《草堂诗余》,则是按小令、中调、长调分别编排。

③ 参见陈廷焯《白雨斋词话》:"古人词大率无题者多,唐、五代人多以调为词。自增入'闺情'、'闺思'等题,全失古人托兴之旨。作俑于《花庵》、《草堂》,后世遂相沿袭,最为可厌。至《清绮轩词选》,乃于古人无题者妄增入一题,诬己诬人,匪独无识,直是无耻。"

④ 中材:中等才能。《史记·游侠列传序》:"况以中材而涉乱世之末流乎?"

五六

大家之作,其言情也必沁人心脾,其写景也必豁人耳目,其辞脱口而出,无矫揉妆束之态。①以其所见者真,所知者深也。诗词皆然。持此以衡古今之作者,可无大误矣。

注释

① 参见王国维《宋元戏曲考·元剧之文章》:"然元剧最佳之处,不在其思想结构,而在其文章。其文章之妙,亦一言以蔽之曰:有意境而已矣。何以谓之有意境?曰:写情则沁人心脾,写景则在人耳目,述事则如其口出是也。古诗词之佳者,无不如是。元曲亦然。"

五七

人能于诗词中不为美刺、投赠之篇①,不使隶事②之句,不用粉饰之字,则于此道已过半矣。

注释

① 美刺：称扬美善，讽刺丑恶。投赠：指应酬或邀宠性质的赠答作品。
② 隶事：用典故。

五八

以《长恨歌》之壮采，而所隶之事，只"小玉"、"双成"四字①，才有余也。梅村歌行，则非隶事不办。②白、吴优劣，即于此见。③不独作诗为然，填词家亦不可不知也。

注释

① 唐诗人白居易《长恨歌》有"转教小玉报双成"句。小玉为吴王夫差之女，双成即传说中西王母侍女董双成，白诗中皆用来借指杨贵妃侍女。
② 梅村：吴伟业，字骏公，号梅村，明末清初诗人，有《梅村家藏稿》。其诗学元稹、白居易，工七言歌行，世称"梅村体"，如《圆圆曲》、《永和宫词》、《鸳湖曲》等皆为传世名篇。只是诗中用典过繁。梅村自己也深知此病："吾于此道，虽为世士所

宗,然镂金错彩,未到古人自然高妙之极地。"(见杜濬《祭梅村先生文》)陈衍《谈艺录》亦称:"梅村运典则嫌铺砌。"

③ 参见王国维《致铃木虎雄函》:"白傅能不使事,梅村则专以使事为工。然梅村自有雄气骏骨,遇白描处尤有深味,非如陈云伯辈,但以秀缛见长,有肉无骨也。"

五九

近体诗体制,以五七言绝句为最尊,律诗次之,排律最下。盖此体于寄兴言情,两无所当,殆有均①之骈体文耳。词中小令如绝句,长调似律诗,若长调之《百字令》、《沁园春》等,则近于排律矣。②

注释

① 均:音义同"韵"。

② 王国维《人间词话》手稿本此条原文为:"诗中体制,以五言古及五七言绝句为最尊,七古次之,五七律又次之,五言排律为最下,盖此体于寄兴言情均不相适,殆与骈体文等耳。词中小令如五言古诗及绝句,长调如五七律,若长调之《沁园春》等阕,则近于五排矣。"

六〇

诗人对宇宙人生,须入乎其内,又须出乎其外。入乎其内,故能写之;出乎其外,故能观之。入乎其内,故有生气;出乎其外,故有高致。① 美成能入而不出。白石以降,于此二事皆未梦见。

注释

① 参见周济《宋四家词选目录序论》:"夫词,非寄托不入,专寄托不出。一物一事,引而申之,触类多通。驱心若游丝之罥飞英,含毫如郢斤之斫蝇翼,以无厚入有间。既习已,意感偶生,假类毕达,阅载千百,馨欬弗违,斯入矣。赋情独深,逐境必寤,酝酿日久,冥发妄中。虽铺叙平淡,摹绘浅近,而万感横集,五中无主。读其篇者,临渊窥鱼,意为鲂鲤;中宵惊电,罔识东西。赤子随母笑啼,乡人缘剧喜怒,抑可谓能出矣。"谭献《复堂词话》:"以有寄托入,以无寄托出,千古辞章之能事尽,岂独填词为然!"

六一

诗人必有轻视外物之意,故能以奴仆命风月。①

又必有重视外物之意,故能与花鸟共忧乐。②

注释

① 轻视外物,以奴仆命风月者,如屈原《离骚》之驱策日月、风云:"吾令羲和弭节兮,望崦嵫而勿迫。""前望舒使先驱兮,后飞廉使奔属。"

② 参见《论语·阳货》:"子曰:'小子,何莫学夫《诗》?《诗》可以兴,可以观,可以群,可以怨;迩之事父,远之事君;多识于鸟兽草木之名。'"盖谓虽鸟兽草木亦可以兴、观、群、怨。与花鸟共忧乐者,如《诗经·卫风·氓》:"于嗟鸠兮,无食桑葚。于嗟女兮,无与士耽。"《诗经·周南·桃夭》:"桃之夭夭,灼灼其华。之子于归,宜其室家。"

六二

"昔为倡家女,今为荡子妇。荡子行不归,空床难独守。"①"何不策高足,先据要路津?无为久贫贱,轗轲长苦辛。"②可谓淫鄙之尤。然无视为淫词、鄙词者,以其真也。五代、北宋之大词人亦然。非无淫词,读之者但觉其亲切动人;非无鄙词,但觉其精力弥满。可知淫词与鄙词之病，非淫与鄙之病，而游词之病也③。"岂不尔思，室是远而"，而子曰："未之思也，夫何远之有？"④恶其游也。

注释

① "昔为"四句：见《古诗十九首》第二首："青青河畔草，郁郁园中柳。盈盈楼上女，皎皎当窗牖。娥娥红粉妆，纤纤出素手。昔为倡家女，今为荡子妇。荡子行不归，空床难独守。"

② "何不"四句：见《古诗十九首》第四首："今日良宴会，欢乐难具陈。弹筝奋逸响，新声妙入神。令德唱高言，识曲听其真。齐心同所愿，含意俱未申。人生寄一世，奄忽若飙尘。何不策高足，先据要路津？无为守穷贱，轗轲长苦辛。"策：鞭打。高足：快马。要路津：喻指高官显位。轗轲：同"坎坷"。

③ 游词：浮泛之词。详参后《删稿》六二条及注。

④《论语·子罕》："'唐棣之华，偏其反而。岂不尔思，室是远而。'子曰：'未之思也，夫何远之有？'""唐棣"四句为古逸诗句。

六三

"枯藤老树昏鸦，小桥流水平沙，古道西风瘦马。夕阳西下,断肠人在天涯。"此元人马东篱《天净沙》小令也。①寥寥数语,深得唐人绝句妙境。有元一代词家,皆不能办此也。

注释

① 马东篱:马致远,字千里,号东篱,元曲作家,有《汉宫秋》等杂剧及《东篱乐府》。所引《天净沙》"小桥流水平沙",各本多作"小桥流水人家",唯《历代诗余》作"小桥流水平沙",又"古道西风瘦马"作"古道凄风瘦马"。

六四

白仁甫《秋夜梧桐雨》剧,沉雄悲壮,为元曲冠冕。①然所作《天籁词》,粗浅之甚,不足为稼轩奴隶。岂创者易工,而因者难巧欤?②抑人各有能不能也?读者观欧、秦之诗远不如词,足透此中消息。

宣统庚戌③九月脱稿于京师定武城南寓庐。

注释

① 白仁甫:白朴,字仁甫、太素,号兰谷先生,元曲作家,著有《秋夜梧桐雨》、《墙头马上》等杂剧,又有词集《天籁集》。《秋夜梧桐雨》:全名《唐明皇秋夜梧桐雨》,写唐明皇与杨贵妃悲剧。近人吴梅称:"白朴《唐明皇秋夜梧桐雨》杂剧,结构之妙,较他种更胜,不袭通常团圆套格,而夜雨闻铃作结,高出常手万倍。"

② 创者:开创者,开拓者。因者:承袭者,继承者。

③ 宣统庚戌:清宣统二年,公元 1910 年。按《人间词话》实于 1908 年删改编定,当年起发表在上海《国粹学报》第四十七、四十九、五十期上。

人间词话删稿

一

白石之词,余所最爱者亦仅二语①,曰:"淮南皓月冷千山,冥冥归去无人管。"②

注释

① 此条原稿在《人间词话》四十九条之后,故云"亦仅二语"。
② "淮南"二句:见姜夔(白石)《踏莎行》(自沔东来,丁未元日至金陵,江上感梦而作):"燕燕轻盈,莺莺娇软,分明又向华胥见。夜长争得薄情知?春初早被相思染。　别后书辞,别时针线,离魂暗逐郎行远。淮南皓月冷千山,冥冥归去无人管。"

二

双声、叠韵之论,盛于六朝,唐人犹多用之。至宋以后,则渐不讲,并不知二者为何物。乾、嘉间①，吾乡周松霭先生（春）②著《杜诗双声叠韵谱括略》，正千余年之误，可谓有功文苑者矣。其言曰："两字同母谓之双声，两字同韵谓之叠韵。"余按：用今日各国文法通用之语表之，则两字同一子音③者谓之双声。（如《南史·羊元保传》之"官家恨狭，更广八分"，"官家"、"更广"四字皆从 k 得声；《洛阳伽蓝记》之"狞奴慢骂"，"狞奴"二字皆从 n 得声，"慢骂"二字皆从 m 得声是也。）两字同一母音④者谓之叠韵。（如梁武帝"后牖有朽柳"，"后牖有"三字，双声而兼叠韵，"有朽柳"三字，其母音皆为 u；刘孝绰之"梁皇长康强"，"梁"、"长"、"强"三字，其母音皆为 ian 也。⑤）自李淑《诗苑》伪造沈约之说，以双声叠韵为诗中八病之二⑥，后世诗家多废而不讲，亦不复用之于词。余谓苟于词之荡漾处多用叠韵，促节处用双声，则其铿锵可诵，必有过于前人者。惜世之专讲音律者，尚未悟此也。

注释

① 乾、嘉间：乾隆、嘉庆年间。乾隆为清高宗弘历年号，公元 1736 至 1795 年。嘉庆为清仁宗颙琰年号，公元 1796 至

1820年。

② 周松霭:周春,字芚兮,号松霭、黍谷居士,清海宁人,学者,有《海昌胜览》、《松霭遗书》。

③ 子音:即辅音,汉语音韵学称为声母,亦称声纽。

④ 母音:即元音,汉语音韵学称为韵母。

⑤ 葛立方《韵语阳秋》引陆龟蒙诗序:"叠韵起自梁武帝,云:'后牖有朽柳。'当时侍从之臣皆倡和。刘孝绰云:'梁王长康强。'沈休文云:'偏眠船舷边。'庾肩吾云:'载碓每碍埭。'自后用此体作为小诗者多矣。"按:u今作iu, ian今作iang。

⑥ 李淑:字献臣,北宋人,累官龙图阁学士,有别集百余卷。沈约:字休文,南朝齐、梁间文学家,创"四声八病"之说,作诗讲究声律,著有《四声谱》、《沈约集》等,已佚,今存明人辑本《沈隐侯集》。周春《杜诗双声叠韵谱括略》引李淑《诗苑》:"梁沈约云:'诗病有八,七曰旁纽,八曰正纽。'(谓十字内两字双声为'正纽',若不共一字而有双声为'旁纽',如'流六'为正纽,'流柳'为旁纽。)"周春案:"正纽、旁纽,皆指双声而言。观神珙之图,自可悟入。若此注所云,则旁纽即叠韵矣,非。"

三

昔人但知双声之不拘四声①,不知叠韵亦不拘平、上、去三声。凡字之同母音者②，虽平仄③有殊，皆叠韵也。

注释

① 四声：古汉语字音的四种声调：平声、上声、去声、入声，总称"四声"。"四声"说起于南朝齐永明年间，由沈约等人所创。
② 同母音者：即韵母相同者。
③ 平仄：平声和仄声。平指四声中的平声，仄指四声中的上、去、入三声。

四

诗至唐中叶以后，殆为羔雁之具矣①。故五代、北宋之诗，佳者绝少，而词则为其极盛时代。即诗词兼擅如永叔、少游者，亦词胜于诗远甚。以其写之于诗者，不若写之于词者之真也。至南宋以后，词亦为羔雁之具，而词亦替矣②。此亦文学升降之一关键也。

注释

① 羔雁：小羊与雁，古代卿大夫相见时的礼品，亦用作征召、婚聘、晋谒的礼物。此处"羔雁之具"指应酬赠答之作。
② 替：衰落。作者此前所作《文学小言》第十三条（内容与本条相同），于"而词亦替矣"后有"除稼轩一人外"六字注。

五

曾纯甫中秋应制，作《壶中天慢》词，自注云："是夜，西兴亦闻天乐。"①谓宫中乐声，闻于隔岸也。毛子晋谓"天神亦不以人废言"②。近冯梦华复辨其诬。③不解"天乐"二字文义，殊笑人也。

注释

① 曾纯甫：曾觌，字纯甫，南宋权臣，有《海野词》。曾觌《壶中天慢》（此进御月词也。上皇大喜曰："从来月词，不曾用'金瓯'事，可谓新奇。"赐金束带、紫番罗、水晶碗。上亦赐宝盏。至一更五点还宫。是夜，西兴亦闻天乐焉）："素飙漾碧，看天衢稳送，一轮明月。翠水瀛壶人不到，比似世间秋别。玉手瑶笙，一时同色，小按《霓裳》叠。天津桥上，有人

偷记新阕。　　当日谁幻银桥？阿瞒儿戏，一笑成痴绝。肯信群仙高宴处，移下水晶宫阙。云海尘清，山河影满，桂冷吹香雪。何劳玉斧，金瓯千古无缺。"按：词牌名后注文，据王幼安先生说，实非曾觌自注，当是毛晋据《武林旧事》补录。西兴，与临安(今杭州)隔江相望，今属杭州市滨江区西兴街道。

② 毛子晋：毛晋，字子晋，明末藏书家，曾校刻多种古籍，流布天下，著有《隐湖题跋》，编有《宋六十名家词》等。毛晋跋《宋六十名家词·海野词》云："(曾觌)不时赋词进御，赏赉甚渥。至进月词，一夕西兴，共闻天乐，岂天神亦不以人废言耶？"

③ 冯梦华：冯煦，字梦华，已见《人间词话》二八条注①。冯煦《宋六十一家词选例言》："曾纯甫赋进御月词，其自记云：'是夜，西兴亦闻天乐。'子晋遂谓'天神亦不以人废言'。不知宋人每好自神其说。白石道人尚欲以巢湖风驶归功于平调《满江红》，于海野何讥焉？"

六

北宋名家以方回①为最次。其词如历下、新城②之诗，非不华赡，惜少真味。至宋末诸家，仅可譬之腐烂制艺③,乃诸家之享重名者且数百年。始知世之幸人不独曹蜍、李志也。④

注释

① 方回:贺铸,字方回,见《人间词话》二八条注④。
② 历下:李攀龙,字于鳞,号沧溟,历城(今山东济南)人,明诗人,有《沧溟集》。新城:王士禛,字子真,号阮亭,新城(今山东桓台)人,清诗人,有《带经堂集》等。
③ 制艺:旧指八股文。
④ 曹蜍、李志:《世说新语·品藻》:庾道季云:"廉颇、蔺相如虽千载上死人,懔懔如有生气;曹蜍、李志虽见在,厌厌如九泉下人。"按:"至宋末"以下一段,徐本未收。据王国维《人间词话》手稿补。

七

散文易学而难工,骈文难学而易工。近体诗①易学而难工,古体诗难学而易工。小令易学而难工,长调难学而易工。②

注释

① 近体诗:定型于唐代的一种新的诗体。又称今体诗、格律诗。与古体诗相对而言。这种诗体对句数、字数、属对、平仄和用韵都有严格规定。

② 小令、长调:词之较短小者为小令,较长者为长调。明人顾从敬《类编草堂诗余》,将词分为长调、中调、小令三类,谓九十一字以上为长调,五十九字至九十字为中调,五十八字以内为小令,今仍沿用,然无依据。清朱彝尊《〈词综〉发凡》:"宋人编集歌词,长者曰慢,短者曰令,初无中调、长调之目,自顾从敬编《草堂词》,以臆见分之,后遂相沿,殊属草率。"

八

古诗云:"谁能思不歌?谁能饥不食?"①诗词者,物之不得其平而鸣者也。②故欢愉之辞难工,愁苦之言易巧。③

注释

① 六朝乐府《子夜歌》:"谁能思不歌?谁能饥不食?日冥当户倚,惆怅底不忆?"

② 参见韩愈《送孟东野序》:"大凡物不得其平则鸣。草木之无声,风挠之鸣。水之无声,风荡之鸣。其跃也,或激之;其趋也,或梗之;其沸也,或炙之。金石之无声,或击之鸣。人之于言也亦然,有不得已者而后言,其歌也有思,其哭也有怀。凡出乎口而为声者,其皆有弗平者乎!"

③ 参见韩愈《荆谭倡和诗序》:"夫和平之音淡薄,而愁思之声要妙;欢愉之辞难工,而穷苦之言易好也。是故文章之作,恒发于羁旅草野。至若王公贵人,气满志得,非性能而好之,则不暇以为。"

九

社会上之习惯,杀许多之善人。①文学上之习惯,杀许多之天才。

注释

① 参见王国维《教育小言十则》第九则:"自杀之事,吾人姑不论其善恶如何,但自心理学上观之,则非力不足以副其志而入于绝望之域,必其意志之力不能制其一时之感情而后出此也。而意志薄弱之社会,反以美名加之。吾人虽不欲科以杀

人之罪,其可得乎!"

一〇

昔人论诗词,有景语、情语之别①,不知一切景语皆情语也②。

注释

① 明人谢榛《四溟诗话》:"诗乃模写情景之具,情融乎内而深且长,景耀乎外而远且大。"清人周济《宋四家词选目录序论》:"耆卿镕情入景,故淡远;方回镕景入情,故秾丽。"刘熙载《词概》:"词或前景后情,或前情后景,或情景齐到,相见相容,各有其妙。"田同之《西圃词说》:"美成能做景语,不能做情语。愚谓词中情景不可太分,深于言情者,正在善于写景。"

② 王夫之《薑斋诗话》:"情景名为二,而实不可离。神于诗者,妙合无垠。"其评岑参诗《首春渭西郊行呈蓝田张二主簿》云:"景中生情,情中含景,故曰:景者情之景,情者景之情也。"李渔《窥词管见》:"词虽不出情景二字,然二字亦分主客。情为主,景是客,说景即是说情,非借物遣怀,即将人喻物。有全篇不露秋毫情意,而实句句是情,字字关情者。"况周颐《蕙风

词话》:"盖写景与言情,非二事也。善言情者,但写景而情在其中。"

一一

词家多以景寓情。其专作情语而绝妙者,如牛峤之"甘作一生拚,尽君今日欢"①,顾敻之"换我心为你心,始知相忆深"②,欧阳修之"衣带渐宽终不悔,为伊消得人憔悴"③,美成之"许多烦恼,只为当时,一晌留情"④。此等词古今曾不多见。⑤余《乙稿》中颇于此方面有开拓之功。⑥

注释

① 牛峤:字松卿,一字延峰,牛僧孺后代,晚唐词人,仕蜀为给事中。王国维辑有《牛给事词》。所引两句见牛峤《菩萨蛮》:"玉炉冰簟鸳鸯锦,粉融香汗流山枕。帘外辘轳声,敛眉含笑惊。　柳阴烟漠漠,低鬓蝉钗落。须作一生拚,尽君今日欢。"

② 顾敻:五代词人,历仕前蜀、后蜀,累官至太尉。王国维辑有《顾太尉词》。所引两句见顾敻《诉衷情》:"永夜抛人何处去?

绝来音。香阁掩,眉敛,月将沉。争忍不相寻?怨孤衾。换我心为你心,始知相忆深。"
③ "衣带"二句:实为柳永作,已见《人间词话》二六条注②。
④ "许多烦恼"三句:见周邦彦(美成)《庆宫春》:"云接平冈,山围寒野,路回渐转孤城。衰柳啼鸦,惊风驱雁,动人一片秋声。倦途休驾,澹烟里,微茫见星。尘埃憔悴,生怕黄昏,离思牵萦。 华堂旧日逢迎,花艳参差,香雾飘零。弦管当头,偏怜娇凤,夜深簧暖笙清。眼波传意,恨密约匆匆未成。许多烦恼,只为当时,一晌留情。"
⑤ 此句徐本作"此等词求之古今人词中,曾不多见"。此从手稿本。
⑥ 《乙稿》:即《人间词乙稿》。按:末句徐本无,据手稿本补。

一二

"岂不尔思,室是远而",而孔子讥之。① 故知孔门而用词,则牛峤之"甘作一生拚,尽君今日欢"等作,必不在见删之数。(按:此条徐本未收)

注释

① 见《人间词话》六二条注④。

一三

词之为体,要眇宜修①,能言诗之所不能言,而不能尽言诗之所能言。诗之境阔,词之言长。

注释

① 要(yāo 妖)眇宜修:屈原《九歌·湘君》:"美要眇兮宜修。"要眇,美好的样子。宜修,修饰得宜。

一四

言气质,言神韵,不如言境界。境界为本也。气质、格律、神韵,末也。有境界而三者随之矣。①

注释

① "境界为本也"以下,徐本作"有境界,本也。气质、神韵,末也。有境界而二者随之矣"。此据手稿本。

一五

"西风吹渭水,落日满长安。"①美成以之入词②,白仁甫以之入曲③,此借古人之境界为我之境界者也。然非自有境界,古人亦不为我用。

注释

① "西风"两句见唐代贾岛《忆江上吴处士》诗:"闽国扬帆去,蟾蜍亏复圆。秋风吹渭水,落叶满长安。此夜聚会夕,当时雷雨寒。兰桡殊未返,消息海云端。"

② 周邦彦(美成)《齐天乐》(秋思):"绿芜凋尽台城路,殊乡又逢秋晚。暮雨生寒,鸣蛩劝织,深阁时闻裁剪。云窗静掩,叹重拂罗裀,顿疏花簟。尚有綀囊,露萤清夜照书卷。　荆江留滞最久,故人相望处,离思何限。渭水西风,长安乱叶,空忆诗情宛转。凭高眺远,正玉液新篘,蟹螯初荐。醉倒山翁,但愁斜照敛。"

③ 白朴(仁甫)《双调·德胜乐》(秋)第三段:"玉露冷,蛩吟砌。听落叶西风渭水,寒雁儿长空嘹唳,陶元亮醉在东篱。"又,《梧桐雨》杂剧第二折《普天乐》:"恨无穷,愁无限。争奈仓卒之际,避不得蓦岭登山。銮驾迁,成都盼。更那堪浐水西飞雁,一声声送上雕鞍。伤心故园,西风渭水,落日长安。"

一六

"暮雨潇潇郎不归",当是古词,未必即白傅所作。①故白诗云"吴娘夜雨潇潇曲,自别苏州更不闻"②也。(按:此条徐本未收)

注释

① 白傅:白居易,字乐天,号香山居士,中唐诗人。曾为太子少傅,故称白傅。传白居易作《长相思》:"深画眉,浅画眉,蝉鬓鬅鬙云满衣,阳台行雨回。 巫山高,巫山低,暮雨潇潇郎不归,空房独守时。"

② 白居易《寄殷协律》诗:"五岁优游同过日,一朝消散似浮云。琴书酒伴皆抛我,雪月花时最忆君。几度听鸡歌白日,亦曾骑马咏红裙。吴娘暮雨潇潇曲,自别江南更不闻。"诗人自注:"江南吴二娘曲云:'暮雨潇潇郎不归。'"

一七

长调自以周、柳、苏、辛①为最工。美成《浪淘沙慢》二词②,精壮顿挫,已开北曲③之先声。若屯田之《八声甘州》④,玉局之《水调歌头》(中秋寄子由)⑤,则伫兴⑥之作,格高千古,不能以常词⑦论也。

注释

① 周、柳、苏、辛:周邦彦、柳永、苏轼、辛弃疾。柳永,字耆卿,原名三变。北宋词人,官至屯田员外郎,有《乐章集》。

② 周邦彦《浪淘沙慢》:"昼阴重,霜凋岸草,雾隐城堞。南陌脂车待发,东门帐饮乍阕。正拂面、垂杨堪揽结,掩红泪、玉手亲折。念汉浦离鸿去何许,经时信音绝。　情切,望中地远天阔。向露冷风清无人处,耿耿寒漏咽。嗟万事难忘,唯是轻别。翠尊未竭,凭断云留取,西楼残月。　罗带光销纹衾叠,连环解,旧香顿歇。怨歌永,琼壶敲尽缺。恨春去、不与人期,弄夜色,空余满地梨花雪。"又:"万叶战,秋声露结,雁度砂碛。细草和烟尚绿,遥山向晚更碧。见隐隐、云边新月白,映落照、帘幕千家,听数声、何处倚楼笛。装点尽秋色。　脉脉,旅情暗自消释。念珠玉、临水犹悲感,何况天涯客。忆少年歌酒,当时踪迹。岁华易老,衣带宽,懊恼心肠终窄。　飞散后、风流人阻,蓝桥约、怅恨路隔。马蹄过,犹嘶旧巷陌。叹往事,一一堪伤,旷望极。凝思又把阑干拍。"周济《宋四家词选》评前一首曰:"空际出力,梦窗最得其诀。'翠尊'以下三句,一气赶下,是清真长技。勾勒劲健

峭举。"

③ 北曲:金、元时流行北方的杂剧、套曲、散曲所用的曲调的统称,区别于南曲。北曲源于唐宋大曲、宋词以及北方民间曲调和金、元音乐。

④ 柳永(屯田)《八声甘州》:"对潇潇暮雨洒江天,一番洗清秋。渐霜风凄紧,关河冷落,残照当楼。是处红衰翠减,苒苒物华休。惟有长江水,无语东流。　不忍登高临远,望故乡渺邈,归思难收。叹年来踪迹,何事苦淹留？想佳人妆楼颙望,误几回、天际识归舟。争知我,倚阑干处,正恁凝愁。"宋赵令畤《侯鲭录》:"东坡云:世言柳耆卿曲俗,非也。如《八声甘州》云:'霜风凄紧,关河冷落,残照当楼。'此语于诗句不减唐人高处。"清刘体仁《七颂堂词绎》:"词有与古诗同妙者,……'关河冷落,残照当楼',即敕勒之歌也。"

⑤ 玉局:苏轼曾任玉局观提举,后遂称苏玉局。按徐本"玉局"作"东坡",且无"中秋寄子由"五字,兹从手稿。苏轼《水调歌头》(丙辰中秋,欢饮达旦,大醉,作此篇,兼怀子由):"明月几时有？把酒问青天。不知天上宫阙,今夕是何年。我欲乘风归去,又恐琼楼玉宇,高处不胜寒。起舞弄清影,何似在人间。　转朱阁,低绮户,照无眠。不应有恨,何事长向别时圆？人有悲欢离合,月有阴晴圆缺,此事古难全。但愿人长久,千里共婵娟。"南宋胡仔《苕溪渔隐丛话》后集:"中秋词,自东坡《水调歌头》一出,余词尽废。"清末郑文焯评此词曰:"发端从太白仙心脱化,顿成奇逸之笔。"

⑥ 伫兴:积蓄感情。
⑦ 常词:徐本作"常调",兹据手稿。

一八

稼轩《贺新郎》词(送茂嘉十二弟)①,章法绝妙,且语语有境界,此能品而几于神者②。然非有意为之,故后人不能学也。

注释

① 辛弃疾《贺新郎》(别茂嘉十二弟):"绿树听鹈鴂,更那堪、鹧鸪声住,杜鹃声切。啼到春归无寻处,苦恨芳菲都歇。算未抵人间离别。马上琵琶关塞黑,更长门翠辇辞金阙。看燕燕,送归妾。　将军百战身名裂,向河梁、回头万里,故人长绝。易水萧萧西风冷,满座衣冠似雪,正壮士悲歌未彻。啼鸟还知如许恨,料不啼清泪长啼血。谁共我,醉明月?"周济《宋四家词选》评此词曰:"上半阕北都旧恨,下半阕南渡新恨。"陈廷焯《白雨斋词话》评曰:"稼轩词,自以《贺新郎》(别茂嘉十二弟)一篇为冠,沉郁苍凉,跳跃动荡,古今无此笔力。"梁启超则曰:"稼轩善用回荡的表情法,此首却出之以堆

叠式。"

② 古人评书画作品,分为神品、妙品、能品。《图绘宝鉴》:"气韵生动,出于天成,人莫窥其巧者,谓之神品;笔墨超绝,傅染得宜,意趣有余者,谓之妙品;得其形似而不失规矩者,谓之能品。"这里借用来评词,言辛弃疾作品高于能品而接近于神品。

一九

稼轩《贺新郎》词:"柳暗凌波路。送春归猛风暴雨,一番新绿。"①又《定风波》词:"从此酒酣明月夜,耳热。"②"绿"、"热"二字,皆作上去用。③与韩玉《东浦词》《贺新郎》④以"玉"、"曲"叶"注"、"女"⑤,《卜算子》⑥以"夜"、"谢"叶"食"、"月"⑦,已开北曲四声通押之祖⑧。

注释

① 辛弃疾《贺新郎》:"柳暗凌波路。送春归猛风暴雨,一番新绿。千里潇湘葡萄涨,人解扁舟欲去。又樯燕留人相语。艇子飞来生尘步,唾花寒、唱我新番句。波似箭,催鸣橹。

黄陵祠下山无数。听湘娥、泠泠曲罢,为谁情苦?行到东吴春已暮,正江阔潮平稳渡。望金雀、觚稜翔舞。前度刘郎今重到,问玄都千树花存否?愁为倩,么弦诉。"

② 辛弃疾《定风波》(自和):"金印累累佩陆离,河梁更赋断肠诗。莫拥旌旗真个去,何处?玉堂元自要论思。 且约风流三学士,同醉,春风看试几枪旗。从此酒酣明月夜,耳热,那边应是说侬时。"

③ 上去:上声字和去声字。按,在这两首辛词中,"绿"和"热"都是入声字,而与上声字或去声字押韵。

④ 韩玉:字温甫,南宋词人,有《东浦词》。韩玉《贺新郎》(咏水仙):"绰约人如玉。试新妆娇黄半绿,汉宫匀注。倚傍小栏闲凝伫,翠带风前似舞。记洛浦当年俦侣。罗袜尘生香冉冉,料征鸿微步凌波女。惊梦断,楚江曲。 春工若见应为主,忍教都、闲亭笛馆,冷风凄雨。待把此花都折取,和泪连香寄与。须信道离情如许。烟水茫茫斜照里,是骚人《九辨》招魂处。千古恨,与谁语?"

⑤ "玉"、"曲"都是入声字,而与去声字"注"、上声字"女"押韵。叶(xié 协):谐韵,叶韵;押韵。

⑥ 韩玉《卜算子》:"杨柳绿成阴,初过寒食节。门掩金铺独自眠,那更逢寒夜。 强起立东风,惨惨梨花谢。何事王孙不早归?寂寞秋千月。"

⑦ "食"误,应作"节"。这句是说:"夜"、"谢"都是去声字,而与入声字"节"、"月"押韵。

⑧ 四声,指平、上、去、入四声。按唐写本《云谣集杂曲子》中《渔歌子》已有"悄"、"寞"、"祷"、"少"四声通押之例;南宋曾慥编《乐府雅词》中《九张机》亦有"机"、"寐"、"白"、"理"、"碧"、"色"四声通押之例。

二〇

谭复堂《箧中词选》①谓:"蒋鹿潭《水云楼词》与成容若、项莲生②,二百年间,分鼎三足。"然《水云楼词》小令颇有境界,长调惟存气格,《忆云词》亦精实有余,超逸不足,皆不足与容若比,然视皋文、止庵辈③,则倜乎④远矣。

注释

① 谭复堂:谭献,字仲修,号复堂,晚清词人,有《复堂类稿》。《箧中词选》:即《箧中词》,谭献所编清代词选集。六卷,续四卷。

② 蒋鹿潭:蒋春霖,字鹿潭,清词人,有《水云楼词》、《水云楼诗剩稿》。成容若:即纳兰性德,见《人间词话》五一条注⑤。项莲生:项鸿祚,字莲生,清词人,有《忆云词甲乙丙

281

丁稿》。

③ 皋文:张惠言,字皋文,见《人间词话》一一条注①。止庵:周济,号止庵,见《人间词话》一五条注②。

④ 倜乎:犹"倜然"。突出、超出的样子。

二一

词家时代之说,盛于国初①。竹垞谓词至北宋而大,至南宋而深。②后此词人,群奉其说。然其中亦非无具眼者。周保绪曰:"南宋下不犯北宋拙率之病,高不到北宋浑涵之诣。"又曰:"北宋词多就景叙情,故珠圆玉润,四照玲珑。至稼轩、白石,一变而为即事叙景,使深者反浅,曲者反直。"③潘四农(德舆)曰:"词滥觞于唐,畅于五代,而意格之闳深曲挚,则莫盛于北宋。词之有北宋,犹诗之有盛唐。至南宋则稍衰矣。"④刘融斋(熙载)曰:"北宋词用密亦疏,用隐亦亮,用沉亦快,用细亦阔,用精亦浑。南宋只是掉转过来。"⑤可知此事自有公论。虽止庵词颇浅薄,潘、刘尤甚,然其推尊北宋,则与明季云间诸公同一卓识⑥,不可废也⑦。

注释

① 国初:清初。

② 竹垞:朱彝尊,字锡鬯,号竹垞,浙江秀水(嘉兴)人,清初文学家、词人,浙西词派创始人。著有《曝书亭集》,编有《词综》。其《〈词综〉发凡》曰:"世人言词,必称北宋。然词至南宋始极其工,至宋季而始极其变。"

③ 两段引语见周济(保绪)《介存斋论词杂著》。拙率,拙直粗率。浑涵,博大深沉。

④ 潘四农:潘德舆,字彦辅,号四农,清诗人,有《养一斋集》、《养一斋诗话》。引语见潘德舆《与叶生名沣书》。滥觞:原指江河发源地,水少仅能浮起酒杯,后遂指事物的起源。闳深曲挚:意谓宏阔深沉,委婉动人。

⑤ 这段引文见刘熙载《艺概·词曲概》。

⑥ 明季云间诸公:明末词人陈子龙、李雯、宋徵舆皆为松江华亭(古称云间)人,世称"云间三子"。王士禛《花草蒙拾》曰:"近日云间作者论词,有云:五季有唐风,入宋便开元曲,故崇意小令,冀复古音,屏去宋调,庶防流失。仆谓此论虽高,殊属孟浪。"又曰:"云间数公……于词亦不欲涉南宋一笔。佳处在此,短处亦在此。"

⑦ 徐本无"不可废"三字,据王国维《人间词话》手稿本补。

二二

唐、五代、北宋之词，可谓"生香真色"①。若云间诸公，则绬花②耳。湘真③且然，况其次也者乎。

注释

① 王士禛《花草蒙拾》："'生香真色人难学'，为'丹青女易描，真色人难学'所从出。千古诗文之诀，尽此七字。"
② 绬花：彩绢制作的花。高承《事物纪原·岁时风俗·绬花》引晋《新野君传》："家以翦花为业，染绢为芙蓉，捻蜡为菱藕，翦梅若生。"
③ 湘真：指陈子龙。陈子龙词集有《湘真阁》、《江蓠槛》二种，已佚，今存清王昶辑本。

二三

《衍波词》①之佳者，颇似贺方回。虽不及容若，要在锡鬯、其年之上。②

注释

① 《衍波词》:王士禛词集。
② 锡鬯:朱彝尊,见《删稿》二一条注②。其年:陈维崧,字其年,号迦陵,宜兴人,清初词人,有《湖海楼词》。徐本"锡鬯、其年"作"浙中诸子",此据手稿本。

二四

近人词如复堂词之深婉,彊村①词之隐秀,皆在吾家半塘翁②上。彊村学梦窗而情味较梦窗反胜,盖有临川、庐陵之高华③,而济之以白石之疏越者④。学人之词⑤,斯为极则⑥。然古人自然神妙处,尚未梦见⑦。

注释

① 彊村:朱孝臧,原名祖谋,字古微,号沤尹,又号彊村,近代词人,著有词集《彊村语业》,刊刻有《彊村丛书》。
② 吾家半塘翁:王鹏运,字佑遐、幼霞,号半塘老人、鹜翁,晚清词人,著有多种词集,自删定为《半塘定稿》。徐本"吾家半塘翁"作"半塘老人",此据手稿本。

285

③ 临川:王安石,字介甫,号半山,临川人,北宋文学家。有词集《临川先生歌曲》。庐陵:欧阳修,庐陵人。高华:高亢爽朗。

④ 疏越:悠扬隽永。

⑤ 谭献《复堂词话》提出"词人之词"、"才人之词"、"学人之词"之分,以蒋春霖、纳兰容若、项莲生三家所作为"词人之词",王士禛、钱芳标所作为"才人之词",张惠言、周济所作为"学人之词"。

⑥ 极则:最高准则。

⑦ 梦见:徐本作"见及",此据手稿本。

二五

宋直方①《蝶恋花》:"新样罗衣浑弃却,犹寻旧日春衫著。"②谭复堂《蝶恋花》:"连理枝头侬与汝,千花百草从渠许。"③可谓寄兴深微。

注释

① 宋直方:宋征舆,字直方,一字辕文,清初词人,有《海闾香词》。按:"宋直方"原稿作"宋尚木",误。尚木是宋征璧字,而本条所引《蝶恋花》实系宋征舆之作。盖作者一时误记,径

予改正。

② 宋征舆《蝶恋花》:"宝枕轻风秋梦薄。红敛双蛾,颠倒垂金雀。新样罗衣浑弃却,犹寻旧日春衫著。　偏是断肠花不落。人苦伤心,镜里颜非昨。曾误当年青女约,只今霜夜思量着。"

③ 谭献《蝶恋花》:"帐里迷离香似雾。不烬炉灰,酒醒闻余语。连理枝头侬与汝,千花百草从渠许。　莲子青青心独苦。一唱将离,日日风兼雨。豆蔻香残杨柳暮,当时人面无寻处。"

二六

《半塘丁稿》中和冯正中《鹊踏枝》十阕①,乃《鹜翁词》之最精者。"望远愁多休纵目"等阕,郁伊惝怳②,令人不能为怀。《定稿》只存六阕,殊为未允也。③

注释

① 王鹏运(鹜翁)《鹊踏枝》(冯正中《鹊踏枝》十四阕,郁伊惝怳,义兼比兴,蒙耆诵焉。春日端居,依次属和。就均成词,无关

寄托,而章句尤为凌杂。忆云生云:"不为无益之事,何以遣有涯之生?"三复前言,我怀如揭矣。时光绪丙申三月二十八日。录十):"落蕊残阳红片片。懊恨比邻,尽日流莺转。似雪杨花吹又散,东风无力将春限。　慵把香罗裁便面。换到轻衫,欢意垂垂浅。襟上泪痕犹隐见,笛声催按《梁州遍》。"(其一)"斜日危阑凝伫久。问讯花枝,可是年时旧?浓睡朝朝如中酒,谁怜梦里人消瘦。　香阁帘栊烟阁柳。片霎氤氲,不信寻常有。休遣歌筵回舞袖,好怀珍重春三后。"(其二)"谱到阳关声欲裂。亭短亭长,杨柳那堪折。挑菜湔裙春事歇,带罗羞指同心结。　千里孤光同皓月。画角吹残,风外还呜咽。有限坠欢争忍说,伤生第一生离别。"(其三)"风荡春云罗样薄。难得轻阴,芳事休闲却。几日啼鹃花又落,绿笺莫忘深深约。　老去吟情浑寂寞。细雨檐花,空忆灯前酌。隔院玉箫声乍作。眼前何物供哀乐。"(其四)"漫说目成心便许。无据杨花,风里频来去。怅望朱楼难寄语,伤春谁念司勋误。　枉把游丝牵弱缕。几片闲云,迷却相思路。锦帐珠帘歌舞处,旧欢新恨思量否?"(其五)"昼日恹恹惊夜短。片霎欢娱,那惜千金换。燕睨莺罃春不管,敢辞弦索为君断。　隐隐轻雷闻隔岸。暮雨朝霞,咫尺迷银汉。独对舞衣思旧伴,龙山极目烟尘满。"(其六)"望远愁多休纵目。步绕珍丛,看笋将成竹。晓露暗垂珠累累,芳林一带如新浴。　檐外青山森碧玉。梦里骖鸾,记过清湘曲。自定新弦移雁足,弦声未抵归心促。"(其七)"谁遣春韶随水去。醉倒芳尊,忘却朝和暮。换尽大堤芳草路,倡条都是相思树。　　蜡烛有心灯解语。泪尽唇焦,此恨消沉否?坐对东风怜弱絮,萍飘后日知何处?"(其八)"对酒肯教欢意尽。醉醒恹恹,无那忔春困。锦字双行笺别恨,泪珠界破残妆粉。　　轻燕受风飞远近。消息谁传?盼断乌衣信。曲几无憀闲自隐。镜奁心事孤鸾鬓。"(其九)"几见花飞能上树?难系流光,枉费垂杨缕。筝雁斜飞排锦柱。只伊不解将春去。　　漫诩心情粘地絮。容易飘飏,那不惊风雨?倚遍阑干谁与语?思量有恨无人处。"(其十)

② 郁伊惝怳:忧郁失意的样子。
③《半塘定稿》存《鹊踏枝》六阕,计删去第三、第六、第七、第九四阕。未允:不得当。

二七

固哉,皋文之为词也!①飞卿《菩萨蛮》、永叔《蝶恋花》、子瞻《卜算子》,皆兴到之作,有何命意?皆被皋文深文罗织②。阮亭《花草蒙拾》谓:"坡公命宫磨蝎,生前为王珪、舒亶辈所苦,身后又硬受此差排。"③由今观之,受差排者,独一坡公已耶?

289

注释

① 固:鄙陋,固陋。《孟子·告子下》:公孙丑问曰:"高子曰:《小弁》,小人之诗也。"孟子曰:"何以言之?"曰:"怨。"曰:"固哉,高叟之为诗也!"

② 深文罗织:这里指不依事实,穿凿附会地妄加论断。张惠言(皋文)《词选》卷一载温庭筠(飞卿)《菩萨蛮》:"小山重叠金明灭,鬓云欲度香腮雪。懒起画蛾眉,弄妆梳洗迟。　照花前后镜,花面交相映。新帖绣罗襦,双双金鹧鸪。"张惠言评云:"此感士不遇也。篇法仿佛《长门赋》,而用节节逆叙。……'照花'四句,《离骚》初服之意。"(按,《离骚》云:"进不入以离尤兮,退将修吾初服。")欧阳修(永叔)《蝶恋花》,应为冯延巳《鹊踏枝》,已见《人间词话》第三条注③。张惠言《词选》评云:"'庭院深深','闺中既以邃远'也。'楼高不见','哲王又不寤'也。(按,"闺中""哲王"两句套用《离骚》语。)章台游冶,小人之径。'雨横风狂',政令暴急也。乱红飞去,斥逐者非一人而已,殆为韩、范作乎?"(按,"韩、范"指韩琦、范仲淹。)苏轼(子瞻)《卜算子》(黄州定慧院寓居作):"缺月挂疏桐,漏断人初静。谁见幽人独往来,缥缈孤鸿影。

惊起却回头,有恨无人省。拣尽寒枝不肯栖,寂寞沙洲冷。"张惠言《词选》评云:"此东坡在黄州作。鲖阳居士云:'缺月',刺明微也。'漏断',暗时也。'幽人',不得志也。'独往来',无助也。'惊鸿',贤人不安也。'回头',爱君不忘也。'无人省',君不察也。'拣尽寒枝不肯栖',不偷安于高位也。'寂寞沙洲冷',非所安也。此词与《考槃》诗极相似。"
③ 王士禛(阮亭)《花草蒙拾》斥铜阳居士谬论云:"村夫子强作解事,令人欲呕。""仆尝戏谓坡公命宫磨蝎,湖州诗案,生前为王珪、舒亶辈所苦,身后又硬受此差排耶?"磨蝎,星名,十二宫之一。旧时迷信星象者,称生平遇事多受磨折者为遭逢磨蝎。苏轼《东坡志林》:"退之诗云:'我生之辰,月宿直斗。'乃知退之磨蝎为身宫,而仆乃以磨蝎为命。平生多得谤誉,殆是同病也。"湖州诗案,即乌台诗案,宋文字狱。元丰二年(1079),御史中丞李定、御史舒亶等弹劾苏轼作诗谤讪朝政,讥讽新法。举苏轼诗二十余首。例如:以《秋日牡丹》"化工只欲呈新巧,不放闲花得少休"为讥刺执政,以"化工"比执政,以"闲花"比小民,意为执政出新意,小民不得休息;以《山村》"杖藜裹饭去匆匆,过眼青钱转手空。赢得儿童闲语好,一年强半在城中",为讥刺青苗法等。其时苏轼在湖州,被押赴京师,下御史台(乌台)狱。王珪是当时的执政者。差排,指调遣、安排。

二八

贺黄公裳①《皱水轩词筌》云:"张玉田《乐府指

迷》②，其调叶宫商③，铺张藻绘，抑亦可矣。至于风流蕴藉④之事，真属茫茫。如啖官厨饭者，不知牲牢之外别有甘鲜也⑤。"此语解颐。（按：此条徐本未收）

注释

① 贺黄公裳：贺裳，字黄公，清词人，著有《红牙词》等。
② 张玉田《乐府指迷》：张炎《词源》，分上下两卷，明人将下卷从全书分出，称为《乐府指迷》。《词源》上卷详述音律，兼及唱曲方法；下卷论作词原则，强调协律，提倡"雅正"。
③ 调叶宫商：指协调音律。
④ 风流蕴藉：指词的意趣飘逸潇洒、温文含蓄。
⑤ 牲牢：即牲畜。甘鲜：鲜美食品。

二九

贺黄公谓："姜论史词，不称其'软语商量'，而称其'柳昏花暝'，固知不免项羽学兵法之恨。"①然"柳昏花暝"自是欧、秦辈句法，前后有画工化工之殊。②吾从白石，不能附和黄公矣。

注释

① 引语见贺裳《皱水轩词筌》。姜论史词：姜夔评史达祖《双双燕》(咏燕)，见黄昇《中兴以来绝妙词选》史词后注："姜尧章极称其'柳昏花暝'之句。"史达祖《双双燕》(咏燕)已见《人间词话》三八条注①。项羽学兵法之恨：《史记·项羽本纪》："项籍少时，学书不成，去学剑，又不成。项梁怒之。籍曰：'书足以记名姓而已。剑一人敌，不足学，学万人敌。'"

② "欧、秦辈"后原稿作"以属"，盖作者几经改易，语有不顺。此据徐本改。

三〇

周保绪济《词辨》①云："玉田，近人所最尊奉，才情诣力亦不后诸人，终觉积谷作米，把缆放船，无开阔手段。"又云："叔夏②所以不及前人处，只在字句上著功夫，不肯换意。""近人喜学玉田，亦为修饰字句易，换意难。"（按：此条徐本未收）

注释

① 周保绪济：周济，字保绪。见《人间词话》一五条注②。《词

辨》,十卷,词选本,间有评论。

② 叔夏:张炎,字叔夏,号玉田,已详前注。

三一

"池塘春草谢家春,万古千秋五字新。①传语闭门陈正字②,可怜无补费精神。"此遗山《论诗绝句》也。③梦窗、玉田辈,当不乐闻此语。

注释

① 谢灵运《登池上楼》诗有"池塘生春草"句。见《人间词话》四〇条注④。

② 陈正字:陈师道,字无己,又字履常,号后山居士,曾官秘书省正字,北宋诗人,有《后山集》。相传陈师道作诗时怕吵,把孩子和猫狗都赶出门去。参见黄庭坚《病起荆江亭即事》诗:"闭门觅句陈无己。"

③ 遗山:元好问,字裕之,号遗山,金代文学家,有《遗山集》。其《论诗绝句》共三十首,这是第二十九首。

三二

朱子①《清邃阁论诗》谓:"古人诗中②有句,今人诗更无句,只是一直说将去。这般诗一日作百首也得。"余谓:北宋之词有句,南宋以后便无句,如玉田、梦窗之词,所谓"一日作百首也得"者也。

注释

① 朱子:朱熹,字元晦、仲晦,号晦庵,别称紫阳,南宋理学家,有《朱子大全》。
② 原稿无"诗中"两字,据《朱子大全》补。又,下文"这般"后原稿无"诗"字,亦据《朱子大全》补。

三三

朱子谓:"梅圣俞诗,不是平淡,乃是枯槁。"①余谓草窗、玉田之词亦然。

注释

① 引语见朱熹《清邃阁论诗》。梅圣俞：梅尧臣，字圣俞，宣城人，北宋诗人。有《宛陵先生集》。胡仔《苕溪渔隐丛话》："圣俞诗工于平淡，自成一家。"

三四

"自怜诗酒瘦，难应接，许多春色。"① "能几番游？看花又是明年。"②此等语亦算警句耶？乃值如许费力③。

注释

① "自怜"三句：见史达祖《喜迁莺》："月波疑滴，望玉壶天近，了无尘隔。翠眼圈花，冰丝织练，黄道宝光相直。自怜诗酒瘦，难应接，许多春色。最无赖，是随香趁烛，曾伴狂客。　踪迹，谩记忆。老了杜郎，忍听东风笛。柳院灯疏，梅厅雪在，谁与细倾春碧？旧情拘未定，犹自学、当年游历。怕万一，误玉人、夜寒帘隙。"

② "能几番游"两句：见张炎《高阳台》（西湖春感）："接叶巢莺，平波卷絮，断桥斜日归船。能几番游？看花又是明年。东风

且伴蔷薇住,到蔷薇、春已堪怜。更凄然,万绿西泠,一抹荒烟。　　当年燕子知何处?但苔深韦曲,草暗斜川。见说新愁,如今也到鸥边。无心再续笙歌梦,掩重门、浅醉闲眠。莫开帘,怕见飞花,怕听啼鹃。"

③ 如许费力:徐本作"如许笔力",此从原稿。

三五

文文山词①,风骨甚高,亦有境界,远在圣与、叔夏、公谨②诸公之上。亦如明初诚意伯词③,非季迪、孟载④诸人所敢望也。

注释

① 文文山:文天祥,字宋瑞,一字履善,号文山,南宋大臣、文学家。宋末坚持抗元,被俘后不屈而死。有《文山先生全集》。刘熙载《艺概·词曲概》云:"文文山词,有'风雨如晦,鸡鸣不已'之意。不知者以为变声,其实乃变之正也。故词当合其人之境地观之。"

② 圣与:王沂孙,字圣与,号碧山,又号中仙,宋末元初词人,有《花外集》(一名《碧山乐府》)。叔夏、公谨:张炎、周密。见

《人间词话》四六条注②。
③ 诚意伯:刘基,字伯温,明初大臣、文学家,封诚意伯,有《诚意伯文集》。
④ 季迪:高启,字季迪,号青丘子,元末明初诗人,有诗集《高太史大全集》、词集《扣舷集》。孟载:杨基,字孟载,号眉庵,元末明初诗人,有《眉庵集》。

三六

和凝《长命女》词①:"天欲晓,宫漏穿花声缭绕,窗里星光少。 冷霞寒侵帐额,残月光沉树杪。梦断锦闱空悄悄,强起愁眉小。"此词前半,不减夏英公《喜迁莺》也②。此词见《乐府雅词》③,《历代诗余》选之④。

注释

① 和凝:字成绩,五代词人。王国维辑和凝《红叶稿》,内载此词,题作《薄命女》。
② 夏竦(英公)《喜迁莺》见《人间词话》一〇条注④。
③《乐府雅词》:南宋曾慥绍兴十六年编定,分上、中、下三卷,拾

遗上、下二卷,共选录宋人词近千首,为现存最早的宋人选编的宋词总集。

④《历代诗余》:清代沈辰垣等康熙年间选编,辑录唐代至明代词作九千余首,凡一百卷。后附词人姓氏十卷、词话十卷,共一百二十卷。按:本条末两句徐本未录,据手稿本补。

三七

宋《李希声诗话》曰:"唐人作诗,正以风调高古为主。虽意远语疏,皆为佳作。后人有切近的当、气格凡下者,终使人可憎。"①余谓北宋词亦不妨疏远。若梅溪以降②,正所谓"切近的当、气格凡下"者也。

注释

① 这段话见魏庆之《诗人玉屑》卷十引。唐人,应作"古人"。切近的当、气格凡下,意谓语词虽妥帖稳当而气韵格调却平庸低下。

② 梅溪:史达祖号梅溪,已见前注。以降:以下,以后。

三八

自竹垞痛贬《草堂诗余》而推《绝妙好词》①，后人群附和之。不知《草堂》虽有亵诨②之作，然佳词恒得十之六七③。《绝妙好词》则除张、范、辛、刘诸家外④，十之八九皆极无聊赖之词。甚矣，人之贵耳贱目也。⑤

注释

① 《草堂诗余》：见《人间词话》五五条注②。《绝妙好词》：南宋周密编，共七卷，选录南宋初张孝祥至宋末元初仇远词凡一百三十二家近四百首。朱彝尊(竹垞)《书〈绝妙好词〉后》云："词人之作，自《草堂诗余》盛行，屏去《激楚》、《阳阿》，而《巴人》之唱齐进矣。周公谨《绝妙好词》选本虽未全醇，然中多俊语，方诸《草堂》所录，雅俗殊分。"

② 亵诨：轻慢戏谑。

③ 参见《四库全书总目提要》："朱彝尊作《词综》，称《草堂》选词可谓无目。其诋之甚至。今观所录，虽未免杂而不纯，不及《花间》诸集之精善，然利钝互陈，瑕瑜不掩，名章俊句亦错出其间。一概诋排，亦未为公论。"

④ 张、范、辛、刘：张孝祥、范成大、辛弃疾、刘过。张孝祥，字安国，号于湖居士，南宋词人，有《于湖词》。范成大，字致能，号

石湖居士,南宋诗人,亦工词,有《石湖词》。刘过,字改之,号龙洲道人,南宋词人,有《龙洲词》。
⑤ "甚矣"以下:徐本作:"古人云:小好小惭,大好大惭。洵非虚语。"系据王国维《人间词话》手稿之删除语。此据手稿改正语。

三九

梅溪、梦窗、玉田、草窗、西麓①诸家,词虽不同,然同失之肤浅。虽时代使然,亦其才分有限也。近人弃周鼎而宝康瓠②,实难索解。

注释
① 西麓:陈允平,字君衡,号西麓,宋末词人,有《日湖渔唱》。
② 《史记·屈原贾生列传》引贾谊《吊屈原赋》:"斡弃周鼎兮宝康瓠。"周鼎,周朝传国的九鼎,喻指宝器。康瓠(hù 互),破瓦壶。

四〇

毛西河《词话》①谓:"赵德麟令畤作商调鼓子

词,谱西厢传奇②,为杂剧之祖。"然《乐府雅词》卷首所载秦少游、晁补之、郑彦能(名仅)《调笑》转踏③,首有致语,末有放队,每调之前有口号诗④,甚似曲本体例。无名氏《九张机》⑤亦然。至董颖《道宫薄媚》大曲咏西子事⑥,凡十只曲,皆平仄通押,竟是套曲。此可与弦索西厢同为曲家之革路⑦。曾氏置诸《雅词》卷首,所以别之于词也。颖字仲达,绍兴⑧初人,从汪彦章、徐师川游⑨,彦章为作《字说》。见《书录解题》⑩。(按:此条徐本未收)

注释

① 毛西河:毛奇龄,字大可,号初晴,又以郡望称西河,清经学家、文学家,有《西河诗话》、《西河词话》等。
② 赵令畤,字德麟,号聊复翁,北宋词人,近人辑有《聊复集》。商调鼓子词:即《商调蝶恋花》鼓子词,叙唐元稹小说《莺莺传》(一名《会真记》),为金董解元《西厢记》诸宫调、元王实甫《西厢记》杂剧之先声。王国维《戏曲考原》:"……赵德麟(令畤)之《商调蝶恋花》,述《会真记》事,凡十阕,并置原文于曲前,又以一阕起,一阕结之,视后世戏曲之格律,几于具体而微。德麟于子瞻守颍州时为其属官,至绍兴初尚存。其词作于何时,虽不可考,要在元祐之后、靖康之前。原词具载《侯

鲭录》中。"词长不录。

③ 《乐府雅词》:见《人间词话删稿》三六条注③。郑彦能:郑仅,字彦能,北宋词人。转踏:宋时歌舞表演形式的一种。演出分为若干节,每节一诗一词,唱时伴以舞蹈。王国维《宋元戏曲考·宋之乐曲》:"其歌舞相兼者则谓之传踏,亦谓之转踏,亦谓之缠达。北宋之转踏恒以一曲连续歌之,每一首咏一事,共若干首,则咏若干事。然亦有合若干首而咏一事者。"郑仅等《调笑》转踏词文长不录。

④ 致语:这里指的是歌舞之前的致辞(相当于"勾队词",一般用数句四六文),与后面四一条提到的一种文体"致语"不尽相同。放队:即放队词,歌舞表演的结束语,一般用七绝一首。口号诗:诗之一种,以口号为名,意谓随口吟成。

⑤ 《九张机》:宋转踏词。《乐府雅词》存两篇,皆无名氏之作,写织锦女情感,自一张机至九张机,一篇九首。其中一篇,前有致语、口号,末有放队词。文长不录。

⑥ 《道宫薄媚》:道调宫大曲名,本于唐大曲。在现存宋人大曲中,以董颖《道宫薄媚》(西子词)为最长。王国维《宋元戏曲考·宋之乐曲》、《唐宋大曲考》、《戏曲考原》皆曾引用。文长不录。

⑦ 弦索西厢:即赵令畤《商调蝶恋花》鼓子词。筚路:即筚路蓝缕。乘着柴车,穿着破衣,去开辟山林。形容初创阶段。

⑧ 绍兴:南宋高宗赵构年号,公元1131年至1162年。

⑨ 汪彦章:汪藻,字彦章,北宋末南宋初诗人,有《浮溪集》。徐

师川:徐俯,字师川,号东湖居士,北宋末南宋初诗人。有《东湖居士诗集》。游:游学。

⑩《书录解题》:即《直斋书录解题》,南宋陈振孙撰,著录历代典籍书目,分为五十三类,分别考订各书内容得失。原书已佚,有清代辑本。

四一

宋人遇令节、朝贺、宴会、落成等事,有"致语"一种。①宋子京、欧阳永叔、苏子瞻、陈师道皆有之。《啸余谱》列之于词曲之间。其式:先"教坊致语"(四六文),次"口号"(诗),次"勾合曲"(四六文),次"勾小儿队"(四六文),次"队名"(诗二句),次"问小儿"、次"小儿致语",次"勾杂剧"(皆四六文),次"放队"(或诗或四六文)。若有女弟子队,则勾女弟子队如前。其所歌之词曲与所演之剧,则自伶人定之。少游、补之之《调笑》乃并为之作词。元人杂剧乃以曲代之,曲中楔子、科白、上下场诗,犹是致语、口号、勾队、放队之遗也。

此程明善《啸余谱》^②所以列致语于词曲之间者也。

（按：此条徐本未收）

注释

① 王国维《戏曲考原》："唯三大宴之致辞则由文臣为之，故宋人集中多'乐语'一种，又谓之'致语'，又谓之'念语'。"下引苏轼《兴龙节集英殿宴乐语》为例，并将"乐语"与"转踏"相比较，可参见。
② 程明善，字若水，明人。所著《啸余谱》，总载词曲之式；因歌源出于啸，故名"啸余"。

四二

明顾梧芳刻《尊前集》^①二卷，自为之引，并云"明嘉禾顾梧芳编次"。毛子晋刻《词苑英华》疑为梧芳所辑。朱竹垞跋称：吴下得吴宽手钞本，取顾本勘之，靡有不同，因定为宋初人编辑。^②《提要》两存其说。^③按《古今词话》^④云："赵崇祚《花间集》载温飞卿《菩萨蛮》甚多，合之吕鹏《尊前集》不下二十阕。"今考顾刻所载飞卿《菩萨蛮》五首,除"咏泪"一首外,皆《花间》所有,知顾刻虽非自编,亦非复吕鹏之旧矣。《提要》又云:"张炎《乐府指迷》虽云唐人有《尊前》、《花间》集,然《乐府指迷》真出张炎与否,盖未可定。陈直斋《书录解题》'歌词类'以《花间集》为首,注曰:'此近世倚声填词之祖。'而无《尊前集》之名。不应张炎见之而陈振孙不见。"然《书录解题》"阳春录"条下引高邮崔公度语曰:"《尊前》、《花间》往往谬其姓氏。"公度,元祐⑤间人,《宋史》有传。则北宋固有此书,不过直斋未见耳。又案:黄昇《花庵词选》李白《清平乐》下注云"翰林应制"。又云"案唐吕鹏《遏云集》载应制词四首,以后二首无清逸气韵,疑非太白所作"云云。今《尊前集》所载太白《清平乐》有五首,岂《尊前集》一名《遏云集》,而四首五首之不同,乃花庵所见之本略异欤?又,欧阳炯⑥《花间集序》谓:"明皇朝有李太白应制《清平乐》四首。"则唐末时只有四首,岂末一首为梧芳所羼入,非吕鹏之旧欤?(按:此条徐本未收)

注释

① 《尊前集》:词总集名。编者不可确考。收录唐、五代作家三十六人,词二百八十九首。今有明万历间嘉兴顾梧芳刻本及毛晋汲古阁重刻本。按:此条后经作者修订重写,见《庚辛之间读书记·尊前集》。

② 朱彝尊(竹垞)《尊前集跋》云:"康熙辛酉冬,余留白下,有持吴文定公手钞本告售,书法精楷,卷首识以私印。取刊本勘之,词人之先后,乐章之次第,靡有不同,始知是集为宋初人编辑。"吴宽,字原博,号匏庵,明大臣、书法家,卒谥文定。靡,无。

③ 《四库全书总目提要》"尊前集"条云:"不著编辑者姓名。前有万历间嘉兴顾梧芳序云:'余爱《花间集》,欲播传之,而余斯编第有类焉。'似即梧芳所辑。故毛晋亦谓梧芳采录名篇,厘为二卷。而朱彝尊跋则谓于吴下得吴宽手钞本……因定为宋初人编辑。"

④ 《古今词话》:详见下条(四三条)。

⑤ 元祐:北宋哲宗赵煦年号,公元1086年至1094年。按"元祐"原稿误作"公祐"。

⑥ 欧阳炯:五代词人。已见前注。

四三

《提要》载:"《古今词话》六卷,国朝沈雄纂。

雄字偶僧，吴江人。是编所述上起于唐，下迄康熙中年。"然维见明嘉靖①前合口本《笺注草堂诗余》林外《洞仙歌》②下引《古今词话》云："此词乃近时林外题于吴江垂虹亭。"（明刻《类编草堂诗余》亦同。）案：升庵③《词品》云：林外字岂尘，有《洞仙歌》书于垂虹亭畔，作道装，不告姓名，饮醉而去。人疑为吕洞宾④。传入宫中，孝宗⑤笑曰："'云崖洞天无锁'，'锁'与'老'叶均⑥，则'锁'音'扫'，乃闽音也。"侦问之，果闽人林外也。《齐东野语》所载亦略同。则《古今词话》宋时固有此书。岂雄窃此书而复益以近代事欤？又，《季沧苇书目》⑦载《古今词话》十卷，而沈雄所纂只六卷，益证其非一书矣。⑧（按：此条徐本未收）

注释

① 嘉靖：明世宗朱厚熜年号，公元1522年至1566年。
② 林外《洞仙歌》："飞梁压水，虹影澄清晓，橘里渔村半烟草。今来古往，物是人非，天地里，唯有江山不老。　雨中风帽，四海谁知我，一剑横空几番过。按玉龙、嘶未断，月冷波寒。归去也、林屋洞天无锁。认云屏烟障是吾庐，任满地苍

苔,年年不扫。"

③ 升庵:杨慎,字用修,号升庵,明文学家,有《升庵集》。

④ 吕洞宾:吕岩,字洞宾,号纯阳子,唐末道士。后世传为道教八仙之一。相传曾在客店醉酒。

⑤ 孝宗:赵眘,南宋皇帝,公元1162年至1188年在位。

⑥ 叶均(xiéyùn 斜韵):叶韵,押韵。

⑦ 《季沧苇书目》:季振宜撰,黄丕烈刊刻。季振宜,字诜兮,号沧苇,清初藏书家。

⑧ 清人沈雄《古今词话·凡例》云:"词话者,旧有《古今词话》一书,撰述名氏久已失传,又散见一二则于诸刻。兹仍旧名,而断自六朝,分为四种,据旧辑及新钞者,前后登之,一见制词之原委,一见命调之异同,僭为纂述,以鸣一时之盛。"据此,则作者已说明此书源流。

四四

余友沈昕伯(紘)①自巴黎寄余《蝶恋花》一阕云:"帘外东风随燕到。春色东来,循我来时道。一霎围场生绿草,归迟却怨春来早。 锦绣一城春水绕。庭院笙歌,行乐多年少。著意来开孤客抱,不知名字闲花鸟。"此词当在晏氏父子间，南宋人不能道也。

注释

① 沈纮，字昕伯，嘉兴人，曾与王国维同就学于东文学社。

四五

余填词不喜作长调，尤不喜用人韵。偶尔游戏，作《水龙吟》咏杨花用质夫、东坡倡和韵①，作《齐天乐》咏蟋蟀用白石韵②，皆有与晋代兴之意③。余之所长殊不在是，世之君子宁以他词称我。（按：此条徐本未收）

注释

① 王国维《水龙吟》(杨花，用章质夫、苏子瞻唱和均)以及章质夫、苏东坡唱和词见本书《人间词甲稿》。
② 王国维《齐天乐》(蟋蟀，用姜石帚原韵)及姜白石原韵，见本书《人间词乙稿》。
③ 与晋代兴：原指东周平王以后，秦、齐、楚等国与晋国更迭兴起。这里有与宋人抗衡的意思。

四六

樊抗父谓余词如《浣溪沙》之"天末同云",《蝶恋花》之"昨夜梦中"、"百尺朱楼"、"春到临春"等阕,凿空而道,开词家未有之境。①余自谓才不若古人,但于力争第一义处,古人亦不如我用意耳。(按:此条徐本未收)

注释

① 樊抗父,樊志厚字抗甫(父),参见《人间词甲稿序》注⑪。引语见樊志厚《人间词乙稿序》。王国维《浣溪沙》(天末同云)、《蝶恋花》(昨夜梦中)见本书《人间词甲稿》;《蝶恋花》(百尺朱楼)、《蝶恋花》(春到临春)见本书《人间词乙稿》。

四七

"君王枉把平陈业,换得雷塘数亩田。"①政治家之言也。"长陵亦是闲邱陇,异日谁知与仲多?"②诗人之言也。政治家之眼,域于一人一事。诗人之眼,则通古今而观之。词人观物,须用诗人之眼,不可用政治家之眼,故感事、怀古等作,当与寿词同为词家所禁也。

注释

① "君王"两句:见晚唐罗隐《炀帝陵》诗:"入郭登桥出郭船,红楼日日柳年年。君王忍把平陈业,只换雷塘数亩田。"按隋炀帝杨广被宇文化及等缢死后葬在吴公台下,唐灭隋之后又改葬雷塘。末两句诗是说,炀帝不能久保平陈大业,仅留区区葬身之所。

② "长陵"两句:见晚唐唐彦谦《仲山》(高祖兄仲隐居之所)诗:"千载遗踪寄薜萝,沛中乡里汉山河。长陵亦是闲丘垄,异日谁知与仲多?"长陵:汉高祖刘邦葬处,在今咸阳东北。与仲多:参见《史记·高祖本纪》:"高祖捧玉卮,起为太上皇寿,曰:'始大人常以臣无赖,不能治产业,不如仲力。今某之业所就,孰与仲多?'"末两句诗是说,刘邦死后也不免丘坟冷落,未必就胜过其兄刘仲。

四八

叔本华①曰:"抒情诗,少年之作也;叙事诗及戏曲，壮年之作也。"余谓：抒情诗，国民幼稚时代之作也；叙事诗，国民盛壮时代之作也。故曲则古不如今。（元曲诚多天籁[2]，然其思想之陋劣，布置之粗笨，千篇一律，令人喷饭。至本朝之《桃花扇》、《长生殿》诸传奇[3]，则进矣。）词则今不如古。盖一则以布局为主，一则须伫兴而成故也。（按：此条徐本未收）

注释

① 叔本华：德国19世纪哲学家，唯意志论者。主要著作有《作为意志和表象的世界》、《论处于自然界中的意志》等。《作为意志和表象的世界》第三篇："少年人仅仅只适于作抒情诗，并且要到成年人才适于写戏剧。至于老年人，最多只能想象他们是史诗的作家，如奥西安、荷马，因为讲故事适合老年人的性格。"

② 天籁：原指自然界的音响。借指文艺作品不事雕琢，天真自然。

③《桃花扇》：清孔尚任创作的传奇剧本。借侯方域、李香君的离合之情，写南明王朝兴亡之感。《长生殿》：清洪昇创作的传奇剧本。以安史之乱为背景，写唐明皇、杨贵妃的爱情悲剧。

四九

宋人小说，多不足信。如《雪舟脞语》谓：台州知府唐仲友眷官伎严蕊奴，朱晦庵系治之。及晦庵移去，提刑岳霖行部至台，蕊乞自便。岳问曰："去将安归？"蕊赋《卜算子》词云"住也如何住"云云。① 案此词系仲友戚高宣教作，使蕊歌以侑觞者，见朱子《纠唐仲友奏牍》。② 则《齐东野语》所纪朱、唐公案，恐亦未可信也。③

注释

① 陶宗仪《说郛》引宋末邵桂子《雪舟脞语》："唐悦斋仲友字与正，知台州。朱晦庵为浙东提举，数不相得，至于互申。寿皇问宰执二人曲直。对曰：秀才争闲气耳。悦斋眷官妓严蕊奴，晦庵捕送囹圄。提刑岳商卿霖行部疏决，蕊奴乞自便。宪使问：'去将安归？'蕊奴赋《卜算子》，末云：'住也如何住，去也终须去。若得山花插满头，莫问奴归处。'宪笑而释之。"严蕊《卜算子》："不是爱风尘，似被前缘误。花落花开自有时，总赖东君主。　去也终须去，住也如何住！若得山花插满头，莫问奴归处。"

② 朱熹《按唐仲友第四状》："五月十六筵会，仲友亲戚高宣教撰

曲一首，名《卜算子》。后一段云：'去又如何去，住又如何住。但得山花插满头，休问奴归处。'"侑觞：劝酒。

③ 周密《齐东野语》"朱唐交奏本末"条云："朱晦庵按唐仲友事，或云吕伯恭尝与仲友同书会有隙，朱主吕，故抑唐，是不然也。盖唐平时恃才轻晦庵，而陈同父颇为朱所进，与唐每不相下。同父游台，尝狎籍妓，嘱唐为脱籍，许之。偶郡集，唐语妓云：'汝果欲从陈官人耶？'妓谢。唐云：'汝须能忍饥受冻乃可。'妓闻大恚。自是陈至妓家，无复前之奉承矣。陈知为唐所卖，亟往见朱。朱问：'近日小唐云何？'答曰：'唐谓公尚不识字，如何作监司？'朱衔之，遂以部内有冤狱，乞再巡按。既至台，适唐出迎少稽，朱益以陈言为信。立索郡印，付以次官。乃摭唐罪具奏，而唐亦作奏驰上。时唐乡相王淮当轴。既进呈，上问王，王奏：'此秀才争闲气耳。'遂两平其事。详见周平园、王季海日记。而朱门诸贤所著《年谱道统录》，乃以季海右唐而并斥之，非公论也。其说闻之陈伯玉式卿，盖亲得之婺之诸吕云。"

五〇

《楚辞》之体，非屈子①所创也。《沧浪》、《凤兮》之歌②，已与三百篇异③，然至屈子而最工。五、七律始于齐、梁，而盛于唐。词源于唐，而大成于北宋。故最工之文学，非徒善创，亦且善因④。

（按：此条徐本未收）

注释

① 屈子：即屈原，战国时代楚国诗人，《楚辞》的主要作者。
② 《沧浪》：《孟子·离娄上》载《孺子歌》曰："沧浪之水清兮，可以濯吾缨。沧浪之水浊兮，可以濯吾足。"《凤兮》之歌：《论语·微子》记楚狂接舆歌而过孔子曰："凤兮凤兮，何德之衰！往者不可谏，来者犹可追。已而已而，今之从政者殆而！"
③ 三百篇：《诗经》凡三百零五篇，举其成数，称三百篇，后因以代指《诗经》。
④ 因：继承，承传。

五一

《沧浪》、《凤兮》二歌，已开《楚辞》体格。然《楚辞》之最工者，推屈原、宋玉①，而后此之王褒、刘向②之词不与焉。五古之最工者，实推阮嗣宗、左太冲、郭景纯③、陶渊明,而前此曹、刘④,后此陈子昂⑤、李太白不与焉。词之最工者,实推后主、正中、永叔、少游、美成,而前此温、韦,后此姜、吴,皆不与焉。⑥

注释

① 宋玉:战国后期楚国诗人,相传为屈原学生,主要作品有《九辩》。

② 王褒:字子渊,西汉辞赋家。《楚辞》收其《九怀》一篇。刘向:本名更生,字子政,西汉文学家,《楚辞》的编辑者。《楚辞》中有其《九叹》一篇。

③ 阮嗣宗:阮籍,字嗣宗,三国魏诗人,有《咏怀诗》八十余首。左太冲:左思,字太冲,西晋诗人,有《左太冲集》。郭景纯:郭璞,字景纯,东晋诗人,有《郭弘农集》。

④ 曹、刘:曹植、刘桢。曹植,字子建,曹操子,汉、魏间诗人,有《曹子建集》。刘桢,字公幹,汉末诗人,"建安七子"之一,作品仅存十五首。

⑤ 陈子昂:字伯玉,初唐诗人,有《陈伯玉集》。

⑥ "而前此温、韦,后此姜、吴,皆不与焉",徐本作"而后此南宋诸公不与焉"。此从手稿本。

五二

唐、五代之词,有句而无篇。南宋名家之词,有篇而无句。有篇有句,唯李后主降宋后之作,及永叔、子瞻、少游、美成、稼轩数人而已。①

注释

① "有句而无篇"、"有篇而无句"及"有篇有句",可参见袁枚《随园诗话》卷五:"诗有有篇无句者,通首清老,一气浑成,恰无佳句令人传诵。有有句无篇者,一首之中,非无可传之句,而通体不称,难入作家之选。二者一欠天分,一欠工夫。必也有篇有句,方称名手。"

五三

唐、五代、北宋之词家,倡优也。南宋后之词家,俗子也。二者其失相等。但词人之词,宁失之倡优,不失之俗子。以俗子之可厌,较倡优为甚故也。

五四

《蝶恋花》"独倚危楼"一阕①,见《六一词》,亦见《乐章集》。②余谓:屯田轻薄子,只能道"奶奶兰心蕙性"耳。③"衣带渐宽终不悔,为伊消得人憔悴",此等语固非欧公不能道也。④

注释

① 《蝶恋花》"独倚危楼"一阕见《人间词话》二六条注②。按此词实为柳永作。

② 《六一词》:欧阳修词集。按汲古阁本《六一词》已删去这首误收的词。《乐章集》:柳永(屯田)词集。

③ "奶奶兰心蕙性",见柳永《玉女摇仙佩》:"飞琼伴侣,偶别珠宫,未返神仙行缀。取次梳妆,寻常言语,有得许多姝丽。拟把名花比,恐旁人笑我,谈何容易。细思算,奇葩艳卉,惟是深红浅白而已。争如这多情,占得人间,千娇百媚。 须信画堂绣阁,皓月清风,忍把光阴轻弃。自古及今,才子佳人,少得当年双美。且恁相偎倚,未消得,怜我多才多艺。愿奶奶兰心蕙性,枕前言下,表余深意。为盟誓,今生断不孤鸳被。"

④ "衣带"以下三句徐本无。据王国维《人间词话》手稿本补。

五五

读《会真记》①者,恶张生之薄幸,而恕其奸非。读《水浒传》者,恕宋江之横暴,而责其深险。此人人之所同也。故艳词可作,唯万不可作儇薄②语。龚定庵诗云:"偶赋凌云偶倦飞,偶然闲慕遂初衣。偶逢锦瑟佳人问,便说寻春为汝归。"③其人之凉薄无行,跃然纸墨间。余辈读耆卿、伯可④词,亦有此感。视永叔、希文⑤小词何如耶?

注释

① 《会真记》:即《莺莺传》,唐代元稹所作传奇小说,写崔莺莺与张生私自结合,最终被张生抛弃的故事。
② 儇(xuān 宣)薄:轻薄。
③ 龚定庵:龚自珍,字璱人,号定盦,清诗人,有《定盦全集》。引诗为龚自珍《己亥杂诗》三百十五首中的一首。遂初衣:意谓辞官回家。初衣,同"初服",未做官时的服装。屈原《离骚》:"进不入以离尤兮,退将复修吾初服。"李白《送贺监归四明应制》诗:"久辞荣禄遂初衣。"
④ 耆卿:柳永,字耆卿。伯可:康与之,字伯可,又字叔闻,号退轩,南宋词人。有《顺庵乐府》,多应制粉饰之作。
⑤ 永叔:欧阳修字永叔。希文:范仲淹字希文。

五六

词人之忠实,不独对人事宜然。即对一草一木,亦须有忠实之意,否则所谓游词①也。

注释

① 游词:详见后六二条及注。

五七

读《花间》、《尊前》集,令人回想徐陵《玉台新咏》①。读《草堂诗余》,令人回想韦縠《才调集》②。读朱竹垞《词综》③,张皋文、董子远《词选》④,令人回想沈德潜《三朝诗别裁集》⑤。

注释

① 《玉台新咏》:南朝梁、陈间诗人徐陵编,选录自汉迄梁有关女子及男女恋情的诗歌,按诗体分别编排,共十卷。

② 《才调集》:五代后蜀监察御史韦縠编,共十卷,选录唐代各个时期诗歌一千首,内容偏重男女之情,推崇晚唐温庭筠、李商

隐一派。

③《词综》：清朱彝尊(竹垞)编，其门人汪森增定。三十卷，补遗六卷。选录唐、宋、元六百余家二千二百五十多首词。选词崇尚姜夔等人的格律派词，标榜"雅正"，体现了浙西词派的词学主张。

④《词选》：清张惠言(皋文)编。二卷。选录唐、宋四十四家一百十六首词。选词注重"诗教"、比兴寄托，反映了常州词派的词学主张。只是对前人作品索解过深，强求"微言大义"，往往流于穿凿附会。张惠言外孙董毅(子远)续选唐、五代、宋词一百二十二首为《续词选》。

⑤《三朝诗别裁集》：即《唐诗别裁集》、《明诗别裁集》、《清诗别裁集》，清诗人沈德潜(归愚)编选。书名"别裁"，取自杜甫诗"别裁伪体亲风雅"语，意谓书中已剔除"伪体"。沈氏论诗主"格调说"，崇尚"温柔敦厚"的"诗教"，《三朝诗别裁集》的编选体现了他的诗学宗旨。

五八

明季国初诸老之论词①，大似袁简斋之论诗②，其失也，纤小而轻薄。竹垞以降之论词者③，大似沈归愚,其失也,枯槁而庸陋。

注释

① 明末清初诸老之论词,如邹祗谟《远志斋词衷》、毛奇龄《西河词话》、彭孙遹《金粟词话》、贺裳《皱水轩词筌》等。

② 袁简斋:袁枚,字子才,号简斋,清诗人,有《小仓山房诗文集》、《随园诗话》。

③ 朱彝尊《词综》以后论词者,如张惠言《词选》、周济《介存斋论词杂著》、刘熙载《艺概》、谭献《复堂词话》、陈廷焯《白雨斋词话》等,皆标榜词之"寄托"。

五九

东坡之旷在神,白石之旷在貌。白石如王衍口不言阿堵物,而暗中为营三窟之计①,此其所以可鄙也。

注释

① 王衍:字夷甫,西晋大臣。据《晋书·王戎传》记载:"(王)衍疾(妻)郭之贪鄙,故口未尝言钱。郭欲试之,令婢以钱绕床,使不

得行。衍晨起,见钱谓婢曰:'举阿堵物却。'"又载:"衍虽居宰辅之重,不以经国为念,而思自全之计。说东海王越曰:'中国已乱,当赖方伯,宜得文武兼资以任之。'乃以弟澄为荆州,族弟敦为青州。因谓澄、敦曰:'荆州有江汉之固,青州有负海之险,卿二人在外,而吾留此,足以为三窟矣。'识者鄙之。"

六〇

"纷吾既有此内美兮,又重之以修能。"① 文字之事,于此二者,不能缺一。然词乃抒情之作,故尤重内美。无内美而但有修能,则白石耳。

注释
① "纷吾"两句:出自屈原《离骚》。修能,即"修态",美好的仪表。"能"通"态"。

六一

诗人视一切外物,皆游戏之材料也。① 然其游戏，则以热心为之，故诙谐与严重②二性质，亦不可缺一也。

注释

① 参见王国维《文学小言》："文学者，游戏的事业也。人之势力，用于生存竞争而有余，于是发而为游戏。"又《人间嗜好之研究》称："文学、美术，亦不过成人之精神的游戏。"
② 严重：严肃，庄重。

六二

金朗甫作《词选后序》，分词为"淫词"、"鄙词"、"游词"三种。①词之弊尽是矣。五代、北宋之词，其失也淫。辛、刘②之词，其失也鄙。姜、张③之词，其失也游。（按：此条徐本未收）

注释

① 张惠言弟子金应珪（朗甫）《词选后序》："近世为词，厥有三蔽：义非宋玉而独赋蓬发，谏谢淳于而唯陈履舃，揣摩床笫，污秽中冓，是谓淫词，其蔽一也。猛起奋末，分言析字，诙嘲

则俳优之末流,叫啸则市侩之盛气,此犹巴人振喉以和《阳春》,鼋蝈怒嗌以调疏越,是谓鄙词,其蔽二也。规模物类,依托歌舞,哀乐不衷其性,虑叹无与乎情,连章累篇,义不出乎花鸟,感物指事,理不外乎酬应,虽既雅而不艳,斯有句而无章,是谓游词,其蔽三也。"

② 辛、刘:辛弃疾、刘过。

③ 姜、张:姜夔、张炎。

人间词话附录

一

蕙风词小令似叔原①,长调亦在清真、梅溪间,而沉痛过之。彊村②虽富丽精工,犹逊其真挚也。天以百凶成就一词人③,果何为哉!

注释

① 蕙风:况周颐,原名周仪,字夔笙,号蕙风,近代词人,有《蕙风词》、《蕙风词话》。叔原:晏几道,字叔原。
② 彊村:朱祖谋,见《人间词话删稿》二四条注①。
③ 蕙风家境贫寒,生活清苦。《诗·王风·兔爰》:"我生之后,逢此百凶。"

二

蕙风《洞仙歌》(秋日游某氏园)①及《苏武慢》

（寒夜闻角）②二阕，境似清真，集中他作，不能过之。

（按：以上两条赵万里录自《蕙风琴趣》评语）

注释

① 况周颐《洞仙歌》（秋日独游某氏园）："一晌闲缘借，便意行散缓，消愁聊且。有花迎径曲，鸟呼林罅，秋光取次披图画。恣远眺、登临台与榭，堪潇洒。奈脉断征鸿，幽恨翻萦惹。

忍把，鬓丝影里，袖泪寒边，露草烟芜，付与杜牧狂吟，误作少年游冶。残蝉肯共伤心话，问几见，斜阳疏柳挂？谁慰藉？到重阳，插菊携萸事真假。酒更赏，更有约东篱下。怕蹉跎霜讯，梦沉人悄西风乍。"

② 况周颐《苏武慢》（寒夜闻角）："愁入云遥，寒禁霜重，红烛泪深人倦。情高转抑，思往难回，凄咽不成清变。风际断时，迢递天街，但闻更点。枉教人回首，少年丝竹，玉容歌管。

凭作出、百绪凄凉，凄凉惟有，花冷月闲庭院。珠帘绣幕，可有人听？听也可曾肠断？除却塞鸿，遮莫城乌，替人惊惯。料南枝明日，应减红香一半。"

三

彊村词，余最赏其《浣溪沙》"独鸟冲波去意闲"

二阕①，笔力峭拔，非他词可能过之。

注释

① 朱祖谋(彊村)《浣溪沙》："独鸟冲波去意闲，瑰霞如赭水如笺，为谁无尽写江天？　并舫风弦弹月上，当窗山髻挽云还，独经行地未荒寒。"又："翠阜红厓夹岸迎，阻风滋味暂时生，水窗官烛泪纵横。　禅悦新耽如有会，酒悲突起总无名，长川孤月向谁明？"

四

蕙风听歌诸作，自以《满路花》为最佳。① 至《题香南雅集图》诸词，殊觉泛泛，无一言道著。②

（按：以上两条赵万里摘自《丙寅日记》所记王国维论词语）

注释

① 况周颐《满路花》(彊村有听歌之约，词以坚之)："虫边安枕簟，雁外梦山河。不成双泪落，为闻歌。浮生何益，尽意付消磨。见说寰中秀，曼睩修蛾，旧家风度无过。　凤城丝管，回首惜铜驼。看花余老眼，重摩挲。香尘人海，唱彻《定风

波》。点鬓霜如雨,未比愁多,问天还问嫦娥。(梅郎兰芳以《嫦娥奔月》一剧蜚声日下。)"

② 《题香南雅集图》诸词:参见《人间词补编》《清平乐》(蕙兰同畹)注①及"解读"。据《蕙风词史》,况周颐《戚氏》属于《题香南雅集图》词。《戚氏》(沤尹为畹华索赋此调,走笔应之):"伫飞鸾,萼绿仙子彩云端。影月娉婷,浣霞明艳,好谁看?华鬘,梦寻难,当歌掩泪十年闲。文园鬓雪如许,镜里长葆几朱颜?缟袂重认,红帘初卷,怕春暖也犹寒。乍维摩病榻,花雨催起,著意清欢。　丝管,赚出婵娟。珠翠照映,老眼太辛酸。春宵短,系骢难稳,栩蝶须还。近尊前,暂许对影,香南笛语,遍写乌阑。番风渐急,省识将离,已忍目断关山。(畹华将别去,道人先期作虎山之游避之。)　念我沧江晚,消何逊笔,旧恨吟边。未解《清平调》苦,道苔枝、翠羽信缠绵。剧怜画罨瑶台,醉扶纸帐,争遣愁千万。算更无、月地云阶见。谁与诉、鹤守缘悭。甚素娥、暂缺能圆。更芳节、后约是今番。耐清寒惯,梅花赋也,好好纫兰。"

五

(皇甫松①词)黄叔旸称其《摘得新》二首为有达

观之见②。余谓不若《忆江南》二阕③情味深长,在乐天、梦得④上也。

注释

① 皇甫松:字子奇,号檀栾子,晚唐词人。《花间集》录其词十二首。王国维辑有《檀栾子词》。

② 黄叔旸:黄昇,字叔旸,号花庵词客,南宋词人,《花庵词选》编者。黄昇评语见沈雄《古今词话》。皇甫松《摘得新》:"酌一卮,须教玉笛吹。锦筵红蜡烛,莫来迟。繁红一夜经风雨,是空枝。"又:"摘得新,枝枝叶叶春。管弦兼美酒,最关人。平生都得几十度,展香茵。"

③ 皇甫松《忆江南》:"兰烬落,屏上暗红蕉。闲梦江南梅熟日,夜船吹笛雨潇潇,人语驿边桥。"又:"楼上寝,残月下帘旌。梦见秣陵惆怅事,桃花柳絮满江城,双髻坐吹笙。"

④ 乐天、梦得:白居易、刘禹锡。白居易《忆江南》:"江南好,风景旧曾谙。日出江花红胜火,春来江水绿如蓝。能不忆江南?"又:"江南忆,最忆是杭州。山寺月中寻桂子,郡亭枕上看潮头。何日更重游?"又:"江南忆,其次忆吴宫。吴酒一杯春竹叶,吴娃双舞醉芙蓉。早晚复相逢。"刘禹锡《忆江南》:"春去也,多谢洛城人。弱柳从风疑举袂,丛兰裛露似沾巾,独坐亦含颦。"又:"春去也,共惜艳阳年。犹有桃花流水上,无辞竹叶醉尊前,惟待见青天。"

六

端己词情深语秀,虽规模不及后主、正中,要在飞卿之上。观昔人颜、谢优劣论①可知矣。

注释

① 颜、谢:颜延之、谢灵运。《南史·颜延之传》:"延之尝问鲍照己与谢灵运优劣,照曰:'谢五言如初发芙蓉,自然可爱。君诗如铺锦列绣,亦雕缋满眼。'延年终身病之。"钟嵘《诗品》:"汤惠休曰:'谢诗如芙蓉出水,颜如错彩镂金。'颜终身病之。"

七

(毛文锡①)词比牛、薛②诸人,殊为不及。叶梦得③谓:"文锡词以质直为情致,殊不知流于率露。诸人评庸陋词者,必曰:此仿毛文锡之《赞成功》④而不及者。"⑤其言是也。

注释

① 毛文锡:字平珪,五代词人,历仕前蜀、后蜀,曾官司徒。王国

维辑有《毛司徒词》。

② 牛、薛:牛峤、薛昭蕴。牛峤见前《人间词话删稿》一一条注①。薛昭蕴,晚唐词人,官侍郎。王国维辑有《薛侍郎词》。

③ 叶梦得:字少蕴,号肖翁、石林居士,南宋词人,有《石林词》、《建康集》等。

④ 毛文锡《赞成功》:"海棠未坼,万点深红,香包缄结一重重。似含羞态,邀勒春风。蜂来蝶去,任绕芳丛。　昨夜微雨,飘洒庭中。忽闻声滴井边桐。美人惊起,坐听晨钟。快教折取,戴玉珑璁。"

⑤ 叶梦得语见沈雄《古今词话》。

八

（魏承班①）词逊于薛昭蕴、牛峤,而高于毛文锡,然皆不如王衍②。五代词以帝王为最工,岂不以无意于求工欤？

注释

① 魏承班:五代前蜀词人。官至太尉。王国维辑有《魏太尉词》。
② 王衍:本名宗衍,字化源,五代前蜀国王。

九

（顾）夐词在牛给事、毛司徒①间。《浣溪沙》"春色迷人"一阕②，亦见《阳春录》③。与《河传》、《诉衷情》数阕④，当为夐最佳之作矣。

注释

① 顾夐：见前《人间词话删稿》一一条注②。牛给事、毛司徒：即牛峤、毛文锡。

② 顾夐《浣溪沙》："春色迷人恨正赊，可堪荡子不还家，细风轻露著梨花。　帘外有情双燕飏，槛前无力绿杨斜，小屏狂梦极天涯。"

③《阳春录》：即《阳春集》，冯延巳词集。

④ 顾夐《河传》："燕飏，晴景。小窗屏暖，鸳鸯交颈。菱花掩却翠鬟欹，慵整。海棠帘外影。　绣帏香断金鸂鶒，无消息，心事空相忆。倚东风，春正浓，愁红，泪痕衣上重。"又："曲槛，春晚。碧流纹细，绿杨丝软。露花鲜□杏枝繁，莺啭。野芜平似剪。　直是人间到天上，堪游赏，醉眼疑屏障。对池塘，惜韶光，断肠。为花须尽狂。"又："棹举，舟去。波光渺渺，不知何处。岸花汀草共依依，雨微，鹧鸪相逐飞。　天涯离恨江声咽，啼猿切，此意向谁说？倚兰桡，独无憀，魂销。小炉香欲焦。"顾夐《诉衷情》两首，一首已见

《删稿》一一条注②,另一首如下:"香灭帘垂春漏永,整鸳衾。罗带重,双凤,缕黄金。窗外月光临,□沉沉。□断肠无处寻,□□负春心。"

一〇

（毛熙震①）周密《齐东野语》称其词新警而不为僭薄②。余尤爱其《后庭花》③,不独意胜,即以调论,亦有隽上清越之致,视文锡蔑如④也。

注释

① 毛熙震:五代词人。曾为后蜀秘书监。王国维辑有《毛秘书词》。

② 周密语见沈雄《古今词话》。今传《齐东野语》中未见此语。

③ 毛熙震《后庭花》:"莺啼燕语芳菲节,瑞庭花发。昔时欢宴歌声揭,管弦清越。　自从陵谷追游歇,画梁尘黦。伤心一片如珪月,闲锁宫阙。"又:"轻盈舞伎含芳艳,竞妆新脸。步摇珠翠修蛾敛,腻鬟云染。　歌声慢发开檀点,绣衫斜掩。时将纤手匀红脸,笑拈金靥。"又:"越罗小袖新香蒨,薄笼金

钏。倚栏无语摇金扇,半遮匀面。　春残日暖莺娇懒,满庭花片。争不教人长相见,画堂深院。"

④ 蔑如:微细,没有什么了不起。谓较之毛熙震,毛文锡词微不足道。

一一

(阎选①)词唯《临江仙》第二首有轩翥之意②,余尚未足与于作者也。

注释

① 阎选:五代后蜀词人,布衣,时人目为阎处士。王国维辑有《阎处士词》。

② 阎选《临江仙》:"十二高峰天外寒,竹梢轻拂仙坛,宝衣行雨在云端。画帘深殿,香雾冷风残。　欲问楚王何处去?翠屏犹掩金鸾,猿啼明月照空滩。孤舟行客,惊梦亦艰难。"轩翥(zhù柱):高扬,飞举。《楚辞·远游》:"雌蜺便娟以增挠兮,鸾鸟轩翥而翔飞。"

一二

昔沈文悫深赏(张)泌"绿杨花扑一溪烟"为晚唐名句①。然其词如"露浓香泛小庭花"②,较前语似更幽艳。

注释

① 沈文悫:沈德潜,卒谥文悫。张泌:晚唐五代诗人、词人。王国维辑有《张舍人词》。"绿杨"句见张泌《洞庭阻风》诗:"空江浩荡景萧然,尽日菰蒲泊钓船。青草浪高三月渡,绿杨花扑一溪烟。情多莫举伤春目,愁极兼无买酒钱。犹有渔人数家住,不成村落夕阳边。"沈德潜语见《唐诗别裁》张蠙《夏日题老将林亭》诗后评语。

② "露浓"句:见张泌《浣溪沙》:"独立寒阶望月华,露浓香泛小庭花,绣屏愁背一灯斜。 云雨自从分散后,人间无路到仙家,但凭魂梦访天涯。"

一三

(孙光宪①词)昔黄玉林赏其"一庭花雨湿春愁"

为古今佳句②。余以为不若"片帆烟际闪孤光"③,尤有境界也。

(按:以上九条录自《唐五代二十一家词辑》诸跋)

注释

① 孙光宪:字孟文,号葆光子,五代词人。王国维辑有《孙中丞词》。

② 黄玉林(昇)评语见沈雄《古今词话》。"一庭"句见孙光宪《浣溪沙》:"揽镜无言泪欲流,凝情半日懒梳头,一庭疏雨湿春愁。　杨柳只知伤怨别,杏花应信损娇羞,泪沾魂断轸离忧。"

③ "片帆"句:见孙光宪《浣溪沙》:"蓼岸风多橘柚香,江边一望楚天长,片帆烟际闪孤光。　目送征鸿飞杳杳,思随流水去茫茫,兰红波碧忆潇湘。"

一四

(周清真)先生于诗文无所不工,然尚未尽脱古人蹊径。平生著述,自以乐府①为第一。词人甲乙,宋人早有定论。②惟张叔夏病其意趣不高远。③然北宋人如欧、苏、秦、黄,高则高矣,至精工博大,殊不逮先生。故以宋词比唐诗,则东坡似太白,欧、秦似摩诘④,耆卿似乐天⑤,方回、叔原则大历十子之流⑥。南宋惟一稼轩可比昌黎⑦。而词中老杜,则非先生不可。昔人以耆卿比少陵⑧,犹为未当也。

注释

① 乐府:这里指词。

② 陈振孙《直斋书录解题·清真词》云:"周美成邦彦撰,多用唐人诗语,檃括入律,浑然天成。长调尤善铺叙,富艳精工,词人之甲乙也。"

③ 张炎(叔夏)《词源》:"美成词只当看他浑成处,于软媚中有气魄。采唐诗融化如自己者,乃其所长。惜乎意趣却不高远。"

④ 摩诘:王维,字摩诘。

⑤ 耆卿:柳永,字耆卿。乐天:白居易,字乐天。

⑥ 大历十子:唐代大历年间(766—779)十位诗人。据姚合《极玄集》载,这十位诗人是:李端、卢纶、吉中孚、韩翃、钱起、司空曙、苗发、崔峒、耿沣、夏侯审。

⑦ 昌黎:韩愈自称郡望昌黎,世称韩昌黎。

⑧ 张端义《贵耳集》:"项平斋训:'学诗当学杜诗,学词当学柳词。'杜诗、柳词皆无表德,只是实说。"

一五

（清真）先生之词，陈直斋谓其多用唐人诗句隐括入律，浑然天成。张玉田谓其善于融化诗句，然此不过一端。不如强焕云"模写物态，曲尽其妙"①，为知言也。

注释

① 见汲古阁本《片玉词》强焕题周美成词。

一六

山谷云："天下清景，不择贤愚而与之，然吾特疑端为我辈设。"①诚哉是言！抑岂独清景而已，一切境界，无不为诗人设。世无诗人，即无此种境界。夫境界之呈于吾心而见于外物者，皆须臾之物。惟诗人能以此须臾之物，镌诸不朽之文字，使读者自得之。遂觉诗人之言，字字为我心中所欲言，而又非我之所能自言，此大诗人之秘妙也。境界有二：有诗人之境界，有常人之境界。诗人之境界，惟诗人能感之而能写之，故读其诗者，亦高举远慕，有遗世之意。而亦有得有不得，且得之者亦各有深浅焉。若夫悲欢离合、羁旅行役之感，常人皆能感之，而惟诗人能写之。故其入于人者至深，而行于世也尤广。（清真）先生之词，属于第二种为多。故宋时别本之多，他无与匹。②又和者三家③，注者二家④。自士大夫以至妇人女子，莫不知有清真⑤，而种种无稽之言，亦由此以起⑥。然非入人之深，乌能如是耶？

注释

① 黄庭坚语见释惠洪《冷斋夜话》卷三。

② 王国维《清真先生遗事·著述二》："案先生词集，其古本则见于《景定严州续志》、《花庵词选》者曰《清真诗余》。见于《词源》者曰《圈法美成词》。见于《直斋书录》者曰《清真词》，曰《曹杓注清真词》。又与方千里、杨泽民《和清真词》合刻者曰《三英集》(见毛晋《方千里〈和清真词〉跋》)。子晋所藏《清真集》，其源亦出宋本，加以溧水本，是宋时已有七本。别本之多，为古今词家所未有。"

③ 宋人和清真全词者有方千里《和清真词》(汲古阁刻《宋六十名家词》本)、杨泽民《和清真词》(江标刻《宋元名家词》本)及

陈允平《西麓继周集》(朱祖谋刻《彊村丛书》本)三家。

④ 宋人注《清真词》者有曹杓、陈元龙两家。曹注已逸,陈注即《彊村丛书》本《片玉集》。另据毛晋跋,强焕本亦有注。

⑤ 陈郁《藏一话腴》云:"周邦彦字美成,自号清真,二百年来,以乐府独步。贵人、学士、市侩、妓女,皆知美成词为可爱。"

⑥ 宋人笔记记清真轶事者甚多,如张端义《贵耳集》、周密《浩然斋雅谈》、王明清《挥麈余话》、王灼《碧鸡漫志》等书均有,多为无稽之言。王国维在《清真先生遗事·事迹一》中一一辨之,并称:"先生立身颇有本末,而为乐府所累,遂使人闻异事皆附苏秦,海内奇言尽归方朔。"

一七

楼忠简谓(清真)先生妙解音律①,惟王晦叔《碧鸡漫志》②谓:"江南某氏者,解音律,时时度曲。周美成与有瓜葛。每得一解,即为制词。故周集中多新声。"则集中新曲,非尽自度。然顾曲名堂,不能自已,固非不知音者。故先生之词,文字之外,须兼味其音律。惟词中所注宫调,不出教坊十八调之外。③则其音非大晟乐府之新声④,而为隋、唐以来之燕乐⑤，固可知也。今其声虽亡，读其词者，犹觉拗怒之中，自饶和婉。曼声促节，繁会相宣；清浊抑扬，辘轳交往。⑥两宋之间，一人而已。

（按：以上四条录自《清真先生遗事·尚论三》）

注释

① 楼忠简：楼钥，字大防，号攻媿主人，南宋文学家，有《攻媿集》。楼钥《清真先生文集序》云："（清真）风流自命，又性好音律，如古之妙解，顾曲名堂，不能自已。"

② 王晦叔：王灼，字晦叔，南宋文学家。《碧鸡漫志》：王灼作于成都碧鸡坊，故名。为现存最早的词论专著，开后代词话之先河。此书从音乐方面研究词调，尤有资料价值。引文见《碧鸡漫志》卷二。

③ 王国维《唐宋大曲考》引《宋史·乐志》称"宋初置教坊，所奏凡十八调"。十八调为：正宫调、中吕宫、道调宫、南吕宫、仙吕宫、黄钟宫、越调、大石调、双调、小石调、歇指调、林钟商、中吕调、南吕调、仙吕调、黄钟羽、般涉调、正平调。教坊：管理宫廷音乐的官署，专管雅乐以外的音乐、舞蹈、百戏的教习、排演。教坊之设始于唐朝，宋初沿唐制。

④ 大晟乐府之新声：宋徽宗崇宁年间，创设音乐官署大晟府，周邦彦为提举，万俟咏、晁端礼、田为、晁冲之为主要成员，整理审定古乐古调，研究创制引、近、犯、慢等新曲调。所创新乐

世称"大晟乐",以新谱填词者世称"大晟词人"。

⑤ 燕乐:即"讌(宴)乐",宫中宴饮时所奏的音乐。隋、唐时,在汉族俗乐及各少数民族民间音乐基础上吸收外来俗乐而形成的供宫廷宴饮、娱乐用的俗乐,统称为"燕乐"。

⑥ "曼声"四句:形容词的节拍、音调、音色流转变化,错落有致。曼声促节,指长短音。繁会相宣,指多种音调互相参错。屈原《九歌·东皇太一》:"五音纷兮繁会,君欣欣兮乐康。"

一八

(《云谣集杂曲子》①)《天仙子》词②特深峭隐秀,堪与飞卿、端己抗行。(按:本条录自《观堂集林·唐写本〈云谣集杂曲子〉跋》)

注释

① 《云谣集杂曲子》:敦煌石室藏唐人写本词集,三十首,均为无名氏作品。为我国现存最早的词总集。

② 《天仙子》:"燕语啼时三月半,烟蘸柳条金线乱。五陵原上有仙娥,携歌扇,香烂漫,留住九华云一片。 犀玉满头花满面,负妾一双偷泪眼。泪珠若得似珍珠,拈不散,知何限?串

向红丝应百万。"又一首："燕语莺啼惊觉梦,羞见鸾台双舞凤。天仙别后信难通,无人问,花满洞。休把同心千遍弄。　　叵耐不知何处去,正是花开谁是主?满楼明月夜三更,无人语,泪如雨,便是思君肠断处。"

一九

有明一代,乐府道衰。《写情》、《扣舷》①,尚有宋、元遗响。仁、宣②以后,兹事几绝。独文愍(夏言)③以魁硕之才,起而振之。豪壮典丽,与于湖、剑南④为近。(按:本条录自《观堂外集·桂翁词跋》)

注释

① 《写情》:刘基词集《写情集》。《扣舷》:高启词集《扣舷集》。

② 仁、宣:明代仁宗、宣宗年间(1425—1435)。

③ 文愍(mǐn 敏):夏言,字公谨,号桂洲。明朝宰相,为严嵩所害。后追谥文愍。有《桂洲集》。

④ 于湖、剑南:张孝祥、陆游。

二〇

欧公《蝶恋花》"面旋落花"云云①,字字沉响,殊不可及。(按:本条陈乃乾录自王国维旧藏《六一词》眉间批语)

注释

① 欧阳修《蝶恋花》:"面旋落花风荡漾,柳重烟深,雪絮飞来往。雨后轻寒犹未放,春愁酒病成惆怅。　枕畔屏山围碧浪,翠被华灯,夜夜空相向。寂寞起来褰绣幌,月明正在梨花上。"

二一

《片玉词》"良夜灯光簇如豆"一首①,乃改山谷《忆帝京》词②为之者,似屯田最下之作,非美成所宜有也。③(按:本条陈乃乾录自王国维旧藏《片玉词》眉间批语)

注释

① 周邦彦《青玉案》:"良夜灯光簇如豆,占好事、今宵有。酒罢

歌阑人散后,琵琶轻放,语声低颤,灭烛来相就。　玉体偎人情何厚,轻惜轻怜转唧嚼,雨散云收眉儿皱。只愁彰露,那人知后,把我来僝僽。"

② 黄庭坚《忆帝京》(私情):"银烛生花如红豆,占好事、而今有。人醉曲屏深,借宝瑟、轻招手。一阵白蘋风,故灭烛、教相就。　花带雨、冰肌香透。恨啼鸟、辘轳声晓,岸柳微凉吹残酒。断肠时、至今依旧,镜中消瘦。那人知后,怕夯你来僝僽。"

③ 参见王国维《清真先生遗事》:"伪词最多,强焕本所增,强半皆是。如《片玉词》上《青玉案》(良夜灯光簇红豆)一阕,乃改山谷《忆帝京》词为之者,决非先生作。不独《送傅国华》、《寄李伯纪》二首,岁月不合也。"

二二

温飞卿《菩萨蛮》:"雨后却斜阳,杏花零落香。"①少游之"雨余芳草斜阳,杏花零落燕泥香"②,虽自此脱胎,而实有出蓝③之妙。

注释

① 温庭筠《菩萨蛮》:"南园满地堆轻絮,愁闻一霎清明雨。雨后却斜阳,杏花零落香。　无言匀睡脸,枕上屏山掩。时节欲黄昏,无聊独闭门。"

② 秦观《画堂春》:"东风吹柳日初长,雨余芳草斜阳。杏花零乱燕泥香,睡损红妆。　宝篆烟消龙凤,画屏云锁潇湘。夜寒微透薄罗裳,无限思量。"

③ 出蓝:《荀子·劝学》:"青取之于蓝,而青于蓝。"

二三

白石尚有骨,玉田则一乞人耳。

二四

美成词多作态,故不是大家气象。若同叔、永叔①虽不作态,而一笑百媚生矣②。此天才与人力之别也。

注释

① 同叔:晏殊,字同叔。永叔:欧阳修,字永叔。
② 一笑百媚生:语本白居易《长恨歌》:"回眸一笑百媚生。"

二五

周介存谓:"白石以诗法入词,门径浅狭,如孙过庭书①,但便后人模仿。"②予谓近人所以崇拜玉田,亦由于此。

注释

① 孙过庭:字虔礼,唐代书法家,取法晋人,以草书擅名,有《书谱》墨迹传世。
② 这段引文见周济《介存斋论词杂著》。

二六

予于词,五代喜李后主、冯正中,而不喜《花间》。宋喜同叔、永叔、子瞻、少游,而不喜美成。南宋只爱稼轩一人,而最恶梦窗、玉田。介存《词辨》所选词,颇多不当人意,而其论词则多独到之语。始知天下固有具眼人,非予一人之私见也。

(按:以上五条陈乃乾录自王国维旧藏《词辨》眉间批语)

后　记

本书行将出版之际,故乡传来消息:祖居郑氏十七房经过修缮正式对外开放。我在那里住过两年,时值1966年前后,正是我童年有记忆的开始,亦是我品味"人间哀乐"的开端。

年轻时,读人间先生《咏史》诗:"回首伊兰势渺茫,西来种族几星霜。何当踏破双芒屦,却上昆仑望故乡。""西域纵横尽百城,张陈远略逊甘英。千秋壮观君知否?黑海东头望大秦。"感诗境之高远阔大,有轩翥翔飞之志。嗣后,探访海宁盐官人间先生故居,遍历先生足迹所履之杭州、上海、南通、苏州、北京等地,乃至飞越黑海,游大秦国,又历扶桑国。所到之处,莫不诵先生之名句隽语,求先生之意象境界,冀与先生之独立精神与自由意志相接。

多年前,承蒙黄育海先生垂顾,知我有此嗜好,遂命我作《人间词》疏解。是为本书之缘起。本书编写过程中,多承徐元先生关注,通读初稿,是正多处。在此一并致以由衷的感谢。

本书之成，亦赖浙江传媒学院专家、同仁之助。尤蒙彭少健教授、王挺教授在专业上给予指导帮助，肖芒编审为我审校部分书稿。在此，亦请他们接受我言轻意重的谢忱。

郑小军

2009 年 10 月 9 日于杭州艮山门内